Golpes de luz

Novela

Ledicia Costas

Golpes de luz

DESTINO

PEFC Certificado
El papel de este libro procede de bosques gestionados de forma sostenible
PEFC
PEFC/14-38-00305 www.pefc.es

Ediciones Destino, un sello editorial de Editorial Planeta, S. A.
Avda. Diagonal, 662-664, 08034 Barcelona (España)
www.edestino.com
www.planetadelibros.com

Adaptación de la cubierta: Booket / Área Editorial Grupo Planeta
Ilustración de la cubierta: © David de las Heras
Primera edición en Colección Booket: abril de 2025
Segunda impresión: septiembre de 2026

Depósito legal: B. 5.746-2025
ISBN: 978-84-233-6728-3
Impreso en España

Biografía

Ledicia Costas (Vigo, 1979) es una autora gallega licenciada en Derecho que lleva varios años dedicándose profesionalmente y en exclusiva a la literatura. Desde 2000 ha escrito numerosas novelas infantiles y juveniles que han sido traducidas a varios idiomas y han conquistado a miles de lectores. Por su extraordinaria narrativa, ha obtenido importantes premios literarios, como el Premio Nacional de Literatura Infantil y Juvenil y, en tres ocasiones, el Premio Lazarillo. Ha publicado tres novelas para adultos que han afianzado su proyección dentro de la narrativa española actual: *Infamia* (2019), *Golpes de luz* (2021) y *Piel de cordero* (2024).

Primera parte

Animaliña

Luz

Llevo toda la vida oyendo cosas que no quiero oír. Mierdas. Eso es, llevo toda la vida oyendo mierdas. Y qué quieres que te diga, con casi ochenta años estoy hasta las narices. Lo que peor llevo es aguantar a mi hija. Ya sé que nos pasa a todas cuando empezamos a envejecer, que nadie se vaya a pensar que me las estoy dando de especial. Pero es que es una cruz. Se creen que tienen el cielo ganado por hacerse cargo de nosotras, pero la verdad es que son pesadísimas, no hay Dios que las soporte. Menos mal que llega un momento en que acaban hartas y desisten. Se rinden, dejándonos por imposibles. Yo estoy esperando ansiosa por ese momento en que pasen de mí y me dejen a monte de una puñetera vez. Julia, mi hija, aún no entró en esa fase y estamos echando una especie de pulso. Voy a tener que empezar a llamarla la Detectiva. Controla todos mis movimientos con lupa: lo que como, mi medicación, los cuartos que tengo en el banco, cuántas veces voy a mear y también la ropa que llevo. La última que tuvimos fue porque no me puse el camisón para dormir. Entró en mi cuarto por la mañana antes de irse al trabajo y me encontró vestida con pantalón de pinzas y la blusa de los domingos. Quise taparme hasta arriba con el edredón para ocultar el pecado, pero no me dio tiempo. Entre otras cosas, me llamó vaga. Y eso me sentó como una patada. Llevo toda la santa vida peleando, nadie tiene derecho a acusarme de vaga. Ni siquiera ella. Una cosa es que sea mi hija y otra bien distinta permitir que monte por encima de mí. Bastante tengo con soportar la propia vida. Tampoco me parece tan difícil de entender, me cuesta trabajo sacarme la ropa para ponerme otra. Me duelen los brazos, el pescuezo, las articulaciones, los setenta y nueve años que tengo. Me duele hasta el alma. Y la verdad, no veo la importancia de dormir en camisón o en traje de luces. Desde que vive aquí ni siquiera puedo meterme en mi cama como me dé la gana. «Hay unas normas», repite Julia una y otra vez. ¿Qué normas son esas? ¿Quién carallo las inventó? Y lo más importante: ¿por qué hay que seguirlas?

Recuerdo la anterior bronca gorda que tuvimos. Era pleno verano, pero aquel día estaba de tormenta. Yo no podía dormir, llevaba horas dando vueltas en la cama sin pegar ojo. El ambiente estaba muy cargado, hacía una calor insoportable. Seguramente me olvidara de tomar la pastilla para dormir, a veces me pasa. De repente, estalló un trueno que hizo catapún en el cielo y enseguida rompió a llover. Me alteré un poco. Empecé a pensar en los caracoles saliendo de sus toberas, dereitiños a devorar las plantas del jardín, que es mi lugar sagrado. Le dedico muchas horas, trabajo como una mula. No hay un sitio en esta casa donde me sienta mejor que entre mis flores. Intenté centrarme en otra cosa para olvidar el asunto de los caracoles, pero hay veces que es como si una idea me furase el cráneo. Se me mete dentro de los pensamientos y me quedo ahí atascada. No aguanté más. Puse la bata por encima del camisón, cogí mi martillo y salí en zapatillas. Ahora que lo pienso, pude calzarme las botas de agua, pero en aquel momento no se me ocurrió. Fue un impulso. Por lo menos se me encendió la bombilla y esperé en el porche de la casa a que escampara. Las tormentas de verano son así, llueve a cachón unos minutos y luego todo se calma. Cuando paró el chaparrón, salí al jardín. ¿Cuántos caracoles puede escachar una mujer de casi ochenta años en medio de la noche? La respuesta está clara: cero. Entre la poca vista que tengo y la falta de luz, no conseguí atizarle a ninguno. El hecho de pensar en el sonido de los caparazones escachando debajo del martillo me daba mucho gusto. Pero habría que esperar a otra ocasión. El sueño que me abandonara aquella madrugada apareció de golpe. Estaba agotada, como sin fuerzas. No parecía una mala opción acostarme allí, al aire libre. La temperatura era fantástica, y con el trabajo que me da subir escaleras, volver a mi cuarto me pareció malísima idea. Saqué la bata, la coloqué en el suelo para no manchar el camisón y me dejé ir. Muchas veces, de niña, dormía al raso con mi hermana Claudia. Qué recuerdo tan agradable. Acostarme allí, en medio del jardín, fue como volver a la infancia, y eso sienta muy bien. El olor de la tierra y de las plantas aromáticas y de las otras que crecen salvajes. A esas las llamo ventureiras. Podía reconocerlas todas: hierbaluisa, menta, diente de león, incienso, romero, ruda... Qué a gustito se estaba allí, entre todas mis flores. Me quedé frita. Desperté a las siete de la mañana, con mi hija berreando. Se iba al trabajo y, al verme tirada en el suelo, pensó que estaba muerta.

—¡Cala, ho, que vas a asustar a las vecinas! No estoy muerta, estoy meditando —le expliqué, en un intento baldío de quitarle hierro al asunto.

—Meditando. En camisón acostada en el jardín. ¿Cuánto llevas ahí?

—No me acuerdo —disimulé.

Cualquier opción parecía mejor que la verdad. Jamás entendería los motivos que me llevaron a acostarme en el jardín.

—Mamá, no podemos seguir así. ¡Haces lo que te da la gana! Estás consumiéndome.

—Pues para estar consumida vas sobrada de patas y cachas —añadí, con la mirada fija en las carnes que a duras penas cubría su falda.

Tampoco se lo dije por mal, pero ella se lo tomó a la tremenda. Estuvo todo el día sin casi dirigirme la palabra. No fue para tanto. La gente de ahora no soporta el más mínimo comentario. Y ojo, yo tampoco dije mentira ninguna. Tan solo la verdad. Pero la verdad, en ocasiones, muerde. Como el tiburón aquel de la película. Arrediós, aquellos eran dientes y no los míos.

Sebas

Mi abuela está un poco mal de la cabeza. No es una locura que la vaya a llevar a liarse a tiros en el supermercado, ni a pegarle fuego a la casa de un vecino. O eso espero, tampoco puedo asegurarlo al cien por cien porque tenemos un vecino con el que se lleva fatal. Sería terrible que la abuela hiciese algo así. Aunque saldría en la televisión y en los periódicos, y eso me haría ganar puntos en la escuela. Voy a quinto de primaria. Ser el nieto de una psicópata es algo que da un estatus y, sobre todo, un respeto. Además, a mis amigos y a mí nos encantan los escándalos. Cuanto más gordos, mejor. Leí en internet que en los momentos de excitación nuestro cerebro empieza a disparar adrenalina. Asciende la frecuencia cardíaca, se contraen los vasos sanguíneos, se dilatan los conductos de aire y... ¡BAM! Tenemos vía libre para hacer cosas como gritar, que es de lo más excitante. Lo que no soportaría es que detuviesen a la abuela. Me gusta vivir con ella y en la cárcel no admiten niños.

Mamá dice que la abuela siempre ha tenido algún tipo de desajuste mental. Ese término no existe, ya me he preocupado de buscarlo. Supongo que se lo inventó para suavizar el asunto. Lo que sí es verdad es que cada vez está más rara. Yo no comprendo lo que le pasa a su cabeza porque no sé nada de desajustes. No es una abuela normal y punto. Ya estoy acostumbrado a sus reacciones. No es muy difícil, ahora que nos hemos mudado a su casa y paso con ella tantas horas. Antes vivíamos en Madrid, pero con el divorcio de mis padres, en septiembre nos cambiamos de casa, de ciudad y de comunidad autónoma. Unos señores con tatuajes metieron todas mis cosas en cajas. Fue raro ver mi cuarto desnudo como un esqueleto, sin libros, sin la colección de Lego en las estanterías y sin ropa tirada por el suelo. Mi habitación, que siempre había sido calentita, de repente parecía un congelador, y eso fue algo triste porque no me gusta el frío ni el olor del hielo de la nevera. Tampoco los alimentos cuando se están descongelando, excepto el pescado con anisakis, porque esos bichos son bastante divertidos, se mueven a un lado y a otro como si bailasen. Pero eso solo pasa si llevan menos de doce horas en el congelador. A partir de ese tiempo, la palman. Una vez encontré anisakis en una merluza. Eran como una comunidad enana de parásitos supervivientes a una glaciación. Valoré mucho esa capacidad de resistencia. Querían vivir por encima de todo, no hay que ser muy listo para darse cuenta de eso. Pero su destino fue cruel. La bolsa de la basura no es una sepultura demasiado decente, y allí fue donde terminaron, entre toda clase de desperdicios que no estaban a su altura. Intenté explicárselo a mi madre, pero pasó de todos mis argumentos.

Mamá dice que somos muy afortunados por vivir aquí. No para de repetir esa frase. Está empeñada en que muchos matarían por tener una casa tan grande, con una finca de tantos metros, lejos del ruido y del tráfico de Madrid. En el fondo creo que dice eso todo el rato para convencerse de que el cambio ha sido para mejor. Y luego resulta que la oigo llorar muchas veces y entonces ya no sé qué es de verdad, si sus palabras o sus lágrimas. Duerme en un cuarto pegado al mío y su voz se cuela por las grietas de la pared. Se me enrosca en el pelo y alrededor del cuello. Su voz hace engordar mis problemas. Su voz, cuando llora, es como suspender matemáticas. Jamás he suspendido matemáticas, pero he visto cómo otros niños suspendían y puedo reconocer esos efectos. Para alejarme de todo eso que me pone triste, cojo mis auriculares y subo el volumen al máximo. A ningún niño le gusta que su madre llore. Y menos con tanta frecuencia. ¿Cuántas veces a la semana llora una persona adulta? Quiero conocer esa media para sacar una gráfica como las que salen en la tele cuando analizan cosas. Me gustaría saber si me tengo que alarmar o si está dentro de lo que se considera normal. ¿Podría llenar una botella de treinta y tres centilitros con las lágrimas que derrama cada mes? ¿Hay algún médico especialista en este problema? Me pregunto si papá también llora y, en caso afirmativo, cuántas veces. Tengo que consultárselo. Hablo con él todos los días por videollamada. No es lo mismo que vivir juntos. Ni siquiera se parece a vivir juntos, pero puedo verle la cara y contarle cosas de la escuela y de casa, y eso está bien. No sé si le gustará que le pregunte por sus lágrimas. Hay cosas sobre las que los adultos evitan hablar. Y creen que no nos damos cuenta, pero sí.

En este colegio nuevo tengo dos amigos: David y Noa. David tiene una colección de cómics de superhéroes bastante alucinante y pesa setenta y siete kilos. Tiene obesidad infantil y todo el mundo lo llama Gordo. Yo simplemente lo llamo David o, como mucho, Guerrero, porque su primer apellido es Guerra. El médico lo ha puesto a dieta. Lleva ya once días y cinco horas, y eso es un infierno para cualquier niño. Le prometí que mañana metería chocolate en la mochila por si le da otro ataque de ansiedad. Noa no sé cuánto pesa, pero poco. Es una de las niñas más flacas de la clase. También de las más listas. Completa todas las caras del cubo de Rubik en sesenta segundos. El cubo de Rubik es una especie de rompecabezas en 3D. Sirve para ejercitar una parte del cerebro que la mayoría de los seres humanos tienen dormida sin que ni siquiera lo sepan. Noa dice que su habilidad para completar las caras del cubo no sirve para nada, que simplemente le resulta divertido. Pero todo el mundo sabe que su cerebro va a terminar en un laboratorio, en manos de la ciencia. Cuando eso suceda, espero estar ahí para verlo y poder participar en el documental que hagan sobre su vida. Quien también merece un documental es mi abuela Luz. De todas las cosas extrañas que hace, la que más me agobia es la relación que tiene con su martillo. Nunca se separa de él. Hace un par de semanas pasó algo brutal. Les hablé de esto a mis amigos y Guerrero tiene su propia teoría:

—Fue la noche de la tormenta, supongo que os acordáis.

—Claro que nos acordamos. Tenemos diez años, nos acordamos de todo —me dijo Noa—. ¿Sabíais que una tormenta puede acumular más energía que una bomba atómica?

—Eso es imposible —la contradijo David, con la boca llena de edamame, unas bolas verdes que no saben a nada que le recomendó su nutricionista para cuando no es capaz de controlarse. O sea: para todo el rato.

—Una sola descarga puede alcanzar treinta millones de voltios y cien mil amperios. —Noa parecía saber de lo que hablaba—. Y un relámpago puede ser hasta cinco veces más caliente que la superficie del Sol. Cuando una persona sufre el impacto de un relámpago, si lleva encima algún metal, este se derrite como tranchetes.

David vació de golpe en la boca el contenido de su bolsa de edamame. Estaba clarísimo que mientras masticaba intentaba ganar tiempo. Buscaba un argumento con el que desmontar toda aquella información que tanto podía ser auténtica como falsa. Aunque, conociendo a Noa, los dos sabíamos que era verdad.

—Continúo con lo importante y ya analizaremos luego esos datos —corté el debate—. Estábamos en la noche de la tormenta, centraos. No paraban de caer relámpagos y truenos potentísimos. Era imposible dormir, así que me asomé a la ventana para ver si conseguía sacarle alguna foto chula al cielo con la Polaroid que me regalaron mis padres por mi cumpleaños, antes del divorcio. Y, de repente, la vi caminando hacia el jardín. Era mi abuela. En camisón, zapatillas y con su martillo en la mano, con los relámpagos explosionando encima de su cabeza.

—Tu abuela es Thor —sentenció David.

Noa y yo lo miramos en silencio, esperando una explicación.

—Martillo, relámpagos y truenos. Está clarísimo.

—Querrás decir Thora —quise corregirlo.

—Nada de Thora. Thor —insistió, manteniéndose firme—. Quien porta el martillo es Thor. El *Mjölnir* decide quién es digno de portarlo. Y tanto puede ser un hombre como una rana, un extraterrestre o tu abuela.

—¿Un extraterrestre? —le pregunté.

—Claro. Billy Rayos Beta. Uf, estáis superverdes.

—David, ¿tú estás seguro de todo esto? —le preguntó Noa.

—Tanto como tú de que un relámpago puede convertir un metal en tranchetes fundidos.

—Vale, vale. Nos queda claro. Sebas, ¿qué hizo tu abuela con el martillo aquella noche?

—No tengo ni idea. Se acostó en el suelo, con el *Mjölnir* sobre el pecho, y se quedó allí, bajo la tormenta.

—¿Has intentado alguna vez coger ese martillo? —quiso saber David.

—Es imposible. No se separa de él ni para dormir.

—Aunque lo intentaras, no serías capaz de moverlo ni un cuarto de milímetro. Solo Thor puede portar el martillo. No me miréis así, leed los cómics, mirad las pelis, ¡documentaos un poco, tíos!

Me quedé alucinado con aquella revelación. Si mi abuela es Thor, yo soy el nieto de una diosa bastante poderosa, y eso es una responsabilidad. Desde entonces, no le quito ojo. Creo en la teoría de Guerrero con todas las células de mi cuerpo, es lo único que explica la obsesión de la abuela Luz con el martillo. Me gustaría tener más pruebas. Necesito conseguirlas.

Julia

—Llamar al hospital para pedir la cita de mamá con el neurólogo, ir a la farmacia a por sus pastillas, recoger el chándal de Sebas en la tienda de deportes, preguntar en la librería si ha llegado el libro de texto que le falta, contactar con el técnico para que venga a instalar el wifi, avisar a uno de los fotógrafos del periódico de que vaya a sacar una foto a una estación de tranvía que está abandonada...

—Mamá, ¿puedo ir a casa de Guerrero?

Sebas abre la puerta de mi cuarto sin llamar, cosa que hace cuando está sobreexcitado. No es un niño fácil. Ninguno debe de serlo, pero Sebas sube y baja como el mercurio de un termómetro cuando se dispara la fiebre. Hay momentos en que parece tan adulto que su lógica y su forma de hablar me abruman, y otros en los que se comporta de una manera demasiado inmadura para su edad. Me asustan esos cambios de registro. Hay un vértigo implícito al hecho de ser madre. Pero ser madre de un niño como Sebas es algo que me provoca bastante ansiedad. A veces más de la que creo que puedo soportar.

—¿Y los deberes? —le digo, aunque intuyo lo que me va a contestar.

—Me ofendes —me recrimina, haciendo ostentación de su talento para el drama—. Yo nunca dejo los deberes sin hacer. Dime una sola vez que haya pasado eso.

—No vale tirar de archivo. Soy tu madre, es mi obligación preguntarte si has hecho tus tareas.

—Si fueras la madre de Diego Puga, alucinarías: le coge dinero a su madre, suspende seis, explota sapos y roba bocadillos en el recreo amenazando a sus víctimas con un boli Bic. Le quita el capuchón y te pone la punta en el cuello. Si no le das el bocadillo, te lo clava. A Marina de sexto B le hizo sangre.

—Delincuencia en la escuela, lo que me faltaba. De todas maneras, a mí no me importa nada ese Diego Puga. Me importas tú.

—Pues entonces déjame ir a casa de Guerrero. Tiene unos cómics que necesito leer.

—¿Que *necesitas* leer? ¿Qué quiere decir eso?

—Es complicado —contesta él, clavando la mirada en el suelo.

—Haz un esfuerzo. No será tan difícil.

—Creo que en esos cómics está la explicación de por qué la abuela no se separa nunca de su martillo.

Llegados a ese punto me veo en la obligación de ponerme seria. Por lo menos un poco:

—Tu abuela no se separa del martillo por la misma razón por la que entierra dinero, compra cruasanes por toneladas o calienta los yogures con tapa en el microondas hasta hacerlos explotar. Ya lo hemos hablado muchas veces. Por eso hay que estar siempre vigilándola. Pero si quieres ir a casa de David, adelante. Eso sí: vuelve antes de que se haga de noche, ¿vale?

—Vale.

Cierra la puerta con la energía de un niño de diez años, echa a correr y desaparece, dejando la casa en silencio. Me pregunto cuánto habrá de verdad en la historia de Diego Puga, el delincuente infantil, y cuánto de fantasía. A veces Sebas exagera las cosas y deforma la realidad. Retomo el listado de tareas pendientes. Sé que me olvido de algo y no consigo recordar qué es. Repaso en voz alta todos los puntos:

—Llamar por teléfono al hospital para pedir la cita de mamá con el neurólogo, ir a la farmacia a por sus pastillas, recoger el chándal de Sebas en la tienda de deportes, preguntar en la librería si ha llegado el libro de texto que le falta, contactar con el técnico para que venga a instalar el wifi, avisar a uno de los fotógrafos del periódico para que vaya a sacar una foto a una estación de tranvía que está abandonada...

Entonces recuerdo aquello que me faltaba en la lista y que mi inconsciente intentaba sepultar bajo el caos de la vida diaria: llamar a la abogada. No es fácil separar lo que fue la vida en común con otra persona y repartir las porciones: «Para ti el sofá, para mí la cama, para ti el álbum de la boda. No lo quiero, me hace daño vernos tan felices». En los peores momentos se me pasó por la cabeza cortarlo todo en dos: las alfombras, la mesa de la cocina, las plantas, los libros, los peces del acuario, la comida del congelador. Y luego decirle: «Toma, ya no hay nada que discutir. Ahí tienes tu parte. Tu puta parte». Hay algo dentro de mí que se ha roto con la separación y no sé cómo hacer para recomponer los añicos. Coserlos, pegarlos con cola blanca o directamente arrancarlos y poner un parche para poder empezar de nuevo. ¿Cuánto se tarda en superar una ruptura? ¿Cuándo deja de doler con esta intensidad? La falta de descanso tampoco ayuda. Tengo insomnio, he perdido el apetito y cada mañana cuando me veo en el espejo siento que los años me atropellan. Necesito unos minutos para desahogarme, pero de repente empieza a sonar el televisor a un volumen imposible. Abro la puerta de mi cuarto, bajo las escaleras corriendo y descubro a mi madre gritándole a la presentadora de un programa. Cojo el mando de la mesa, bajo el volumen y la agarro cariñosamente de un brazo:

—Mamá, ¿qué pasa?

—¡Esa señora me insultó! —me responde ella bastante alterada, señalando a la presentadora.

Me armo de valor y le pido que se tranquilice. Que se siente un momento en el sofá. La situación me pone bastante nerviosa y tengo que aparentar calma:

—¿Quieres un té? Seguro que te hace bien.

—No quiero té ninguno, quiero cantarle las cuarenta a esa imbécil. ¡Cretina! ¡Malnacida!

—Mamá, esa mujer no estaba hablando contigo —le explico.

—Se dirigió a mí y me señaló con el dedo —insiste ella—. Me llamó indecente y mala persona. Es una estúpida. ¡Boba! ¡Idiota!

Está desatada. De hecho, agarra el bastón y apunta a la presentadora con un gesto amenazador. Se lo quito antes de que reviente la tele y trato de que entre en razón:

—La presentadora hablaba para la cámara, pero no se dirigía a ti.

—¿Qué cámara ni qué cámara? ¿Qué me estás contando?

Me siento impotente. Es absurdo tratar de explicarle en dos minutos cómo funciona un estudio de televisión en medio de una crisis de este tipo, así que cambio la estrategia:

—No le des importancia. Mira cómo grita y cómo

gesticula, está mal de la cabeza. Seguro que te confunde con otra persona.

Entonces mi madre baja un pelín el tono. Me siento rara porque estoy engañándola. No la trato como una adulta, pero es que no dispongo de más recursos. La estrategia parece funcionar.

—Yo no le hice nada —murmura.

—Ya lo sé. Se ha equivocado de persona. Habrá pensado que eras otra.

—Pues tendrá que tomar medicación, la muy tabernícola.

—Claro que sí, mamá. Tendrá que tomar medicación. Seguro que hoy la llevan al médico.

Cambio de canal disimuladamente y me siento en el sofá, a su lado.

—Tienes que hacerme un favor —me dice entonces, como si de repente recuperase la lucidez y ya no recordase nada de lo que acaba de suceder—. Vamos a retomar las partidas de parchís. Lo dejamos aparcado por la muerte de Filo. Este jueves cumplimos tres meses de luto y queremos volver. Pero con su baja nos falta una para ser cuatro.

—¿Quieres que juegue con tus amigas al parchís?

—Ya les dije que podías —contesta ella, bloqueándome cualquier opción de escaqueo—. El jueves a las seis. No me falles.

¿Qué pinto yo jugando al parchís con tres señoras de setenta y tantos años? Nada en absoluto. Mi vida social es patética. Pero ¿quién puede negarle algo así a una madre?

—De acuerdo, allí estaré —acepto.

—¿Allí? ¡Dirás *aquí*! —puntualiza, señalando el suelo.

Fuerzo una sonrisa. Bien pensado, casi mejor aquí que en casa de otra.

—Estupendo —comento, esforzándome por ser amable.

Pierdo los nervios en demasiadas ocasiones y después trato de equilibrar la balanza con palabras bonitas que dejo caer siempre que puedo. Para tapar las grietas, como cuando rellenas una tarta con una manga pastelera y te esmeras en cada rosetón de crema. Estoy tentada de preguntarle una vez más por mi padre, pero no lo hago porque sé lo que va a pasar. Se inventaría cualquier excusa para demorar otra vez esta conversación hasta el infinito. No soporta que le saque este tema, y a mí me parece muy injusto que no se ponga en mi lugar. Necesito saber qué sucedió con mi padre. Por qué se marchó de casa y no regresó nunca. Llevo desde niña haciéndome esa pregunta y ya está, no quiero, no puedo seguir con esta angustia. Y menos ahora que estoy de vuelta en Galicia, viviendo en esta casa llena de fantasmas. En Madrid era diferente. Es como si allí tuviese dormida esa ansia por conseguir respuestas. Pero regresar aquí me ha hecho replantearme toda mi vida y no estoy dispuesta a seguir fingiendo que no pasa nada, porque sí pasa. Mi padre es un desaparecido, con todo lo que eso implica, y ese pensamiento se me clava y me produce una angustia con la que convivo mal. Sé que mi madre me oculta información. Siempre lo he sabido. La diferencia es que ahora estoy preparada para arrancarle la verdad.

Vuelvo a mi cuarto y retomo el listado de cosas pendientes. Llamo al fotógrafo para pedirle la imagen de la vieja estación de tranvía y luego me siento a terminar el artículo. Tengo que entregarlo dentro de cuarenta minutos. Trabajo con jornada partida: por la mañana voy a la redacción del periódico y por la tarde teletrabajo. Cuando solicité el traslado a esta redacción negocié este nuevo horario para poder atender a mi madre y a Sebas. Eso implica que siempre acabo escribiendo hasta las tantas, porque en casa, con dos personas a cargo, me resulta imposible no interrumpir las tareas a cada paso. Siempre consigo sacar el trabajo adelante, pero a costa de convivir con un agotamiento permanente. Cuando decidí estudiar Periodismo mi idea de la profesión era otra. Tampoco me puedo quejar demasiado alto, por lo menos no soy autónoma. A veces me dan cancha para hacer reportajes que me reconcilian con el oficio y me ayudan a recordar por qué escogí dedicar mi vida a esto.

Termino el artículo justo a tiempo y oigo a Sebas entrando en casa.

—Mamá, ¡ya estoy aquí! —vocifera desde el piso de abajo.

Apago la pantalla del ordenador. Me toca duchar a mi madre y preparar la cena. Y llamar a la abogada. Pero eso tendrá que esperar a mañana.

Luz

Tres meses sin jugar al parchís es una eternidad. Sobre todo cuando tienes casi ochenta años y ves el final de tu vida cada vez más cerca. No estamos en edad de dejar escapar los días así como así. El tiempo corre a toda velocidad, como una centella. Todavía recuerdo como si fuera ayer cuando el Argentino me colocó el anillo en el dedo. De aquella no le llamaba Argentino, le llamaba Martín, que es su nombre auténtico. Mucho lloré cuando se marchó de casa. A espaldas de Julia, claro. No quería que me viese mal. Cuando me quedé sin lágrimas, llevé la alianza a una casa de empeños. No me dio la gana de seguir con ella en el dedo. Aun encima de burra, apaleada. Conozco a muchas mujeres con maridos que se largaron y no se quitaron el anillo jamás. Yo no soy de esas. Esperé tres meses. Tuve que hacer números para sacármelo. Con los años los dedos se hinchan y se deforman. La artritis hizo un cristo con mis articulaciones y ahora tengo dedos de monstruo del Lago Ness, gordos y retorcidos. Lo unté en manteca, en jabón lagarto, en champú, en escupe, y ni con esas. El condenado no quería salir. Tardé dos días, pero al final logré quitarlo. Me dieron por él quince mil pesetas. O ciento cincuenta euros, yo qué sé, me hago un lío. Lo que sí recuerdo perfectamente es que de allí salí con cuartos y me fui directa a comprar una alfombra nueva para el salón. La misma que aún tengo a día de hoy y que morirá conmigo, como me llamo Luz Divina.

Antes de fallecer nuestra amiga Filo éramos cuatro para el parchís, contando a Preciosa, a Aurora y a mí. Echar nuestras partidas es una manera de estar juntas y celebrar que llevamos más de cincuenta años soportándonos. También matamos las horas, pero ese es otro tema. Yo juego para demostrarles que soy mejor que ellas sumando de cabeza y también para enterarme de noticias que, de otra manera, no me llegarían porque no salen ni en la televisión ni en los periódicos, ni en la hoja parroquial. Cuando acordamos guardarle luto a Filo tuve que sacar la actriz que llevo dentro:

—¿Solo tres meses? —les pregunté a Preciosa y Aurora, echándole bastante teatro—. ¿No será mejor seis?

«Por favor, que digan que no, que digan que no, que digan que no», repetía yo para mis adentros, rogando que me saliera bien la jugada.

—A Filo le encantaba el parchís —intercedió Preciosa, fulminándome con la mirada—. No le gustaría que pasáramos tanto tiempo sin jugar. Tres meses está bien. ¿Para qué más?

Respiré aliviada y fue perfecto. El qué dirán es un castigo del que, a mi edad, ya no me voy a desprender. Quedar como una amiga entregada y sacrificada, dispuesta a vivir sin parchís durante seis meses, es algo que me beneficia. Sobre todo para tener a Aurora de mi lado. Ella es la única devota auténtica de nosotras tres. A Preciosa y a mí tanto nos tiene casi todo lo relacionado con el Altísimo. Las dos sabemos que fingimos, pero continuamos con la farsa, que, por otra parte, es lo que hace la mayoría de la gente. Si no, que se lo digan a esas que nunca van a misa y que luego, cuando se muere un conocido, se ponen de primeras en la cola del coche fúnebre para coger coronas y ramos. Todo para aparentar.

A las cinco de la tarde empiezo a prepararlo todo. Cubro la mesa con el mantel de jugar y saco de la lacena los tarros de melocotones. Tengo tres. Están llenos hasta arriba de pesetas y céntimos. El cuarto lo vaciamos para comprarle la corona a Filo: «Tus amigas de parchís, Sansón y bombones no te olvidan». Aurora se cabreó bastante cuando vio la leyenda de la corona que decidimos entre Preciosa y yo. Le pareció una provocación, porque aquello significaba hacer pública nuestra afición por el vino y el chocolate. Peor sería tener el vicio del tabaco y andar por la vida dalle que dalle, como chimeneas. Ella no lo entiende así. Estuvo dos semanas sin dirigirnos la palabra y confesándose una vez al día. Le pedimos perdón tan solo por limar asperezas, no porque pensásemos que lo hicimos mal. Fue de esas ocasiones en las que te disculpas convencida de que llevas la razón, para evitar un mal mayor. Coloco los tarros de melocotones bien a la vista, forman parte de nuestro decorado. Es bonito ver cómo se van llenando mes a mes, durante años. Un trabajo de hormigas. Saco el tablero de parchís, las fichas y los cubiletes y pongo las copas y el Sansón. El resto lo traen ellas. Me siento en el sofá hasta que el reloj marca las 17.45 en punto. Llegó la hora.

—Julia, ¡prepárate! —le grito para que me oiga. Lleva no sé cuánto tiempo metida en la cocina, no sé a qué carallo anda.

Cojo la caja metálica de galletas donde guardo los cubiletes, las fichas y los dados, salgo al jardín y empiezo a menearla pegada al muro que da a la casa de Aurora. Siempre me sorprendió la potencia de sonido que se puede conseguir con algo tan simple. El contenido de la caja rebota contra las paredes metálicas haciendo claclaclaclaclá y, en cosa de minutos, mis amigas acuden a la llamada. Diseñamos un sistema de escaleras que conectan unos jardines con los otros. Preciosa sube las escaleras de su muro y baja por las de Aurora. Están en buena forma, da gusto verlas subir y bajar los escalones, como cuando eran mozas.

—¡Bienvenidas! —las saludo, encantada de retomar nuestras partidas.

Las dos traen mochilas viejas de sus nietas. Son rosas, con dibujos de princesas y unicornios.

—¿Está tu hija? —me pregunta Preciosa.

—Claro que está. Ya os dije que no iba a fallar. Julia es de ley. Vamos dentro.

Cuando entro en la sala donde jugamos al parchís, descubro lo que estuvo haciendo mi hija en la cocina. Resulta que preparó cadapés. Son tan perfectos, tan bien colocadiños, que parecen de revista. Imposible que estén buenos.

—¡Qué buena pinta tienen! —la piropeo, echando mano una vez más de mis dotes para la interpretación.

—Sigo en Instagram a una cocinera que comparte unas recetas que están genial. Dan trabajo y hay que tener paciencia, pero luego el resultado merece la pena —dice ella, apuntando con la cámara de su móvil a la mesa auxiliar donde puso las bandejas.

—Claro que sí —contesto yo, como si supiera o me importara qué cosa es esa del instagrán.

Aurora y Preciosa abren sus mochilas y sacan las cajas de bombones y las magdalenas, y yo suspiro aliviada. Los cadapés estaban poniéndome mala. Para hacer esas composiciones, Julia a la fuerza tuvo que usar pinzas. Qué cosa más ridícula. Algunos tienen anchoas puestas como caracoliños, otros llevan trozos de olivas, almendras en polvo, huevo picado, nueces, uvas pasas, qué sé yo. Son unas mezclas que no me gustan un carallo. Hay unos que parecen nidos de pájaro. Sabe Dios qué le pudo pasar por la cabeza a mi hija para pensar que aquello nos podía apetecer. Voy a tener que comerlos sin respirar. Aún me va a dar algo en el cerebro.

—Venga, todas a la mesa —ordeno, mientras sirvo al Sansón en las copas.

—Yo prefiero agua —dice Julia.

Mal empezamos.

—Bebe un poco de vino, que mata todas las penas, mujer —le aconseja Preciosa.

Razón no le falta. Conocen la historia de mi hija, saben lo del divorcio y que el padre del niño empezó una relación con otra. Esto no lo sé seguro, pero tampoco hay que ser muy lista para caer en la cuenta, por eso se lo chimpé a mis amigas, aunque mi hija no dijera ni mu al respecto. Tampoco culpo a mi yerno de eso, si ellos ya no están juntos tendrán que rehacer sus vidas. Pudo esperar un poco, eso es cierto. Que parece que cambió una por la otra y eso bien no está.

—Tú eres el verde —informo a Julia, pasándole su cubilete—. Conoces todas las normas, ¿verdad?

—Creo que sí.

—Tranquila, es bien sencillo —comenta Aurora—. Con un cinco sales de casa, con un seis repites tirada y abres barrera, y si tienes todas las fichas fuera, cuentas siete. Pero ojo, que si sacas tres seises seguidos, vuelves derechiña para casa. Si comes a otra, cuentas veinte, y para entrar en la meta hay que sacar el número exacto y, una vez dentro, cuentas diez con la ficha que te dé la real gana. ¿Entendido?

Julia asiente con la cabeza sin decir ni pío. Está como agoniada. Tengo la sensación de que no entendió la mitad de las cosas.

—Antes de empezar tenemos algo que comunicarte —dice Preciosa, poniéndose solemne—. Adelante, Luz. Díselo tú.

Cojo el tarro de melocotones para explicarle a Julia la razón de jugar con céntimos:

—¿Ves los otros tres botes llenos de monedas? Uno es de Preciosa, otro de Aurora y el tercero es mío. Este era el tarro de Filo, por eso está vacío. Juntamos los céntimos que nos jugamos al parchís para comprarnos la corona más grande para nuestros entierros. Queremos que, desde hoy, este tarro sea tuyo, como sucesora de Filo.

Mi hija me mira con cara de pánfila, pero no dice nada.

—Conseguiremos llenarlo hasta arriba de monedas de diez y veinte céntimos, nada de cobre. Este tarro es la garantía de que tendrás una señora corona en tu entierro. Nosotros nos encargaremos de que así sea.

—Tengo cuarenta y un años —comenta Julia con un hilo de voz.

—Mejor, ¡más margen para llenar el bote! —Preciosa está eufórica.

—Y ahora, el brindis para empezar. —Alzo mi copa para no demorar más la partida.

Hacemos chinchín y bebemos media copa de un golpe, excepto Julia.

—No seas repunanta y pégale a ese Sansón un trago de verdad —le ordeno—. Venga, Julia, que no tenemos toda la tarde.

Ella obedece por no dejarme quedar mal delante de mis amigas. Me siento poderosa manejando la situación. El Sansón también ayuda. Con el cuerpo calientito todo es más sencillo. La vida fluye. Empezamos a menear los cubiletes. La que saque el número más alto empieza. Sale Aurora gracias a un señor seis. Vuelve a tirar el dado. Saca cinco y pega un grito de júbilo que casi me perfora los tímpanos.

—Tranquiliña, que esto acaba de empezar —le para los pies Preciosa.

Aurora no se inmuta. Tiene ya dos fichas fuera, los humos subidos y todo el tablero en blanco para ella sola. Tardo cuatro tandas en sacar un cinco. Estoy a punto de cambiar de dado cuando consigo el ansiado número. Engancho una racha de cinco, seis, cinco, y eso sube mi moral. La jugada merece un par de bombones y otro trago de Sansón. Aurora cuenta cuatro y come a Preciosa. Avanza veinte y coge ventaja. Claclaclaclá. Meneamos los cubiletes, papamos bombones y venga un trago para bajarlo. Le toca a Julia, que va a paso de caracol. Está frenando la partida. Suma muy lento y hace pruebas con todas las fichas antes de tomar una decisión. Así no hay cristo bendito que avance. Mientras ella piensa cada jugada, venga chocolate y vino. A este paso voy a tener que abrir una segunda botella, cosa que no pasaba desde que la hija mayor de Aurora aprobó las oposiciones para profesora, hace por lo menos siete años. Agarramos una cogorza importante, pero la ocasión bien lo merecía. Nunca había visto a Aurora tan contenta, ni siquiera el día de la boda de su hijo.

—¡Cinco! —grita Preciosa triunfante.

Saca al centro del tablero la ficha que le acaban de comer y rompe una barrera.

—¡Pa casa! —dice, papando la ficha de Julia.

Yo meneo mi cubilete a toda potencia para ponerla nerviosa y que cometa algún error. Aquí lo de contar mal se paga con céntimos. No vale eso de «perdón, fue sin querer». También es cierto que nunca fallamos, a no ser que llevemos un cagallón de tres pares de collóns. Saco un tres y engancho una racha terrible de dos, uno y dos otra vez. Le soplo al dado para quitarle de encima la calamidad. Un cuatro. Le doy cuatro chupinazos seguidos al Sansón para ver si así recupero algo. Mi hija me reprende, pero no la escucho. Solo puedo estar pendiente de tres cosas a la vez: el claclaclaclaclá, el número que necesito para papar esa ficha de Aurora que tengo a punto de caramelo y este bombón que me está sabiendo a gloria. La cereza del centro explosiona en mi boca como aquella vez que hice crac con el martillo, y, de repente, siento la necesidad de comprobar que está en el suelo, entre mis pies.

—Voy a por ti, Luz —anuncia Aurora, desafiándome con la mirada y sacudiendo su dado con una potencia que parece una minipímer.

Si saca un seis, me papa otra. No va a tener esa suerte. Claclaclaclaclá, hacemos todas al mismo tiempo, como cuando los hombres de una tribu baten con sus lanzas contra el suelo y empiezan a menear el culo alrededor de una hoguera.

—¡SEIS! —grita a un volumen de maleducada.

Manda mi ficha para casa y empieza a aplaudir. Está bailando sobre mi tumba y eso no lo tolero, no lo tolero, no-lo-to-le-ro. Agarro el mango del martillo y, antes de que les dé tiempo a pararme, pego un golpe grandioso en el tablero. ¡CRAC! Las fichas chimpan por el aire, pero lo hacen muy despacio. Observo pasmada cómo dan vueltas en el vacío. Cuando vuelven a posarse, cada una lo hace donde le cuadra. Sabemos perfectamente dónde teníamos nuestras fichas. Julia no. Julia no sabe ni dónde tiene la cabeza.

—Pero, mamá... —dice nerviosa.

Se pone de pie y viene hacia mí.

—¿Y tú quién eres? Julia, hay una tipa idéntica a ti a tu lado —la informo, aunque me da a mí que no va a tomarse bien la noticia.

Me cuesta centrar la vista. Veo todo duplicado: la bombilla, el televisor, las Auroras...

—Mi madre no se encuentra bien, es mejor acostarla en el sofá.

—¡Di que sí, a dormir la mona! —grita una de las dos Auroras toda contenta, como si le acabara de tocar un premio en una rifa.

—¿Abuela?

Ese es mi nieto, que no sé dónde está. Puedo oírlo, pero no lo veo porque tengo los ojos cerrados y ya me marcho, que aquí ya estuve y tengo que dormir. Ala, chao.

Sebas

—¿Abuela?

—Sebastián, por favor, vete para tu cuarto con tus amigos —me pide mamá, con voz de accidente—. La abuela no se encuentra bien.

—Vamos —susurra Noa acercándose tanto a mi oreja que su aliento me hace cosquillas.

Cuando se aparta me da lástima porque me gusta que se me encrespe así la piel de los brazos, y eso solo sucede en momentos muy especiales, como este. ¿Qué sentirá la abuela cuando agarra el *Mjölnir*? ¿También se le encrespa la piel? ¿Existe otro tipo de reacciones físicas cuando tienes un poder de esas dimensiones? Imagino su corazón golpeando como un tambor: pum, pum, pum, pum...

—Sebas, si quieres, coged una bandeja de canapés para merendar.

—Ya me ocupo yo, muchas gracias —le contesta Guerrero a mi madre, rápido como un ninja.

Si hay algo que he aprendido en mis diez años de vida es que, pase lo que pase, una madre jamás olvida que un hijo tiene que merendar. Ya pueden estar anunciando en la televisión la llegada inminente de un meteorito que va a explosionar contra la Tierra en cinco, cuatro, tres, dos, uno:

—El bocadillo, Sebas —diría mi madre, al verme con la mirada clavada en el televisor y el bocata sobre mis piernas, con la luna menguante de mis dientes dibujada en el pan como un recuerdo triste de lo que había sido la vida antes de extinguirse.

Entramos en mi cuarto. Cierro la puerta y luego coloco una silla delante para bloquearla y asegurarme de que nadie entra sin avisar. No significa que vayamos a hacer nada que no debamos. Es solo que, en demasiadas ocasiones, los mayores olvidan que tenemos derecho a la intimidad. Esa silla es una advertencia silenciosa. Un aviso que dice: «Estás entrando en un lugar que pertenece a otra persona». Invades un espacio y por eso encuentras un obstáculo. Soy un ser humano de un metro treinta y siete centímetros. Tengo derechos. De hecho, los tengo por escrito desde 1959, año en que las Naciones Unidas hicieron pública la Declaración Universal de los Derechos de la Infancia. Lo explicó una profe el otro día en clase y no pienso olvidar jamás ese dato.

—Sebas, en serio, tu abuela es Thor —afirma Guerrero, cogiendo disimuladamente un canapé—. ¿Visteis qué golpe dio con el martillo contra el parchís? ¡Saltaron chispas y todo!

—Eso fue una pasada, pero ¿qué me dices de la cara de tu madre, Sebas? —me pregunta Noa—. Se quedó catatónica durante unos segundos. Como una estatua.

—No me fijé en mi madre. Solo podía mirar a la abuela. Estaba como poseída.

—De poseída nada. Estaba igual que mi tío en Fin de Año. ¿O no te fijaste en que tenían una botella de vino encima de la mesa?

—Y papeles de bombones —apunta David—.

Muchos papeles de bombones. Vaya atracón se han metido.

—¿Pensáis que mi abuela es alcohólica?

—Yo creo que lo son casi todos los adultos —confiesa Noa—. Desertores del agua.

—Mi madre siempre bebe agua —murmuro mientras intento buscarle un sentido a la escena que acabamos de presenciar en el salón.

—La gente mayor hace cosas raras para llamar la atención —dice Guerrero, quitándole importancia—. ¿Cuándo pensáis que empezaremos la metamorfosis para convertirnos en adultos? Mi hermana ya bebe alcohol. Hace unas semanas fue a una fiesta y llevaba botellas pequeñitas escondidas en el bolso.

—¿Registraste el bolso de tu hermana? Eso no está bien, David —le echa en cara Noa.

—Lo registré, pero no por lo que estás pensando. A veces lleva caramelos blandos, de los que se te quedan pegados a los dientes y duran mucho más. Yo solo quería eso, un caramelo para aplastarlo con las muelas y pasar la lengua por encima hasta deshacerlo. Preferiría no saber lo de las botellas. Ojalá pudiera borrarlo.

Nos quedamos unos segundos en silencio, como si toda esa información estuviera sucia y se colase por agujeros invisibles, contaminándolo todo. Me siento un poco mal. Rompo el silencio con una confesión:

—Yo no quiero que nos pase nada de eso. No me gustan los divorcios.

Puedo detectar cómo David y Noa cruzan sus miradas, esas cosas a mí no se me escapan. No sé por qué acabo de decir lo que acabo de decir, me ha salido sin pensar. Estábamos hablando de otra cosa, mi cerebro a veces hace lo que le da la gana. De vez en cuando me vienen a la cabeza cosas malas y me pongo triste. Algunos padres que se separan se odian, y a mí no me gusta que los míos se odien, ni tampoco que papá viva tan lejos. Menos mal que tengo su carta. Me la escribió justo antes de marcharnos de Madrid. Siempre la llevo dentro de mi mochila. La he leído muchísimas veces porque dice cosas importantes que no quiero que se me olviden. Noa se pone seria y empieza a hablar:

—Pues si no te gustan los divorcios, entonces, aquí y ahora, tenemos que hacer un pacto y prometer que nunca jamás nos divorciaremos. Que estaremos juntos para siempre. Los tres. Y no vale poner como excusa que vamos a universidades distintas o que conocemos a otras personas. Lo nuestro es para siempre, y para siempre quiere decir que solo puede separarnos una catástrofe.

Me gusta ese don que tiene Noa de darles la vuelta a momentos tristes y convertirlos en otra cosa distinta. Es como si tuviera soles pequeños guardados en la manga del jersey. Cuando llueve o cuando aparece una amenaza, suelta un sol y lo hace volar como un pájaro. Extiende un brazo y nos mira con ojos de Bambi, para que coloquemos nuestras manos sobre la suya.

—A la de tres decimos en voz alta: «Lo nuestro es para siempre» —nos indica.

—¡No a los divorcios! —añado yo.

Hacemos ese pacto de amistad convencidos de que no hay nada en el mundo que lo pueda romper. Y no lo hay. De verdad que no lo hay.

Me gustaría que Noa y Guerrero se quedaran a dormir conmigo. Montar en mi cuarto una fortificación y quedarnos allí dentro los tres, protegiéndonos unos a los otros de todo lo que sucede al otro lado de la puerta. Vivir sin dejar entrar a los monstruos. Las lágrimas de mamá son monstruos. También las reacciones de la abuela, y la distancia a la que vive papá. Pero a él me gusta dejarlo entrar. Le abro la puerta a través de mi *tablet* y pasa un ratito aquí, en mi cuarto, que es mi lugar favorito. Lo era también en la otra casa, la de Madrid. Creo que es un don mágico que tengo, el de construir el cuarto más increíble, esté donde esté.

Noa se empeña en que veamos un vídeo sobre el tamaño de la Tierra y su posición en el sistema solar. Guerrero y yo fingimos que nos interesa, para no ofenderla. Pero todos esos datos numéricos resultan difíciles de entender. A mí lo que realmente me gustaría es hablar de Thor, del martillo y de los superpoderes.

—¿Y no conoces ningún vídeo donde hablen de Asgard? —pregunta Guerrero.

—Asgard no existe —dice Noa.

—Por supuesto que existe. Es uno de los nueve reinos que sostiene Yggdrasil.

—Ygg... ¿qué? —le pregunto a Guerrero.

—El árbol de la vida. Es un fresno con las ramas tan largas que sus hojas se mezclan con las estrellas. Tiene tres raíces. La primera conecta con Asgard, el reino de los Dioses, donde gobierna Odín, el padre de Thor. La segunda conecta con Iötunheim, hogar de los gigantes de hielo. La tercera, con Nifleheim, la región oscura.

—Cuéntanos más —le pido.

Noa pone cara de que hablar de eso es un aburrimiento, pero tanto Guerrero como yo sabemos que es por hacerse la interesante. Lo que cuenta Guerrero es una pasada.

—Yggdrasil sostiene los Nueve Mundos. Sin él, todo se destruiría. Rezuma miel y es el hogar de varias criaturas. Arriba del todo, en su copa, vive un águila gigante sin nombre, con un halcón posado entre sus ojos. También hay una ardilla llamada Ratatösk que recorre el tronco llevando noticias de un mundo a otro. Ratatösk es la conexión entre el águila y el dragón Níðhöggr, que mora entre las raíces. También hay cuatro ciervos que son las almas de cuatro enanos. Adoptaron esa forma para poder llegar a las ramas de Yggdrasil y alimentarse de sus hojas. Uno de mis personajes favoritos es Heimdall, el guardián del puente del Bifröst, que conecta Asgard con Midgard, el reino de los humanos.

Guerrero se detiene y me mira fijamente antes de añadir:

—¿Pero tú no has empezado a leer el libro que te presté?

—¡Sí, claro! Me suenan algunos de esos nombres, pero tú pareces una enciclopedia.

—Más bien una vikingopedia.

Ese comentario de Noa nos hace reír. Formamos el mejor equipo.

—Quedaos hoy a dormir —digo, sabiendo que eso es imposible. Al día siguiente hay cole.

—Si tuvieses el pelo largo, llevases vestido y hoy fuese viernes o sábado, tal vez dejarían que me quedara —dice Noa, poniéndose la cazadora—. Pero eres un niño y ya sabes lo que eso significa.

Le digo que sí con la cabeza, pero la verdad es que no tengo ni idea de lo que significa. O sí lo sé, pero no me gusta un pelo.

—Te acompaño a casa —le dice Guerrero, metiéndose un par de canapés en el bolsillo del abrigo.

Viven en la misma calle y eso facilita las cosas. Me da mucha pena que se vayan. Después de la escena del parchís no me apetece mucho estar con la abuela. Tampoco con mamá. No sabría explicar por qué. Hay algo que se me atasca en la garganta. Una especie de bola de polvo que antes vivió debajo de mi cama, en el suelo de mi armario, detrás de una puerta. Fue creciendo más y más hasta terminar en mi tráquea. Me gusta bastante la palabra *tráquea*. También *branquia* y *encéfalo*.

—Nos vemos mañana, vikingo —me dice Guerrero.

Los acompaño hasta la salida y cierro la puerta con algo de rabia.

—Sebas, ¿estás bien? —me pregunta mamá, como si pudiera leerme el pensamiento. O peor aún: como si pudiera leerme los sentimientos.

No le contesto. No quiero hablar con ella. No quiero hablar con nadie. Me encierro en mi cuarto, me meto en la cama y cojo el libro de Guerrero, con la esperanza de que se me vaya la bola de polvo de la garganta y también de encontrar alguna respuesta entre las páginas.

Julia

La casa está tan vacía que parece una cáscara de huevo. Sebas se ha ido a pescar al embalse con esos dos niños de los que no se despega y mamá ha quedado con sus amigas en casa de Preciosa. Y yo ahora mismo debería estar aprovechando el tiempo para sacar adelante el reportaje sobre el repunte del tráfico de heroína en el que estoy trabajando, pero soy incapaz. Lo peor es que la idea del reportaje partió de mí. Tuve que convencer a mi jefe para que me dejara escribir sobre eso, apelando a mi regreso a Galicia y a la importancia de su costa en el tráfico de drogas. El tema me resulta muy atractivo, aunque haya ya tantísimas páginas escritas sobre ello. No sé qué me pasa estos días. Cada vez que me siento delante del ordenador, acabo navegando por infinidad de páginas web que, en el fondo, ni siquiera me interesan. Hace media hora me he descubierto a mí misma pensando en voz alta «la procrastinación es el mal del siglo XXI», después de ver un vídeo sobre cómo dejar de procrastinar. Apago el ordenador. Pongo una lavadora y después empiezo a ordenar el armario de Sebas. Mientras doblo camisetas, me viene a la cabeza que papá desapareció justo en medio del *boom* de la heroína en Galicia, como un perro huyendo de la rabia. Aunque ambas cosas no estén directamente relacionadas, no puedo evitar hacer esa asociación. Me acuerdo del miedo que me daban los yonquis cuando era pequeña. Me aterraban sus cuerpos flacos, perdidos dentro de una ropa que les iba demasiado grande. También sus caras deformadas y la manera que tenían de hablar. Nunca entendí por qué se producía esa extraña mutación en la voz que les afectaba a todos de la misma manera. Podría reconocer a un yonqui con los ojos cerrados, solo por la manera de expresarse y su característico timbre. Y porque convivíamos con ellos en el barrio y he visto con mis propios ojos cómo se iban deteriorando a toda velocidad. Me aterraba pensar en el número de agujas que se clavaban, abrasando sus venas hasta dejarlas molidas como la sal. Abrasaban también sus cerebros, sus recuerdos, su vida anterior, como si no importara nada. Me aterraba, aún me aterra, esa especie de suicidio premeditado. Esa metamorfosis que los convierte en zombis a ojos del mundo. Aunque debajo de toda esa piel siga habiendo un corazón, la gente parece olvidarlo. Viví esa transformación en los hijos de algunas conocidas de mamá, y de niña presencié muchos episodios que se me quedaron grabados para siempre. Como lo que pasó aquella tarde. Estaba jugando con otros chicos del barrio y, de repente, pasó un coche de policía persiguiendo al Manoplas. En realidad se llamaba Gerardo. Era un chico del barrio, de los que parece que llevan toda la vida allí, aunque sea dentro de otros cuerpos y de otras pieles. Como si los lugares tuvieran la capacidad de producir en cadena la misma tipología de persona una y otra vez, pero en esta ocasión, con el matiz de la heroína. Gerardo frenó de golpe justo delante de la puerta del Bar Seco, donde mi padre pasaba las tardes. Se bajó del coche y recuerdo que me pareció que tenía demasiado pelo, o que lo llevaba demasiado largo, o demasiado despeinado. Había algo excesivo en su aspecto que no me acababa de encajar. Los policías lo cachearon y luego le mandaron quitarse la cazadora, el jersey, vaciar los bolsillos. A él le temblaban sus manos de gigante, y poco más pude ver porque mi padre me metió para dentro del bar, junto con los otros niños, y no supe qué sucedió allí, qué había sido aquello. Tan solo recuerdo que teníamos miedo, ese miedo infantil denso e inmanejable, y que hablábamos entre nosotros en voz muy baja, para que nadie nos oyese. No nos estaba permitido opinar sobre eso. De hecho, nos iba demasiado grande. El mayor de nosotros no tenía más de ocho años y ni siquiera comprendíamos bien lo que estaba sucediendo. Tan solo sabíamos que era algo malo y que estaba relacionado con la droga.

—¡Le mandaron quitarse hasta los zapatos! —relataría horas después una señora que caminaba en ese momento por la calle—. Pobre Lola, qué cruz tiene con este hijo —añadió bajando la voz, metiéndose en el corazón de aquella mujer que perfectamente podría ser ella.

Ninguna madre estaba libre de que la peste entrase en su casa. Solían rezar, como método de prevención. Pero eso, por desgracia, no era suficiente. Gerardo apareció muerto en el suelo del cuarto de baño de una cafetería en el año 1991. Ignoro los detalles. Solo sé que fue una sobredosis, que todo el mundo comentaba lo sucedido con rabia y que su madre se vistió de negro para siempre. Mi padre ya se había marchado varios años antes. Al hilo de este recuerdo, acabo de desbloquear otro. Mamá, papá y yo habíamos ido a pasar el día a la illa de Arousa. En realidad, mamá y yo estuvimos en la playa, papá había quedado con unos amigos y fue a recogernos a la hora de comer. Caminaba descalzo por un pinar y todo era bonito y todo era azul hasta que soltó un pecado. Se apoyó contra un árbol y flexionó la pierna derecha para examinarse la planta del pie. Tenía una jeringa clavada. No recuerdo qué palabras pronunció. Solo sé que me asusté bastante y que, en cuanto tuve ocasión, le pregunté a mi madre qué significaba aquello:

—Pues qué va a ser, que puede coger el sida —me contestó ella, sin medir lo que esa respuesta podía provocar en una niña pequeña.

Mi madre siempre ha sido excesiva, como si tuviese algún problema de autocontrol. Durante varias semanas viví con el miedo dentro del cuerpo. No me atrevía a preguntar si había ido a hacerse alguna prueba, si tenía que tomar algún medicamento, si podíamos beber del mismo vaso o comer helado con la misma cuchara, tal era mi ignorancia. Y poco después, él se marchó sin una sola explicación y yo llegué a pensar que había muerto por culpa de la jeringa clavada en el pie y que nadie me lo había dicho para ahorrarme el disgusto. Nos abandonó como quien deja una mascota en una cuneta y pisa gas a fondo. Mamá niega esta evidencia hasta la saciedad. Insiste en que durante años recibió cartas suyas desde Buenos Aires. Cartas que yo nunca llegué a ver. «Son íntimas», argumentaba ella, intentando excluirme.

—Pues léeme aunque solo sea alguna frase —le rogaba yo.

—Cuenta que encontró un trabajo y que nos echa mucho de menos. Le mandé una foto tuya y dijo que estabas muy guapa.

—Quiero ver esa carta. Por favor.

—Son asuntos de mayores, Julia.

—Pues entonces explícame por qué se marchó.

—Porque aquí no había trabajo. ¿Qué querías, que fuésemos unas muertas de hambre?

—Pudo llevarnos con él. Si nos quisiese, nos habría llevado con él. O por lo menos se habría despedido.

—¿Tú sabes lo dura que es una despedida?

—Más duro es tener un padre que desaparece sin decir palabra.

—No tienes ni idea, Julia.

—¡Pues explícamelo! Habla conmigo, quiero entender qué sucede. ¿Qué pasa, que tiene otra familia allí?

Jamás llegó la explicación que yo tantas veces demandé y eso tuvo serias consecuencias. De tanto desgranar posibles hipótesis, cada cual más dolorosa que la anterior, me reventó el corazón y de la carne roja nació una rama de espino que se fue haciendo cada vez más gruesa, cada vez más grande y cada vez más insoportable. Las cosas mejoraron un poco cuando me fui de casa. Fue mamá quien insistió para que estudiase en Madrid. Me repitió tantas veces que llevaba ahorrando décadas para eso que acabé creyéndola. Me convenció de que su sueño era que yo estudiase Periodismo en Madrid, como si quisiera quitarme de en medio. A veces pensaba que era una traición dejarla sola, pero a ella no parecía importarle. Reconozco que mudarme a Madrid fue una manera de poner distancia con todo lo que me hacía sufrir. A veces pienso que me casé tan joven para tener alguien a quien aferrarme. Alguien ajeno a aquella familia que me había fallado desde tan pequeña. No negaré que mi madre me dio todo lo que pudo y que se deslomó para que yo fuese a la universidad. Pero hay brechas irreparables. Pese a que ahora esté aquí, haciéndome cargo de ella, hay brechas irreparables. Y ahora que he vuelto a esta casa, es el momento de encontrar respuestas. La desaparición de un padre es algo demasiado radical como para dejarlo pasar. Asumí el silencio durante demasiados años. Además, el discurso de mi madre está lleno de fisuras.

—Las cartas —murmuro, abrazando la idea que acabo de tener.

De hecho, no entiendo cómo no se me había ocurrido antes. Con lo difícil que es disponer de una tarde para mí, a solas en esta casa. Me dirijo al cuarto de mi madre. Pocos cambios ha sufrido desde que yo era una niña. La misma colcha, las mismas alfombras, las mismas cortinas que se desploman con el cansancio de décadas y están llenas de manchas imposibles de limpiar. Me pone nerviosa ese estancamiento. Es como si mi madre se negase a avanzar y prefiriese quedarse fosilizada en una época que ya nunca va a volver. Lo único que ha cambiado es que ahora es un dormitorio individual en el que ya no queda ni rastro de la presencia de mi padre, por lo menos a simple vista, y que hay un televisor. Abro el armario y echo un vistazo general. La ropa está tirada sin ningún tipo de orden, unas piezas encima de otras, todas arrugadas. Hay unas cajas de cartón en la parte de abajo. Empiezo a abrirlas y encuentro zapatos, bufandas, bolsos viejos. Una de ellas tiene dentro documentación, desde facturas de la luz hasta el libro de familia, mis notas de la escuela... Después de examinar todas las cajas, me meto con los cajones de la cómoda. Ver todos aquellos papeles viejos es hacer un viaje en el tiempo bastante desolador. Es curiosa esta manía que tiene de almacenar durante décadas cosas sin ninguna utilidad: radiografías, tíquets de compra, instrucciones de electrodomésticos que hace años que fueron sustituidos por otros. Registro cada entresijo del dormitorio hasta interiorizar que tengo que buscar las cartas en otro sitio. En el salón hay un par de muebles con puertas y quizás ahí tenga más suerte. El resultado es idéntico, tan solo encuentro documentación inservible, loza vieja, manteles amarillentos y el juego de cubiertos que mamá saca en ocasiones especiales. Empiezo a pensar que toda la historia de las cartas forma parte de una fantasía creada para disfrazar la realidad. Una especie de embuste que mantuvo a duras penas durante años. ¿Pero qué sentido tiene eso? ¿Por qué mentir de esa manera? ¿Quizás para evitar la vergüenza de ser una mujer abandonada? En ese caso, quien debería sentirse avergonzado sería él. Las víctimas somos mamá y yo, y me niego a seguir imaginando realidades alternativas. Solo quiero la verdad. Entonces, a punto de darme por vencida, pruebo con el último cajón. Dentro encuentro una caja de metal envuelta en un paño con flores pequeñitas bordadas. La abro y no puedo creerme lo que hay dentro. Es una pistola. No sé cómo comprobar si está cargada, me da miedo manipularla. Trago saliva. ¿Qué coño hace un arma en casa?

—Mamá, ¡mira qué pescamos! —grita Sebas de repente, irrumpiendo como un maremoto y dándome un susto de muerte.

Dejo la caja donde estaba y cierro el cajón rápidamente, con el corazón pateándome el pecho.

—Hola, niños —disimulo mientras me aparto de la vitrina—. A ver, enseñadme qué traéis ahí.

—¡Siete truchas! —exclama Sebas.

Noa y Guerrero observan el interior del cesto de las capturas.

—Pero estáis sudando a chorro. ¿Qué ha pasado?

Ninguno de ellos contesta. Bajan la mirada y se crea un silencio incómodo. Sin pretenderlo, acabo de tocar una tecla delicada. Parece obvio que ha sucedido algo que no quieren que yo sepa. Menuda tarde llevo.

—Veo que estáis superhabladores —insisto, poniéndole un poco de humor.

—Nos persiguió un señor —confiesa Sebas—. El Carnicero.

—¿Qué carnicero? —pregunto.

—Uno que vive en el monte y tiene un bulto en la garganta.

—Sebas, no entiendo nada. ¿Quién es ese señor del que me hablas? ¿De qué lo conoces?

No se me pasa por alto que Guerrero acaba de darle una patada disimuladamente para que guarde silencio.

—Sebas, ¿ha pasado algo que yo deba saber? ¿Os ha hecho algo ese señor?

Él niega con la cabeza y me doy por vencida. Sé que no voy a conseguir sacarle nada más, por lo menos delante de sus amigos, así que cambio por completo de estrategia:

—Seguro que a la abuela Luz le hace ilusión limpiar las truchas. Si queréis esperarla, debe de estar a punto de llegar.

—Gracias, pero si tardo media hora más en llegar a casa, mi madre me asesina —interviene Noa—. ¡Nos vemos mañana, Sebas!

Guerrero también se despide.

—Pero, esperad, llevaos vuestras truchas —les digo.

—Son para la abuela de Sebas —contesta Guerrero—. Ella necesita alimentarse más que nosotros.

Su comentario oculta algo que no logro descifrar y

eso me fastidia. Me fastidia porque tengo delante a tres niños de diez años que acaban de ganarme la partida sin esforzarse demasiado. Usando tan solo el silencio como recurso.

—¿Qué buscabas en ese mueble? —me pregunta Sebas después de despedirse de sus amigos.

—Información sobre el carnicero misterioso del que no me quieres hablar —le contesto yo, a ver si así suelta prenda, aunque la verdad es que no consigo sacarme la pistola de la cabeza—. ¿Qué pasa con ese hombre?

—Nada. Apareció en medio del monte y empezó a correr detrás de nosotros.

—¿Pero habéis hecho algo para que reaccionase así?

—Nada, mamá, de verdad —me asegura, mirándome a los ojos—. Estábamos recogiendo palos para hacer una cabaña y vino a por nosotros.

Le acaricio el pelo. Tiene la cabeza toda mojada y cara de estar diciendo la verdad.

—La ducha te está esperando —le digo.

Un rato después llega mi madre y parece de buen humor. Al contrario que yo, que no comprendo cómo puede ser tan inconsciente y tener guardada una pistola en casa, sabiendo que vive con un niño de diez años. Espero que no haya pasado la tarde bebiendo con sus amigas y que la escena del otro día tan solo se debiese a que llevaban meses sin jugar al parchís. No tiene edad para semejantes excesos. Me siento incómoda pensando esto, como si en los últimos meses me hubiesen caído encima veinte años. Demasiadas responsabilidades. Me he convertido en una cuidadora. Esa es ahora mi vida.

—¿Dónde está el niño? —pregunta mi madre.

Yo preferiría que me dijese: «Hola, hija, ¿cómo estás? ¿Pasaste bien la tarde?». Pero Sebas parece ser lo único que le importa de verdad.

—Terminando de ducharse —murmuro—. Llegó empapado en sudor. Dice que lo persiguió un carnicero por el monte.

—¿Y qué se supone que hace un carnicero en el monte? ¿Destripar conejos? ¿O pintar la mona?

—Esperaba que me lo aclarases tú. ¿Conoces a algún carnicero que tenga un bulto en la garganta y que frecuente la zona del embalse?

Mamá no contesta a mi pregunta. Me mira con una cara rara, como si acabase de decir una locura:

—Hija, tienes que salir más —sentencia, negando con la cabeza.

—¿Salir más? La única vez que quedé con una amiga para tomar un café, cuando volví me recriminaste que te había dejado sola toda la tarde.

Mi madre se sienta en el sofá, enciende la televisión y sube el volumen hasta que empieza a resultar molesto.

—Mamá, baja la tele, por favor. ¡Mamá! —insisto, al ver que no reacciona—. ¡Mamá! —repito una vez más—. Necesito hacerte una pregunta importante.

Quiero pedirle explicaciones, que me cuente por qué tiene un arma, pero finge no oírme y hace justo lo contrario de lo que le estoy pidiendo: sube más el volumen, hasta el máximo.

—Abuela, ¡baja eso! —le exige Sebas, que acaba de aparecer en pijama oliendo a champú.

Coge el mando y silencia la televisión.

—Vas a dejarnos sordos —le dice, con buen criterio—. ¿Cómo tienes la tele tan alta?

—Era para librarme del sermón de tu madre —le contesta ella, como si yo no estuviese allí—. Estaba a punto de empezar con una de sus murgas. No hay cristo potiente que las soporte, y yo no estoy para que me frían la sangre.

Sebas me mira sorprendido por la salida de su abuela y luego se echa a reír. Yo, por el contrario, no sé si reír o llorar. Opto por desaparecer en la cocina y eviscerar las truchas, una por una, hasta que el olor a pescado se me mete dentro a través de los poros de la piel. Y ni siquiera me importa. De verdad que no me importa.

Sebas

Pescar solo debe de ser bastante aburrido. Cuando veo a los pescadores sentados en la orilla del río, sin más compañía que su caña y sus lombrices, siempre pienso que es una anomalía. Me gusta cómo suena esa palabra: *anomalía*. La descubrí hace unos días e intento usarla a diario para no olvidarla. Las clases de lengua son mis favoritas. Pero estaba hablando de los pescadores y de su soledad. ¿Qué pasa, que no tienen ni una sola persona que los quiera acompañar? Un hijo, un sobrino, un amigo... Que el único ser vivo que consigan llevar con ellos sean unas lombrices (que además van contra su propia voluntad, ignorando su destino terrible como cebo de pescados) da bastante pena. Me pone un poco triste ese pensamiento. Creo que es porque acabo imaginando que yo soy ese pescador que no tiene más compañía que un puñado de lombrices. O que yo soy la lombriz y me arrastro por la tierra hasta que alguien decide que me tengo que convertir en cebo para peces.

Yo siempre voy a pescar con Noa y Guerrero, y es una de las cosas que más me gusta hacer en el mundo. La tarde pasa volando, como si hubiera alguien manejando un acelerador de minutos y metiendo nuestras horas en una caja blindada para que no las podamos recuperar. La aventura empieza cuando los recojo en el camino donde están sus casas. Echamos a andar y tardamos treinta y tres minutos en llegar a nuestra zona favorita. Veintinueve si apuramos, pero lo que mola es ir con calma, atentos a todo lo que nos rodea. El monte está vivo. A veces me imagino que tiene un pulmón dentro de cada árbol y muchas criaturas por metro cuadrado, algunas invisibles, con cientos de corazones latiendo al mismo tiempo. Me pregunto qué pasaría si un humano amplificara todos esos latidos. ¿Desde dónde se oirían? Apuesto que desde Nebraska.

Hoy encontramos la piel de una serpiente que hizo la muda en medio del sendero que bordea el río. Noa se empeñó en guardarla en la mochila y llevársela como recuerdo, pero Guerrero y yo le quitamos esa idea de la cabeza. Es genial que quiera ser científica, pero guardar en la mochila una piel de serpiente no está bien. Tampoco sé explicar exactamente el motivo.

—Tú conservas todos tus dientes de leche dentro de una caja —le dijo Noa a Guerrero, para convencerlo de que era una buena idea—. ¿Por qué yo no puedo quedarme con la piel de la serpiente?

—Porque no.

—*Porque no* es una mierda de respuesta.

—Porque da asco. Deja ahí la piel, porfa.

Por alguna razón, ella ha cedido. Creo que la ablandaron dos cosas. La primera, que Guerrero no sabía explicarle por qué no podía llevarse la camisa de serpiente a casa. La segunda, que empleó la táctica de Noa de poner mirada de Bambi. Suele ser infalible. La tarde iba genial, mucho mejor de lo que esperábamos. Todo estaba saliendo perfecto: las truchas picaban sin parar, y tuvimos la idea de construir una cabaña para cobijarnos en los días de lluvia. Noa tenía un libro donde explicaban cómo levantarla paso a paso y nos dijo que era facilísimo, incluso para nosotros, que no somos para nada unos niños hábiles. El primer paso consiste en reunir ramas de todos los tamaños para hacer la estructura.

—¿Y si esta rama es de Yggdrasil? —alcé un palo de abedul como si fuera una espada—. ¡Ratatösk, ven por mí! ¡Tengo en mi poder uno de los brazos del árbol sagrado y voy a destruir el orden cósmico!

—Ratatösk tan solo es una ardilla mensajera que modifica la información para crear un clima hostil. —Guerrero es un auténtico experto—. A quien de verdad hay que temer es a Níðhöggr, el dragón golpeador de la malicia. Lleva los cadáveres de los criminales bajo sus alas de murciélago. Tiene los dientes envenenados y su misión es destruir Yggdrasil.

Representamos una escena en la que Guerrero era el dragón, Noa, el águila sin nombre que vive en la copa del árbol, y yo simplemente era Sebas.

—Soy Sebas, nieto de Thor, y vengo aquí para hacer justicia —dije con contundencia, dando golpes en el aire con el palo para hacerlo vibrar.

—¿Cómo osas perturbar mi descanso? ¡Maldito seas, humano! —Noa estaba metidísima en el papel.

Que, por otro lado, es la única manera de formar parte de nuestro equipo. O te implicas de verdad, o ni lo intentes. No queremos mediocres, aunque esa palabra no signifique exactamente lo que yo necesito que signifique. Lo que intento decir es que no aceptamos a nadie que no venga con todo. Y no hablo de cosas materiales. Hablo de ser nuestro amigo de verdad y no a medias.

—¡Águila sin nombre, estás condenada! —continué.

—Como te atrevas a poner un pie en este árbol, estás muerto —me interceptó Guerrero.

Todo era perfecto: la temperatura, nuestras interpretaciones, ese monte mágico donde se multiplica por cien todo lo que nos pasa. Hasta que hemos descubierto a ese señor corriendo entre los árboles. Un ruido nos distrajo. Interrumpimos nuestra escena de golpe y nos quedamos clavados mirando hacia él. Era un monstruo, tenía las extremidades demasiado largas, y avanzaba en nuestra dirección con una hoz en la mano. En un primer momento pensé que era imposible que fuésemos su objetivo. Pero cada vez se acercaba más y nosotros éramos los únicos que estábamos allí. Tenía un bulto gigante en la garganta e intentaba hablar, pero no se le entendía nada. Lanzaba por la boca sonidos extraños, como un animal. Una bestia. Detecté el peligro y agarré el cesto de las truchas:

—¡Corred!

Guerrero se quedó quieto como una estatua. Tuve que agarrarlo por una mano y tirar de él para que reaccionase. No había sentido tanto miedo en mi vida. ¿Qué pensaba hacer aquel hombre con la hoz? Solo somos unos niños, pero el mundo está lleno de dementes dispuestos a hacer cosas terribles. Eso es algo que mi abuela repite con bastante frecuencia: «Ten cuidado con los dementes, huye de ellos sin mirar atrás. Y si es necesario, ataca tú antes de que te ataquen». Alcanzamos semejante ritmo que parecíamos niños que van a atletismo, nuestras piernas eran dos poleas de hierro que se movían por tracción mecánica. Más rápido, más rápido, más rápido. Guerrero, transformado en gacela, volaba con sus setenta kilos a ras de tierra, pero aquel hombre no se rendía nunca, seguía corriendo detrás de nosotros. Estaba pasándolo tan mal que me entraron ganas de mear en medio de la persecución y tuve que parar. Sabía que no era buena idea, pero ¿qué otra cosa podía hacer?

—Sebas, ¡no es el momento!

Me dio mucha vergüenza que me pasase eso delante de Noa pero era peor mojar los pantalones. De verdad que no podía aguantar más.

—¡No paréis, que ya os alcanzo! ¡Corred! —grité.

Le habíamos sacado cierta ventaja a aquel loco, pero con esa parada casi lo estropeo todo. De mi vejiga salieron por lo menos quince litros de pis. Era horrible porque quería terminar y aquello no paraba nunca. Más pis, más pis, más pis. Y el hombre cada vez más cerca. No quería que me rebanara el pescuezo en aquellas circunstancias, ¿qué clase de muerte era esa para el nieto de Thor?

—¡Aaaaaaaaaaah! —retomé la marcha corriendo a todo lo que me daban las piernas.

Ese grito me sirvió para desahogarme. Estaba tan nervioso que empecé a reír, con los ojos llenos de lágrimas y el corazón a punto de salirme por la boca. Latía en mi garganta, como un sapo que se hincha y se deshincha y parece que va a explosionar, pero no llega a hacerlo. Excepto que tú lo explotes, claro.

—¡Corre, Sebas! —gritaban Noa y Guerrero desde una distancia segura—. ¡Más rápido!

Y lo hice. Corrí como jamás volveré a correr en mi vida, hasta desfondar a aquel viejo que intentaba decirme algo. Algo que no le salía porque se le quedaba atascado en el bulto del cuello.

Por fin conseguimos perderlo de vista, pero no quitárnoslo de nuestras cabezas.

De camino a casa paramos unos minutos a recuperar fuerzas. Estábamos fuera de peligro, protegidos por las casas y por la gente que caminaba por la calle, pero con el susto todavía en el cuerpo.

—Quería matarnos. Es el Carnicero de Dioses —susurró Guerrero, con el pelo todo mojado.

—Explícate mejor.

—Es Gorr, el alienígena. Un torturador sin escrúpulos. Piensa que los Dioses no merecen vivir. Su arma es la Necroespada Negra. Seguro que sabe que tu abuela es Thor, por eso venía a por nosotros. En realidad, a quien quería era a ti, para chantajearla.

—Vale, creo que ha llegado el momento de que la racional de este equipo ponga orden —intervino Noa—. Estamos llevando esto demasiado lejos. La abuela Luz es Thor, en eso puedo llegar a estar de acuerdo porque la vi en acción con el martillo. Pero ese señor no era un alienígena. Ese señor era un pirado con una hoz.

—No era una hoz. Era la Necroespada Negra. —Guerrero empezó a recitar de memoria las cualidades de ese personaje—. El Carnicero de Dioses camina sobre el agua, crea y manipula la oscuridad, puede fusionarse con las sombras, absorbe estrellas y agujeros negros y tiene el don de la clarividencia. Es poderosísimo.

—Pues se quedó por el camino. Tan poderoso no será.

—Igual solo quería asustarnos —dije.

—Pues lo ha conseguido. —Guerrero estaba bastante nervioso por lo que acabábamos de vivir—. Tu abuela va a tener problemas serios muy pronto. Necesita estar en forma.

Creo que nunca voy a poder olvidar lo que hemos vivido esta tarde. Las zancadas de ese hombre, sus extremidades enormes, el bulto de la garganta, el miedo que nos ha hecho pasar... Ahora, debajo de las mantas, pienso en que seguro que guarda algo en ese bulto. Igual acumula ahí las almas de los Dioses que asesina y el tumor va creciendo con cada nuevo asesinato. Una vez fui con papá a dar un paseo por el monte y encontramos un nido de águila con huevos tan grandes como el bulto del Carnicero de Dioses. ¿O era un nido de pterodáctilo? No estoy seguro, pero los huevos eran azules, como este océano sobre el que camino ahora mientras busco un barco que me recoja. ¡Socorro, ayuda! ¿Hay alguien ahí?...

Despierto sobresaltado de mi sueño. La abuela me está llamando. Enciendo la luz y voy descalzo a su cuarto. La encuentro sentada en la cama. Está fatal:

—¡Auxilio! ¡Ayúdame, neniño!

—Abuela, estoy aquí. ¿Qué pasa?

—¡Es todo mentira! —grita ella.

No tengo ni idea de lo que me está hablando. Ni siquiera sé si está despierta o dormida. De vez en cuando retuerce los ojos y se le quedan en blanco. Como si tuviese un espíritu maléfico dentro del cuerpo.

—Espera, que voy a llamar a mamá...

No me da tiempo a dar un paso. Mamá ya está entrando por la puerta del cuarto.

—¡Fuera de aquí! ¿Cómo te atreves? —le dice la abuela—. Neniño, dile a esa mujer que se marche de nuestra casa.

—Pero, mamá... —murmura mi madre.

—¡No me llames mamá!

Le habla igual que cuando discute con la presentadora de la tele. Está enfadadísima. Entonces levanta la almohada y saca el martillo. Ojalá estuvieran aquí Guerrero y Noa para ser testigos de esta escena. No tengo ni idea de lo que va a pasar ahora. Miro por la ventana esperando una tormenta eléctrica, con relámpagos y truenos que exploten contra el martillo, pero el cielo está limpio.

—Ya está bien —le dice mamá con firmeza.

Le quita el martillo de la mano y yo aguanto la respiración porque no sé cómo puede reaccionar la abuela. De pronto, los músculos de su cara se relajan y sonríe, como si acabase de darse cuenta de algo en lo que antes no había reparado:

—¿Hay fiesta aquí o qué? ¿Qué hacéis a estas horas en mi cuarto?

Mamá suspira.

—Sebas, vuelve a tu cama, por favor —me pide—. Ya me encargo yo de la abuela.

—No hay nada que encargar —contesta ella—. El pavo ya está pedido desde hace semanas, ¿o qué te piensas? Esta Navidad voy a rellenarlo de castañas y nueces.

Ahora soy yo el que suspira.

—Hasta mañana, mamá —murmuro.

Ella me da un beso en la frente y me guiña un ojo.

—Tranquilo, no pasa nada —me dice muy bajito.

Pero sí que pasa. El Carnicero de Dioses está jugando con la mente de la abuela y no tengo manera de explicárselo a mamá. Igual lo que guarda en el bulto de la garganta no son las almas, sino la inteligencia de sus víctimas. Me meto en la cama convencido de que las cosas solo pueden ir a peor.

Luz

Amaneció un día precioso, de los que a mí me gustan. Frío como la nevera, con la escarcha de febrero blanqueando la hierba y una capa de niebla envolviendo las casas. Tampoco soy una cretina, no le hago un feo a una casa caliente, con su chimenea y su cocina de hierro. Pero el frío es el paisaje de mi vida. Me gusta ver a los neniños del barrio con gorros, guantes y esas cazadoras acolchadas que los hacen parecer neumáticos. Qué distinta es ahora la niñez. Uno de mis juegos favoritos consistía en subir al tejado, poner el trasero sobre un saco y, zassss, deslizarme. Era importante frenar con los pies contra el desagüe, para no caer abajo y romperte un hueso. Pasó más de una vez: si no controlabas el frenazo o llevabas demasiada velocidad, estabas perdida, pero qué divertido era aquello. Hacíamos competiciones, era típico que los tejados estuvieran llenos de niños. Tan pequeños y tan arriba, qué cosas. Y cuanto más frío y más hielo, mejor te deslizabas. El recorrido era escaso, apenas ocho o nueve metros, pero eso bastaba. Ahora los chavales tienen patinetes con motor, zapatillas con luces y camisetas térmicas. Y si alguien los viese subidos a un tejado, llamaría inmediatamente a la policía. No me parece mal, yo no soy de esas viejas ridículas y sicalíticas que piensan que todo lo de antes era mejor. Quién me diera a mí tener de niña una cazadora acolchada, con el frío que pasaba. O una máquina de esas que se conectan al televisor. No entiendo cómo funciona, pero veo la cara de mi nieto cuando juega con sus amigos y sé que en ese momento son felices de verdad. Qué parva, si yo ya me conformaría con poder ver todas esas películas y series que ven ellos. Antes había que inventarlo todo porque no teníamos apenas nada. Un palo era una espada; una piedra, un planeta; un tejado, una pista de bólidos; una escoba, un vehículo espacial; un rastrillo, un peine de caballos. Unos zapatos sin agujeros, un abrigo sin remiendos, un colador por donde se cae todo hasta que ya no queda nada dentro. Vacío, como cuando gomitas.

—¡El desayuno está listo, abuela! —me avisa Sebas, dando con los nudillos en la puerta de mi cuarto.

—Abre, neniño, que quiero verte la cara.

Sebas asoma la cabeza.

—¿Tú alguna vez subiste a un tejado? —le pregunto.

—Nunca, pero me encantaría. No se lo digas a mamá.

Eso me hace sonreír, porque significa que es auténtico, aunque ya lo sabía de antes. Salgo de la cama, visto la bata por encima del camisón y meto el martillo en el bolsillo. Me cuesta un mundo bajar las escaleras, porque mi rodilla derecha despertó atravesada. También tengo un dolor que se me clava entre las costillas, pero ese lleva ahí cuarenta años y sé que no va a marcharse jamás. Que conste que no lo echaría de menos si desapareciese.

—Buenos días, mamá —me dice Julia—. ¿Qué tal has dormido?

—No tengo ni idea.

Y es verdad. No recuerdo qué tal dormí, cosa que no me pasó jamás. O sí. Tampoco me acuerdo, pero tanto me da. Encima de la mesa hay un vaso con un líquido verde, unos cuencos con algo que parece yogur y pan con aceite.

—Zumo de espinacas con menta y jengibre, kéfir con granada y granola, y pan de cereales con AOVE —canta mi hija.

Debe de pensar que tiene dos estrellas Michelin. La hija de Aurora también pasó por una fase parecida y tenían que comer el tocino a escondidas. En su caso fue algo puntual, lo superó enseguida. Lo de Julia parece más grave.

—Tengo que marcharme a hacer una entrevista, pero antes de las dos estaré de vuelta. Sebas, no olvides el bocadillo.

—Será de pavo con lechuga y puturrudefuá —comento, pero nadie en esta cocina entiende mi retranca. O sí, pero hacen como que no, y eso es todavía peor. Julia le da un beso en la frente a Sebas y se marcha. En cuanto siento el motor de su coche, me levanto.

—Sácame esta conachada de delante —le digo a mi nieto, cogiendo los vasos con el jugo verde.

Tiro el contenido por el sumidero. El segundo paso es vaciar en el cubo de la basura los cuencos con el falso yogur. Sebas no protesta. Sigue mis movimientos con mirada curiosa. Me da la impresión de que se está aguantando las ganas de reír. Caliento un poco de leche en un cazo y su olor me pone contenta. Canturreo *La Traviata*.

—Hazme el favor, abre esa puerta y coge los dos paquetes de la pastelería —le pido, señalando el mueble más alto de la despensa. Yo no alcanzo, y solo pensar en subir a un taburete desfallezco.

Abro el paquete de los curasanes, les hago un corte en el medio y los paso por la sartén. Huelen a gloria. Cojo mermeladas de sabores y un cuchillo para untar. Exprimo unas naranjas y vierto la leche en dos tazas.

—¿Cola-Cao o azúcar? —le pregunto.

—¡Las dos cosas! —contesta él, levantándose para cogerlos de la lacena.

Cuánto más bonita está ahora la mesa, con estas viandas auténticas.

—¿Qué hay en el otro paquete de la pastelería?

—Un boliño de leche para que lleves a la escuela.

Se le ilumina la cara. No me extraña, este niño pasa un hambre de cosas buenas que no es normal. Hay días que parece una tripa de cerdo, todo soso.

—Oh, qué lástima. Vamos a tener que tirar también el bocadillo de pavo con lechuga de mi merienda —contesta él, llevando la mano al pecho. Es un teatreiro de mucho cuidado.

—Tirar la comida está mal, ¿vale? Acabo de hacerlo, pero está mal. No es un buen ejemplo. Pero es que tu madre prepara unas porcalladas que deberían estar prohibidas. ¡Además, saben a alfalfa!

Saboreamos los curasanes y me parece precioso compartir el desayuno con mi nieto. Nos sabe a poco, pero lo que él ignora es que vamos a repetir y que los de la segunda vuelta están rellenos de crema. Cuando le planto el suyo delante, finge un desmayo.

—Si Guerrero estuviese aquí, lloraría. Está a dieta. Tiene que comer apio, brócoli y coliflor, que es como comer un cerebro blanco.

—Que un niño tenga que estar a dieta es un pecado, pero tu amigo tiene un sobrepeso que válgame Dios.

—Sí, lo pasa fatal en Educación Física. Cuando

nos mandan correr suda como una ducha y parece que se va a ahogar.

—Neniño, hablando de correr, ¿qué pasó ayer en el monte? Tu madre me preguntó por un carnicero con un bulto en la garganta. Dice que os persiguió, ¿eso es verdad?

Me dice que sí con la cabeza, pero no suelta prenda. No se siente cómodo hablando de eso.

—Soy tu abuela y si alguien te hace algún mal o intenta hacerte algún mal, quiero saberlo.

El martillo me está tirando del bolsillo de la bata. Ya se descosió varias veces por el peso. Lo saco y lo coloco encima de la mesa. Sebas se pone tenso. Mira fijamente el martillo y luego me clava la mirada a mí. No consigo interpretar su expresión.

—¿Por qué nunca te separas de ese martillo? —dice por fin.

—Porque me hace sentir segura.

La respuesta no es cierta del todo, pero tampoco es mentira, así que me quedo medio satisfecha.

—El Carnicero llevaba una hoz y tenía piernas y brazos de gigante —empieza a relatar en voz baja—. Creo que come almas, por eso tiene ese bulto. Las acumula todas ahí. No habla, pero emite sonidos, como intentando comunicarse. Tuvimos que correr mucho para despistarlo, es bastante rápido. ¿Te enfrentaste alguna vez a él?

—Nunca como me voy a enfrentar esta vez.

El niño me mira con los ojos abiertos de par en par, pero no dice nada. Entonces cambia de tema y me dice algo que me desarma:

—Necesito que me cuentes cosas sobre el abuelo. Tengo que hacer un trabajo para el cole. Es una especie de investigación.

—¿Esto no será una estrategia de tu madre? —pregunto, examinando cada gesto que hace para comprobar si está diciendo la verdad.

—¿Una estrategia para qué? —Parece despistado.

—Para sacarme información. Tu madre tiene la manía de hablar de su padre sin parar. Está un poco obsesionada con ese tema. Como si a estas alturas pudiese arreglar algo.

—Solo son deberes, abuela. Necesito saber a qué se dedicaba el abuelo, qué le gustaba hacer en el tiempo libre y si tenía alguna habilidad especial.

—Se dedicaba a ir al bar, en el tiempo libre le gustaba beber vino y quitarles las tripas a los animales para luego disecarlos y colgarlos de la pared, y tenía la habilidad especial de calentarme la sangre.

—¿Pero a qué se dedicaba? —insiste Sebas.

—¡A dar polo cu!

Me arrepiento de soltarle esa barrabasada, pero ahora no sé cómo rectificar. Hablar del Argentino me resulta cada vez más difícil. Hablar bien, imposible. Tengo que aprender a controlarme, Sebas solo es un niño.

—Es un trabajo para el cole —repite él, murmurando como un gorrión.

—Pues olvida todo lo que te acabo de decir. No me hagas caso, a veces mi cabeza va por donde quiere. ¿Por qué no te inventas algo? Di que era astronauta. O mejor aún, les dices que era coleccionista de insectos y que emigró a Argentina para buscar especies en las islas. Con la de historias interesantes que conozco sobre otras personas no entiendo por qué tienes que hacer esa mierda de trabajo sobre el mulo de tu abuelo. Yo podría contarte la historia del hombre que se quedó sepultado bajo una montaña de basura y nunca encontraron su cuerpo.

No consigo leer la mente de Sebas. Creo que piensa que estoy un poco tararí. Razón no le falta, pero esta vez lo que estoy contando es cierto. Lo juro por mi nieto, por mi martillo, por los días de vida que me quedan, que sabe Dios cuántos serán.

—Sucedió en el año mil novecientos noventa y seis. Acababa de desayunar cuando oí un ruido de mil demonios. Casi gomito la leche. Salí a la calle y había vecinos como yo, espantados por el petardazo. Entonces llegó el hedor, se extendió enseguida. Era tan fuerte que podías masticarlo. Teníamos que echar colonia en los pañuelos y llevarlos pegados a la nariz para poder salir a la calle sin que nos diesen náuseas. Había gente que compraba mascarillas y las enchoupaba en perfume. Era insoportable.

—¿Pero qué pasó? ¿Qué era el petardazo?

—Se vino abajo una montaña de doscientas toneladas de basura. Toda la mierda acumulada durante años resbaló por la ladera y se tragó a Joaquín, que estaba tan tranquilo lavando su coche. Nunca consiguieron dar con él. La ciudad se convirtió en un vertedero. La porquería llegó hasta las playas, se llevó por delante coches, lanchas... El hedor tomó la ciudad metiéndose por todos sus agujeros. Como una serpiente que busca su camino. Si no crees lo que te estoy contando, busca en el ordenador.

—La historia es una pasada, pero no me sirve.

—¿Cómo no te va a servir? Esto sí es interesante y no la vida del Argentino.

—¿Por qué siempre le llamas así y no por su nombre?

Me quedo mirando un punto fijo de la pared. Es una mancha de humedad en forma de cara. Tiene ojos, boca, orejas. Se parece a alguien, ese rostro me resulta familiar. De repente empieza a oler a cirio y un escalofrío me deja temblando.

—Le preguntaré a mamá —murmura el niño, sacándome del ensimismamiento.

Luego se acerca para darme un beso y yo lo abrazo fuerte. Meu neno. Ojalá se me pegara algo de su niñez en mi piel de elefanta. Toda esa tersura filtrándose entre los surcos de las manos, de la frente, los de alrededor de los ojos, los que rebanan mi sonrisa.

—Ten cuidado, el Carnicero es muy peligroso —me susurra al oído.

—Pa peligrosa tu abuela. Con mi mala hostia y mi martillo no hay quien me plante cara. Ya puede ser el Carnicero, un malas tripas o una presentadora de televisión. ¡Venga, a la escuela!

Sebas se marcha corriendo, dejando la casa en silencio. Lo veo alejarse desde la ventana de la cocina. La mochila es casi más grande que él. Parece una tortuga. «Carnicero», qué cosas tienen los niños. La única carnicera que hay aquí soy yo.

Julia

No sé a quién se le ocurrió esa norma sagrada que tenemos que seguir las madres separadas: tus hijos no pueden verte llorar. Nunca, en ninguna circunstancia. Parece que no nos está permitido mostrarnos vulnerables. Si recibes la visita de una amiga, empiezas a contarle novedades y se te escapa una lágrima, alerta roja. Siempre sucede lo mismo: se pone nerviosa y busca la manera de alejar a tu hijo de allí lo antes posible para evitarle el mal trago. Esa es la prioridad, que los niños no sean testigos del sufrimiento. Las madres no lloramos, las madres construimos diques. Intento luchar contra esa idea porque creo que no hay nada más tóxico que contenerse permanentemente. Pero reconozco que sigo llevando a cabo las mismas estrategias que imagino son comunes a otras mujeres en mi situación. Y no me siento especial en absoluto, me siento imbécil: me encierro para llorar en el cuarto de baño, en mi dormitorio, en la despensa. Escondo la cara detrás de la puerta de la nevera, debajo de la manta del sofá. Hago todo tipo de maniobras para no mostrar que estoy en uno de los momentos más frágiles de mi vida. Y trago. Trago lágrimas hasta la náusea. Si un día explotase me gustaría que lo que quedase de mí, cada partícula, fuese el punto luminoso de una constelación.

Así me imagino a veces, cuando no puedo dormir. Veo mandalas en la oscuridad de mi cuarto, planetas, la Vía Láctea. Imagino formas hermosas de colores brillantes. Árboles plagados de luces mínimas, faros que emiten brazos de luz y desafían la oscuridad, medusas. Así es como lucho contra la noche. Neutralizo los malos pensamientos como quien dirige una colonia de hormigas que han invadido la casa hacia el exterior con trocitos de bizcocho. Algo bonito para contrarrestar todo lo que duele. Pero en este momento soy incapaz. Ninguna de esas estrategias funciona. Este agujero de arena en el que me hundo es insalvable. Pierdo el pie. Nada me sostiene. Ni siquiera sería capaz de parar de llorar si Sebas entrase ahora en mi cuarto.

Mi teléfono se ilumina y el nombre de Susana parpadea en la pantalla. Me escribió hace un par de horas adelantándome algo que preferiría que no fuese cierto. Es una de mis mejores amigas y quizás lo más importante que dejé en Madrid, además de la familia que tuve. Que teníamos. Pero, claro, eso ya no existe. Desapareció como vapor de agua. Tan solo quedan las marcas. Cicatrices, en realidad.

—Hola, Susana. ¿Cómo estás? —le digo, intentando aparentar tranquilidad.

—Déjate de rollos, ¿cómo estás tú?

—Pues, la verdad, decepcionada. No sé de qué me sorprendo, ¿cuántas veces lo hemos hablado? Una persona no cambia de la noche a la mañana. Era evidente que había otra. Pero reconozco que en el fondo tenía la esperanza de que no fuese así. ¿Quién es ella? ¿La conozco?

Aguanto la respiración mientras no llega la respuesta. Algo me dice que, pronuncie el nombre que pronuncie, me va a doler.

—Es Ana. La compañera de trabajo.

—¿Ana? ¿Pero cuántos años tiene? ¿Veinticinco? No puede ser... Estuvo cenando hace unos meses en nuestra casa con su novio. ¿Estás segura? Pablo le lleva casi veinte años...

—Completamente. Los vi en el aparcamiento que hay frente a la redacción del periódico. Entraron en el coche y se pegaron el lote como si fuese el último día de sus vidas. Estuve preguntando por ahí, haciéndome un poco la tonta, y parece ser que es un secreto a voces. Si no me llegó antes el rumor fue porque estar de baja es como estar fuera del mundo. ¿Julia, estás ahí?

—Estoy —murmuro—. Dos veces.

—¿Dos veces qué?

—Cenó en nuestra casa en dos ocasiones. La primera con su novio, la segunda sola. Y no me di cuenta de nada. Ya hay que ser imbécil.

—No hagas eso, estás culpándote.

—¿Tú sabes cuántas veces le pregunté a Pablo si había otra persona? Lo único que le he exigido en todo este tiempo es que me dijera la verdad. Creo que es lo mínimo, después de tantos años y un hijo en común. Y ahora estoy aquí, de vuelta en esta casa que detesto, llena de recuerdos insoportables, criando a un niño yo sola, cuidando a una madre que está perdiendo la cabeza y tratando de sobrevivir con una nómina con la que llego justa a fin de mes.

—Pablo es un cobarde, punto. No te dijo la verdad porque se comportó como un gilipollas, como todos los hombres que tienen una relación paralela. Es la historia más antigua del mundo. Ahora te toca rehacer tu vida. Tratar con él solo en lo que concierne a Sebas y curar esa herida para poder empezar de nuevo.

—Empezar de nuevo —digo, aguantando las lágrimas—. ¿Cómo coño se hace eso?

—Pues mira, tal vez no sea mala idea buscar a una persona que te ayude con tu madre y con Sebas. Llevas meses en esa casa haciéndote cargo de todo. Lo has intentado y no puedes más. No asumas toda la responsabilidad por inercia. A este paso vas a convertirte en una anciana prematura.

—Le dejé caer a mi madre hace unas semanas la opción de buscar a una persona y no veas cómo se puso. De la posibilidad de un centro de día ya ni me atreví a hablarle. Pensaría que la estoy llevando a un matadero de viejos. Es imposible razonar con ella. Duerme con un martillo debajo de la almohada, Susana. El otro día no encontraba el sacacorchos y abrió una botella de vino de un martillazo. Imagina, si no llego en ese momento, se lo bebe y se traga los cristales sin pestañear. Pone los platos a calentar directamente en la vitrocerámica hasta que estallan. Reventó la vajilla de su boda así, no puedo despistarme ni un minuto. Sebas y yo vamos a acabar mal de la cabeza.

—¿El niño se queja de la abuela?

—Qué va, al contrario. Se llevan de maravilla. No sé muy bien cómo, pero en medio de toda esa locura consiguen entenderse. De hecho, a veces parece que se entiende mejor con ella que conmigo. Tiene una pistola, Susana —añado. Necesito contárselo a alguien y me sale casi sin pensar.

—¿De qué me estás hablando?

—De mi madre. La encontré en un cajón.

—¿Y qué hiciste con ella?

—Le quité las balas y las tiré en un contenedor sin decirle nada. La pistola la guardé en mi armario. No se ha debido de dar cuenta de que no está en su sitio.

Todavía no le he pedido explicaciones, tengo que encontrar el momento.

—Qué peligro, con el niño en casa.

—Es que no me lo explico. Ha vivido sola tantos años... Yo qué sé.

—Y con Pablo, ¿qué tal? ¿Habla con Sebas a diario?

—Pues casi todos los días por videollamada. Te parecerá una estupidez lo que voy a decir: me deprime oír su voz de fondo. Se me cae el mundo encima. Y de ahora en adelante, sabiendo lo que sé, será aún peor.

—Julia, ¡espabila! Métete esto en la cabeza: tienes derecho a rehacer tu vida. Que no tienes ochenta años, tía. No puedes vivir rebozándote en el dolor. ¿Y Pablo qué, no piensa ir a ver a Sebas? Se está pasando tres pueblos.

—El acuerdo es que vendría fines de semana alternos, pero tiene a su madre hospitalizada y está haciéndose cargo. Yo qué sé, se ha complicado todo de tal forma que no entiendo nada.

Cuando cuelgo el teléfono tan solo puedo pensar en Ana. Trato de recordar las ocasiones en las que estuvo en nuestra casa. Yo cocinando para ella, esmerándome para que todo estuviera perfecto, siendo amable hasta la extenuación. Toda la santa vida complaciendo a los demás y toda la santa vida llevándome palos. No aprenderé jamás. Abro Instagram casi por inercia. Tecleo en el buscador el perfil de Pablo y reviso una por una las personas que sigue hasta que aparece ella. Ahí está: Ana_Chicapájaro. Empiezo a ver sus fotos. Me siento mayor pensando que podría ser la hija de Pablo, pero es que podría ser su hija. Algunas fotografías son selfis, otras son de cuerpo entero, pero Ana_Chicapájaro siempre está en el centro, tan delgada, tan perfecta y tan joven. Todas las imágenes están acompañadas de un trozo de una canción, de un poema o de una frase de reafirmación personal. Casi todas demasiado pretenciosas y demasiado superficiales. Como esta que tengo ahora en la pantalla. Aparece ella de pie en la terraza de un edificio con los brazos extendidos. De fondo se ven los tejados de Madrid. El texto que acompaña esa foto es: «Con las alas siempre preparadas para volar. Chicapájaro».

—¿Pero qué mierda es esta?

Voy a la siguiente foto. Lleva un vestido negro con bastante escote. Está recostada sobre una mesa y mira hacia el objetivo como si quisiese devorarlo. «Rodéate solo de aquellas personas que te hagan sentir única y viva. Chicapájaro.»

—En serio, quiero vomitar.

Deslizo rápido el dedo por la pantalla buscando publicaciones más antiguas y llega un momento en que el estilo de sus fotos cambia radicalmente. Ya no son todas imágenes de sí misma, el catálogo se amplía. Paisajes, puestas de sol, helados, amigas, su ex, el gato, viajes... También el tipo de textos que escribía entonces eran diferentes. Casi todas las frases son cortas y directas, como evitando hablar más de la cuenta: «una tarde lindísima, desayunos bonitos, otoño, los lugares permanecen, zapatos nuevos y baldosas amarillas...». Igual de prefabricada que ahora, pero por lo menos antes disimulaba. Es evidente el momento en el que terminó la relación con su pareja anterior. No hay más que ver la multiplicación de selfis y de frases baratas regurgitadas de otras cuentas de Instagram. No puedo evitar pensar en que Pablo no soportaba a las personas que se comportaban así en las redes sociales. Resulta que ahora duerme con una de ellas.

—Julia, ¿cuándo vienes? —pregunta mi madre a berridos desde el piso de abajo.

—Dentro de un rato —contesto, sin demasiada efusión.

Ni siquiera estoy segura de que me haya oído. En este momento no me importa. Solo quiero ver más fotos y leer más frases de todo a cien de Ana_Chicapájaro y así aumentar la lista de motivos para detestarla y convencerme de que es alguien despreciable, superficial y con la capacidad para dinamitar una familia. Sé que esto es falso y que estoy cayendo en el error más básico, responsabilizarla a ella, pero ahora mismo me da exactamente igual. Lo que siento es visceral, me nace de las entrañas. Ya tendré tiempo de reflexionar cuando llegue el momento. Ahora tan solo necesito ser injusta con ella y también conmigo misma. Necesito odiarla. Es el padre de mi hijo.

—¡Julia! —insiste mi madre—. ¿Tardas mucho?

—No, unos minutos nada más —murmuro.

De repente me quedo clavada en una imagen que antes me había pasado por alto. Es del 19 de febrero, el día del cumpleaños de Sebas. Ana_Chicapájaro tiene en la mano a Holgerson, un periquito azul que le regalamos al niño cuando cumplió nueve años y que decidimos dejar en Madrid cuando regresamos a Galicia. Lo que me pide ahora mismo el cuerpo es llamar a Pablo y gritarle que lo detesto. Ya estaban juntos en ese momento, ella tuvo a Holgerson en las manos y la desvergüenza de compartirlo en redes. ¿Cómo pude ser tan estúpida? Alguien abre la puerta de mi cuarto. Por el ritmo lento y pesado de los pasos sé que es mamá. ¿Ni siquiera en un momento así me puede dejar tranquila?

—Ya pensé que te pasaba algo —me dice desde la puerta.

—Estoy ocupada, bajo en unos minutos —le contesto.

—Pasas el día enganchada a ese chintófano.

—Mamá, por favor, necesito estar sola.

Se acerca, me arranca el teléfono de la mano con malos modos y lo guarda en el bolsillo de su delantal.

—Tu hijo tiene hambre, la cena está en la mesa y tú aquí metida, tréquele tréquele con esa máquina.

Me siento como una adolescente. Una adolescente cuarentona que no tiene derecho ni a su propia intimidad. Estoy a punto de explotar, pero pienso en Sebas y hago todo lo contrario. Trago saliva y le digo en voz baja:

—Devuélveme inmediatamente ese teléfono y, de ahora en adelante, no entres en mi cuarto sin llamar.

Mi madre me sostiene la mirada y no se inmuta.

—Que me des el teléfono —repito, sintiendo las mejillas encendidas por el cabreo.

—El teléfono te lo devolveré el día que aprendas a contestar cuando llamo por ti. Ignorar a una madre es muy feo. De momento, tres días sin chintófano y sin televisión. Veremos cómo te vas comportando. Y ahora baja a cenar que el niño tiene hambre. ¡Ah! Y esta casa es mía y entraré en tu cuarto cuando me salga de dentro.

Me quedo clavada, con los ojos llenos de lágrimas. No quiero quitarle el teléfono por la fuerza. No puedo estirar tanto la cuerda. «Tranquila, Julia. Respira. Solo es un teléfono.» En la cocina Sebas me recibe con una sonrisa, y eso me hace sentir algo mejor. Le doy un beso en la frente.

—¿Hay hambre o qué? —le digo, disimulando como puedo.

—Mis tripas son un monstruo de tres cabezas que luchan entre ellas a muerte —contesta, simulando una lucha entre el tenedor y el cuchillo—. Solo puede quedar una con vida.

Mamá le sirve la cena. La cocina de hierro está encendida, es agradable el calor que emite. Ha estado haciendo pan. Ese es uno de los aromas de mi infancia. Me gustaría que también fuera uno de los aromas de la infancia de Sebas.

—¿Te gusta el olor del pan? —le pregunto.

—Mogollón —contesta él con la boca llena.

—¿Qué tal ha ido todo hoy en la escuela?

Sebas le dirige una mirada fugaz a mi madre antes de contestar. No se me escapa ese detalle. Muchas veces tengo la sensación de que delante de mí hay un submundo donde pasan cosas a las que soy ajena. Y quiero entrar, de verdad que quiero, pero no sé cómo.

—Tengo que hacer un trabajo sobre el abuelo —dice Sebas, en voz baja.

—¿Qué necesitas saber?

—Ya le expliqué yo todo lo que le hacía falta —interrumpe mi madre, imagino que para despachar ese asunto sin profundizar más de lo estrictamente necesario.

—Pero no me dijiste a qué se dedicaba, ni por qué se marchó a Argentina, ni por qué se quedó allí para siempre —susurra Sebas.

—Eso, mamá. Cuéntanos por qué se quedó allí para siempre, a ver si por fin me aclaro también yo y matamos dos pájaros de un tiro —aprovecho la ocasión. Sebas es el punto débil de mi madre y tal vez entrándole por ahí consigamos aclarar algo.

Entonces saca mi móvil del delantal y lo coloca encima de la mesa, junto a mi plato.

—Anda, furrula con el chintófano y no me rompas la cabeza.

—Si no le explicas a Sebas lo que necesita saber va a tener un problema en la escuela —insisto—. Y tiene todo el derecho a saber qué fue de su abuelo, como yo tengo derecho a saber qué fue de mi padre.

—Eres una desagradecida —me suelta sin contemplaciones—. ¿Quién te crio? ¿Quién pagó tus estudios en la universidad? ¿Quién cosía tu ropa? ¿Quién te hacía la comida? ¿Quién te llevaba al médico cuando estabas enferma? ¿Fue tu padre? ¿Verdad que no? Era más sencillo afeitarse para arriba y que otra cargara con todo.

Es la primera vez que mi madre habla así de mi padre. Siempre lo ha protegido, cosa que jamás entendí. Al fin y al cabo, es una mujer abandonada por su marido. Y ahora, de repente, este cambio de registro. Ella es lista y tiene momentos de especial lucidez. Tal vez esto solo sea una estrategia para cambiar el foco de atención. No me pienso rendir:

—Todo eso está muy bien. Ya sé que te hiciste cargo de mí. Sin embargo, sigo sin saber por qué papá se marchó a Argentina y por qué nunca regresó, ni llamó, ni escribió, ni nada de nada, por mucho que tú te empeñes en decir lo contrario. Nos borró del mapa, mamá. ¿Qué pasó para que hiciese algo así? ¡Que ni una foto de él hay en esta casa!

Ahora mismo está acorralada. No tiene salida. Por eso saca el martillo del delantal y pega un golpe magnífico en la mesa.

—¡Ya está bien!

Sebas rompe a llorar casi automáticamente. Y no me extraña, porque el gesto ha sido bastante violento. El pobre se ha llevado un susto importante. Ella se levanta, deja su plato en el fregadero y sale de la cocina.

—Ata mañá —dice desde la puerta, dando por concluida la conversación, como tantas otras veces.

Yo abrazo a mi hijo hasta que se calma. Nos quedamos los dos así, meciéndonos con el tictac del reloj de la cocina, acompasando nuestros corazones a ese ritmo. Sebas sorbe los mocos y yo le llamo sorbete porque sé que eso lo va a hacer reír.

—Te quiero, sorbete —le digo.

—Y yo a ti, mamá de sorbete.

—Vamos a tener que quitarle el martillo a la abuela.

—Eso es imposible —contesta él, poniéndose tenso.

—Si lo hago mientras duerme quizás sea más sencillo.

—No lo va a permitir. Por favor, no intentes quitárselo. Va a ser peor.

—Tú no te preocupes por eso, es cosa mía. Encontraré la manera, ¿vale?

Él me dice que sí con la cabeza, pero sé que solo lo hace por complacerme. La idea no le gusta nada.

—Puedes ir a ver la tele un ratito mientras recojo la cocina.

Sebas se va corriendo y yo aprovecho para desbloquear mi teléfono. Cuando veo la pantalla, me muero de la vergüenza. Allí está la foto de Ana_Chicapájaro sosteniendo a Holgerson entre las manos, y debajo un corazón rojo. Un corazón rojo que indica que yo le he dado *like* a esa imagen que detesto. «No puede ser», murmuro. Tuvo que ser mi madre por accidente, cuando me cogió el teléfono. ¿Y ahora qué? ¿Cómo deshago esto? Presiono el corazón rojo para que vuelva a aparecer transparente. Quiero que me trague la tierra y desaparecer. Igual no le ha dado tiempo a ver el *like*. Cuando lo eliminas, ¿desaparece también la notificación? ¿Cómo ha podido pasarme algo así? Dios, qué mal. Al final va a ser verdad que soy una adolescente cuarentona. Esto es patético. Dejo el teléfono sobre la mesa y termino de recoger la cocina. Mientras friego los platos pienso una y otra vez en Holgerson y siento una pena inmensa de que no esté con nosotros, pero no derramo ni una sola lágrima.

Sebas

Las cosas que más me gustan de la escuela son el patio; el suelo acolchado del parque de los niños de infantil, porque puedes caerte muchas veces sin pelarte las rodillas; las fuentes donde el agua siempre sale fresca; la música que nos ponen para ir al recreo; la mochila de Noa; el robot que hicimos Guerrero, Noa y yo, con el que ganamos el concurso de tecnología; la carta de papá que guardo en mi mochila; las gomas de las coletas de Noa; la huerta y el nido de pájaros que descubrí la semana pasada en un árbol. Encontré un huevo en el suelo. Estaba roto y me dio mucha penita porque pensé en el pájaro que ya nunca iba a nacer. Odio las cosas que ya no pueden ser. Eso significa ser *irreversible*. Sé que se llama así porque tiene derecho pero no revés. Como un camino por el que solo puedes ir hacia delante. Se me ocurrió mirar entre las ramas y encontré el nido. Como no había ningún profe cerca, empecé a trepar por el árbol para comprobar si había más huevos. No había subido ni un metro y ya me cazaron. Fue una de las maestras de infantil. Se llama Ceci y nos cae bastante bien. Me mandó bajar sin reñirme y sin montar un drama, cosa que agradecí, pero sin decir ni mu. Me explicó que era un nido de urraca y que no debía tocarlo porque, si lo hacía, la madre podía abandonar los huevos:

—Y nadie quiere que suceda eso, ¿verdad? —me preguntó.

—Yo solo quería saber si había huevos o crías.

—Lo sé, Sebas. Mira, vamos a hacer una cosa. Voy a dejarte unos prismáticos que tengo en mi aula y así podrás observar el interior del nido. Podemos subir a la segunda planta. Desde la ventana del aula de cuarto tenemos una vista perfecta.

Me entraron ganas de abrazarla, pero no tengo confianza ninguna con ella, así que me quedé como estaba. Me encantó que supiese mi nombre, sobre todo porque soy nuevo en el colegio. Bueno, era más nuevo en septiembre, pero todavía hay muchos profes que no saben mi nombre. Algunos adultos, cuando no saben cómo nos llamamos, nos llaman *niño* con desprecio. ¡No toques eso, niño! Niño, deja de armar escándalo. Hay que ser tonto, niño. Pero Ceci no es de esa clase de adultas. Ceci sabe nuestros nombres, y solo por eso merece estar entre mis cosas favoritas de la escuela. Por eso y por su mandilón de Bob Esponja. No conseguimos ver los huevos que había dentro del nido, pero unos días después nacieron tres crías y a ellas sí que las llegamos a ver. Fue genial.

Las cosas que menos me gustan de la escuela son los chicles que hay pegados debajo de las mesas; los cuartos de baño, porque siempre huelen a cloaca; el despacho del director; los maestros que fuman en el portal; los deberes; el frío del gimnasio, y el humo negro que echa por el tubo de escape el coche del conserje. Está todo lleno de golpes y lleva el asiento de atrás siempre hasta arriba de trastos. Pero lo mejor es el motor: suena como si estuviese a punto de saltar por los aires. En realidad, no importa si me gusta la escuela o no. Es un sitio al que tengo que ir y punto, que es parecido a ser irreversible, aunque no idéntico. Por ejemplo, podría ir a una escuela distinta. Como la de Madrid. Me gustaba bastante. El edificio era más nuevo y tenía seis amigos. No es que esta me espante. Ya enumeré las cosas que me gustan de este cole y son unas cuantas. Y, además, están Noa y Guerrero, que solo son dos pero valen por siete, así que consigo un amigo de ventaja con respecto a Madrid. Lo que no me hace ninguna gracia es el trabajo que me han mandado hacer sobre el abuelo. He tenido que buscar en Google una biografía de un abuelo cualquiera y adaptarla al mío. Estoy seguro de que si llego a clase con el trabajo sin hacer y digo que en mi casa no me quisieron contar nada sobre él, la profe no me creerá. Por mi bien, fui creativo. Por lo menos tengo su foto. Mamá le echó en cara a la abuela que no tiene ni una sola fotografía del abuelo en toda la casa, pero eso no es cierto. Hay tres: una en el salón, encima de la tele; otra en la mesilla de la abuela, y otra en la salita pequeña, donde juega al parchís con sus amigas. Esa es la que elegí. Me gusta mucho porque lleva corbata y una rosa roja en la mano. Seguro que esa flor era para la abuela. En esa época debían de ser jóvenes. Después de estudiar su cara, creo que nos parecemos un poco, sobre todo en la forma de los labios.

Guerrero y Noa me esperan donde siempre, delante del quiosco que está en su calle. En Madrid me llevaba mamá al cole en coche. Aquí puedo ir andando y eso es algo que me gusta mucho, porque así me pongo al día con mis amigos antes de entrar en clase. Siempre hay novedades importantes.

—Guerrero está que echa chispas —me avisa Noa.

—¿Qué pasa?

—Que ayer por la tarde fui al médico y me pesó en su báscula del infierno.

—No me digas más —lo interrumpo—. Te olvidaste de quitar de los bolsillos las reservas de chocolate y te la armaron.

—Qué va, vacié los bolsillos y la mochila antes de salir de casa, por si me registraban. Bajé menos de la mitad de los kilos que tenía que bajar, y el médico dijo que es imposible. Que algo estoy haciendo mal. De hecho, pronunció la palabra *trampa*. Así que ahora tengo una dieta peor que la anterior. Si no la cumplo, zas. —Nos hace el gesto de rebanar el pescuezo—. Estoy condenado a ser el niño acelga.

—De eso nada, tú para nosotros siempre serás el niño guerrero. —Noa sabe cómo arreglar los dramas para que parezcan menos drama.

De camino al cole intentamos consolar a Guerrero. Le han dado un día libre, en el que puede comer lo que le apetezca, pero sin que la comida salga por fuera de los bordes del plato y sin repetir. Hacemos una lista de las cosas ricas que puede reservar para esa ocasión, que decidimos que tiene que ser el sábado, y lo convencemos de que un día libre es mejor que ningún día libre. A tercera hora entra por la puerta del aula la maestra que nos mandó hacer los trabajos. Llama a dos niños, que hablan de sus abuelos delante de toda la clase. Lo hacen superbién, tanto que empiezo a ponerme nervioso, porque el siguiente soy yo. Uno de los abuelos es bombero y nos invita a visitar el parque, así que gracias a eso vamos a tener una salida, cosa que siempre es emocionante. Cuando me llega el turno, busco la foto de mi abuelo en la mochila y la coloco sobre la mesa de la profe. La he llevado con marco y todo, para causar más impacto. Me parece una manera genial de empezar mi exposición. Pero las cosas no salen como yo tengo planeadas. Se tuercen desde el primer minuto.

—Os presento a mi abuelo —digo, repitiendo la frase que traigo ensayada de casa.

Lo siguiente que tengo que decir, continuando con mi plan, es que se llamaba Aníbal y qué murió en la guerra de Kosovo, pero la maestra no me deja.

—Sebastián, ese no es tu abuelo —me interrumpe, tomando la fotografía de la mesa.

—Claro que es mi abuelo —protesto. Todo lo demás que llevo preparado es mentira, pero eso no.

—A ver cómo te explico esto. Este hombre no es tu abuelo —insiste bastante seria—. Este hombre es Felipe González.

No sé quién es Felipe González. Tampoco lo saben los otros niños de la clase. Se les ve en la cara que están tan perdidos como yo. Ese nombre no nos dice nada de nada, y la maestra habla como si fuera un tío famoso.

—¿Quién te ha dado esta foto? —me pregunta.

—Nadie. La cogí yo de la sala de jugar al parchís. Pero yo no me apellido González, así que tiene que haber un error.

—Sebastián, ¿tú sabes quién es Felipe González?

Le digo que no con la cabeza. La profe entra en internet, teclea el nombre en el buscador y pone en pantalla una de las tropecientas imágenes que aparecen de mi abuelo.

—Felipe González fue presidente del Gobierno —me explica.

Toda la clase explota en una carcajada que me sienta fatal. Todos excepto Guerrero y Noa, que no entienden nada. Y yo tampoco.

—¿Mi abuelo fue presidente del Gobierno? —le pregunto en bajito a la profe.

Ella me devuelve una mirada un poco rara. No está

enfadada, más bien tiene cara de sorpresa o de pena o de todo junto, como una ensaladilla.

—No, Sebas. Tu abuelo no fue presidente del Gobierno. Mira, vamos a hacer una cosa. Voy a darte una semana más para hacer el trabajo, ¿vale? Habla con tu madre y con tu abuela y pídeles de mi parte una foto auténtica.

Estoy a punto de decirle que hay otras dos fotos de Felipe en casa, pero al final me callo. A veces es mejor guardarse lo que tienes dentro. Los comentarios de los niños de clase me hacen daño. Empiezan a llamarme Felipito, presidente, señor González y cosas por el estilo, y todo eso me da mucha vergüenza. Una bola de papel sale volando para estrellarse contra mi frente. En ese momento, la profe los manda callar a todos y amenaza con puntos negativos si continúan con esa actitud inaceptable. Nunca había pensado que fuera a agradecer tal cosa. Los puntos negativos me parecen un invento malísimo. Menos en esta ocasión.

—Si llegan a saber que tu abuela es Thor, flipan —me susurra Guerrero cuando vuelvo a mi pupitre.

—Guerrero tiene razón —añade Noa, que se sienta a mi lado en clase—. No serás el nieto de Felipe, pero eres el nieto de Thor, y todos esos capullos no tienen ni idea. No les hagas ni caso. Ya querría ver yo cómo reaccionaban si los persiguiera el Carnicero por el monte. Se harían pis encima.

La maestra aprovecha para hablarnos de Felipe González, del socialismo y de la rosa roja que lleva en la mano. No sé si Felipe tiene nietos. Quizás le escriba una carta para preguntárselo, como la que me escribió papá a mí, pero que no haga llorar. Eso tendrá que ser cuando se me pase este disgusto que tengo dentro del estómago. Los disgustos siempre nacen en ese lugar.

Luego van creciendo hasta llegar a los ojos. Explosionan por ahí.

—¿Puedo ir al baño? —le pregunto a la profe.

Solo faltan siete minutos para que toque la música para ir al recreo, pero me da permiso. Yo sé que ella sabe que mis ojos tienen que explosionar y que sería fatal que sucediera dentro de clase. Por eso, desde ese momento, pongo su nombre entre mis cosas favoritas del cole.

Luz

Crisantemos, amarilis, pensamientos, camelias, narcisos, orquídeas de invierno... Me sé de memoria el nombre de todas las flores de temporada. En los meses fríos como este, los jardines son tirando a discretos. La lluvia y la niebla no ayudan, todo se pone triste y chuchurrío. Pero en primavera, cuando llega el sol, explotan los colores. Mi jardín es la parte que más quiero de esta casa. Me gusta cuidar las flores, cerrar los ojos con el sol calentándome la espalda y meter las manos en la tierra.

—Las uñas negras son de niñas puercas.

Mi madre siempre me come la oreja cuando estoy aquí trabajando. Ya vengo de vuelta de sus sermones. El último fue hace un par de semanas, cuando planté las pastillas para la tensión al lado de las hortensias. Pero es que ella no tiene ni idea de lo que supone vivir con esta duda que me carcome. La duda de si me quieren quitar del medio. Como estoy tardando en comprar el billete, mi hija y el médico me inflan a pastillas, a ver si con tanto fármaco la espicho. Pues no me sale de dentro. Me quedan todavía cosas importantes por hacer. Como cantarle las cuarenta al carnicero que se metió con mi nieto. Voy a esfolarlo vivo.

—Las uñas negras son de niñas puercas —repite mi madre.

Erre que erre con ese tema. No me deja vivir. Si la ignoro, insiste hasta que cedo por puro aburrimiento. Es como un taladro.

—Las niñas de campo tienen las uñas negras y el alma blanca —le contesto yo para callarle la boca, convencida de que lo que acabo de decir es una verdad como un templo.

Pero esa frase no la convence ahora ni la convencía cuando yo era una niña. Si llegaba con las manos sucias, me las restregaba con un cepillo contra la piedra de lavar hasta que me quedaban los dedos tan arrugados que parecían la barriga de un lagarto y las uñas, transparentes como cristales.

—Ahora ya puedes meter las manos en la boca sin peligro de coger la solitaria —me decía.

—¿Qué es la solitaria?

—Una serpiente de varios metros que crece en el intestino y se alimenta de lo que comes hasta dejarte seca del todo.

—¿Como un muerto?

—Sí, como un muerto de varios meses.

—Entonces es una momia.

—¿Y tú quieres ser una momia?

Pues claro que no quería ser una momia. Qué pregunta más imbécil. Le cogí pánico a la solitaria. No me daba la gana de quedar seca ni tampoco de tener una serpiente en el intestino. El lugar natural de las serpientes es el monte. Pero, claro, en una tobera hace frío y en los intestinos de una niña debía de estarse caliente.

Mi madre tenía el carácter de una pantera y el cuerpo de una ballena. Era muy bruta y no se andaba con tonterías. Yo sé cómo la llamaban en el barrio porque delante de mí nadie se cortaba de decirlo en voz alta: Animala. El nombre se le ocurrió al Trinos, un fulano que silbaba como un profesional y que tenía en el Bar Remanso su primera casa. Amarraba unos cebollones épicos y luego silbaba todo el repertorio de Imperio Argentina. Fue sonada la pelea entre el Trinos y el Rojito, que lo acusó de saberse de memoria las canciones de la niña bonita de Hitler. El Trinos le contestó que no era culpa suya que el Führer tuviera tan buen gusto y el Rojito lo puso de verano. Seguramente le tenía ganas de antes, porque la respuesta tampoco había sido para tanto. Lo importante no es eso. Lo importante es que, por culpa del Trinos, yo empecé siendo la hija de la Animala. Pero en la vida casi todo evoluciona y, andando el tiempo, pasé a animaliña. Odié ese apodo durante años hasta que empecé a amarlo con pasión. Me parecía que llamarle animaliña a una niña significaba marcarla de manera absurda. Y llamarle animala a una mujer que sacó adelante a cinco hijos en medio de la miseria, una crueldad. Pero mi madre supo darle la vuelta a eso y lo convirtió en una máxima. Cuando tenía algún enfrentamiento o se enfadaba con alguien, cosa que sucedía con bastante frecuencia, tiraba de su apodo con orgullo: «Olvidan que las animalas tenemos dientes. Como me calienten mucho la sangre, les arranco el cerebelo de un mordisco». Yo sabía que el cerebelo estaba dentro del cráneo porque me habían hablado de eso en la escuela. Tuve que memorizar las palabras cerebelo, cerebro y bulbo raquídeo, y nunca jamás las olvidé. Por la cuenta que me traía, más me valía aprenderlas. La otra opción era recibir hostias en la cara a mano abierta o golpes con una regla en la punta de los dedos. Y orejas de burra. Me las pusieron varias veces. De rodillas contra la pared con los brazos en cruz, un feixe de libros en cada mano y las orejas de burra.

Tengo el cerebro, el cerebelo y el bulbo raquídeo tan grabados que no hay Dios que me los arranque. Aprendí esas palabras, a sumar, restar, dividir y multiplicar, y a escribir con buena letra por dentro de los renglones. También a leer poemas y costura. Los tres cursos que fui me rindieron. Una tarde, a la salida de la escuela, los hijos del Trinos le zurraron a mi hermana Claudia y le hincharon un ojo. Cuando llegamos a casa, nuestra madre entró en cólera y, en parte, me responsabilizó. Cosas con las que tocaba apandar por ser la más vieja:

—Eres la hija de la Animala. No concibo que te quedes con los brazos cruzados mientras esa panda de mocosos le parte la cara a tu hermana pequeña día sí y día también.

A la mañana siguiente fui a la escuela con una vara de mimbre metida en la bandolera de los libros. A la salida, lo usé. Le tiraron una pedrada a Claudia y fui a por ellos. Mientras les arreaba con el mimbre, sentí correr por mi cuerpo algo nuevo. Una euforia y una rabia que no parecían de este mundo. El mimbre silbaba como una serpiente. Sssss, ssssss. Desde entonces decidí que llevaría siempre conmigo un arma con la que protegerme a mí y a las personas de mi familia. Y así es como sufrí la metamorfosis y pasé de ser animaliña a ser Animaliña, y a estar orgullosa de defender ese apodo que habla tanto de nuestra estirpe de ballenas pantera.

—Ahora presumes, pero bien que te tuve que azuzar, que si fuera por ti convertían a tu hermana en una ánima en pena. Estaban chuchándole el ánimo y la gana de vivir y tú no reaccionabas. Hay cosas que solo se solucionan a base de hostias.

—Madre, no seas mala burra —le advierto—. No reaccionaba porque solo tenía diez años.

—De mala burra nada. Con diez años ya hay que tener algunas cosas claras.

—¿Con quién hablas? —me pregunta mi hija, que aparece de la nada. A veces parece que tiene el don de atravesar paredes. Es bastante inoportuna.

—Con mi madre.

Ya no disimulo. Total, para qué. Digo la verdad y que se ponga el sol por donde quiera. Con los años vas perdiendo la vergüenza y los complejos. Tanto me tiene que piense que estoy mal de la azotea.

—Tu madre murió hace treinta años —me explica, como si yo fuese imbécil.

—Lo que no quita que siga teniendo carrete para dar y tomar —protesto.

Si piensa que voy a quedarme sin argumentos va lista. Julia pone esa cara de impotencia que ya tengo más que controlada. Mi hija no parece de la casta de las animalas. Algo hice mal con ella, y a estas alturas ya no tiene remedio. Creo que fui demasiado blanda, queriéndola proteger de tantas cosas. Y, sobre todo, queriéndola proteger de su padre.

—Mujer, no me mires así, que no es el fin del mundo —le quito importancia, que tampoco es cuestión de ponernos místicas—. A ver si ahora nos vamos a sorprender de que nos visiten los muertos. Eso pasó toda la vida y sigue pasando ahora. Mira a Aurora, siete años hablando con el relicario que lleva al pescuezo.

—Mamá, ¿qué me estás contando?

—A ver cómo te explico esto sin que te agoníes. El marido de Aurora murió en casa, no sé si te recuerdas. Pues después de echar el primer planto de viuda, Aurora agarró unas tijeras bien afiladas y le cortó el papullo de la oreja izquierda. Total, estaba muerto y no iba a sentir nada. Ella tenía preparado un relicario para cuando falleciese, estaba todo planeado. Es una caja de oro en forma de corazón que lleva siempre colgada del cuello. Metió el papullo dentro y, desde entonces, habla con el marido a través del trozo de carne.

—¿Y él le contesta? —me pregunta Julia con voz de pajarillo.

—¿Y luego cómo no le va a contestar? Después de soportarlo cincuenta años lo que faltaba era que le hiciese semejante feo. Aurora te es muy religiosa, pero por un desplante así es capaz de ir al otro mundo, agarrar a Pepe del papullo que le queda y traerlo de vuelta.

—¿Y de qué hablan, si puede saberse?

—De todo. Comentan la vida como la comento yo con tu abuela. Es lo más natural del mundo.

—¿Y con papá no comentas la vida? —me pregunta la muy lercha.

Siempre tiene la bala lista para disparar. Pero yo estoy preparada para esquivarla. Debe de pensar que soy imbécil y que me va a cazar con esos trucos de poca monta:

—Nunca se dirigió a mí. Será porque aún no marchó para el otro barrio.

—Pero si llevas años hablando de él como si estuviera muerto.

—¿Y qué carallo quieres que haga? Alguien que se larga y deja de dar señales de vida es como un muerto. Para mí es un difunto y yo, una viuda. La viuda de un fantasma. No es plato de gusto, ¿o qué te crees? Lo que me faltaba era tener que medirme cuando hablo de él.

—No es que te midas, es que cada vez dices una cosa distinta y das explicaciones difíciles de creer. Como lo de que emigró a Argentina y que nos escribía esas supuestas cartas que solo has visto tú.

—Quien dice Argentina dice Colombia, Uruguay, yo qué sé. Todos esos países son parecidos —le suelto, para que me deje en paz.

Veo venir a mi neniño a lo lejos. Camina arrastrando los pies y trae la cabeza agachada. No hay que ser muy lista para saber que le pasó algo. Conozco a mi nieto como si fuera mi hijo o todavía más.

—Ese niño necesita llevar un mimbre a la escuela —sugiere mi madre.

Razón no le falta. Julia le da un beso en la frente y le pregunta qué le pasa.

—Nada —contesta él secamente.

—¿Cómo que nada? ¿Sebas, qué ha pasado? —le insiste.

El niño abre la mochila y saca la foto enmarcada de mi Felipe. La que preside la sala de jugar al parchís. Es mi talismán. Muchas partidas gané gracias a él.

—Este señor no es el abuelo —nos dice.

—Hombre, claro que no. ¡Qué más quisiera yo! —le contesto.

—Llevé la foto a clase pensando que era el abuelo y todo el mundo se rio de mí. Todos excepto Guerrero, Noa y la profe.

—Pero, Sebas, ¿cómo no viniste a hablar conmigo antes de llevarte esa foto? —le pregunta mi hija, agachándose para ponerse a su altura.

—Hablé contigo y hablé con la abuela, y ninguna de las dos me hizo caso. ¿Por qué hay tres fotos de este señor en nuestra casa?

—Salta a la vista —le digo—: ¿pero tú viste lo guapo que sale en ese retrato? Está como un queso.

A Sebas mi respuesta no consigue quitarle el poso de tristura que trae. Está dolido y eso me retuerce el hígado. Ojalá pudiese quitarle toda esa pena de un soplido.

—Tengo una semana más de plazo para hacer el trabajo. La profe dijo que tenéis que darme una foto auténtica del abuelo. Y la tutora me entregó esta nota para ti —murmura, sacando un sobre blanco de la mochila.

Me entran ganas de abrazarlo, pero tengo las manos y la ropa todas manchadas de tierra.

—Estaréis contentas —me recrimina mi madre dentro de mi cerebro—. Este niño no merece semejante desplante. Deja de hacer el imbécil y háblale de tu marido.

—Boh —se me escapa en voz alta.

Normalmente hablo con mi madre de cabeza, sobre todo si hay alguien delante. Pero a veces no me controlo. Mi hija me mira con mala cara porque piensa que dije *boh* como respuesta al último comentario de Sebas, y no sé muy bien cómo aclarar ese malentendido.

—Conseguiremos esa foto del abuelo y escribiremos juntos el trabajo para la clase, ¿vale? —le dice Julia mirándome de reojo, para ver si me doy por aludida.

A Sebas se le cae una lágrima. Pobre, es muy sentido. A saber la que le armaron en la escuela. Los niños a veces son malos como escorpiones. Salgo del jardín y me quito las botas de goma.

—¿Ya te marchas? Pero si todavía te faltan cosas por plantar —me dice Julia.

—Termina tú. Yo voy a buscar esa foto para el niño.

—Menos mal. —La voz de mi madre regresa a acribillarme el cerebelo—. Parece que hay que ponerte al límite para que reacciones. Pobre criatura. Felipe González, a quien se le cuente...

—Déjame tranquila —le exijo—. Felipe González es uno de los hombres más atractivos que hubo nunca en España y eso no admite discusión.

—Tienes el gusto perdido, hija.

—¡Cállate un poco! —le grito.

Y funciona porque, durante unas horas, desaparece. Sé perfectamente dónde tengo las fotos del Argentino. Lo que no me imaginaba era necesitar ayuda para conseguirlas. Guardo las cosas importantes debajo del colchón. Intento moverlo, hago un esfuerzo que ninguna diola, pero pesa toneladas y yo ya no estoy para estos trotes. Aún me voy a lesionar de tanto tirar por él. Después de fracasar en otros dos intentos, me doy por vencida y llamo por mi nieto para que me eche una mano. Aparece en mi cuarto con la cara toda llena de chocolate. Un milagro que su madre le permita comerlo entre semana. Sería una jugada para ver si así le pasa el disgusto.

—Necesito que levantes el colchón.

—Pero espera, abuela, que le pido a mamá que nos ayude.

—Ni se te ocurra. A tu madre de esto ni palabra, ¿entendiste? Venga, levántalo por ese lado.

Sebas me hace caso sin decir ni pío. Me gusta mucho eso de él. Aunque no esté de acuerdo conmigo, si yo le pido algo él lo hace. Eso es respeto. Y, con lo que cuesta ganarlo, lo siento como un triunfo.

Sabía que los álbunes de fotos estaban debajo del colchón. De lo que no me recordaba era de todas las otras cosas que hay aquí guardadas. Entre ellas, varios sobres con cuartos. Hace tanto que no veo billetes de mil, dos mil y cinco mil pesetas que hasta me emociono. ¿De dónde sacaría yo tanto dinero? Guardo los sobres para llevarlos al banco y que me los cambien por euros. Meto algunos en las tetas, otros dentro de la faja y el resto en los bolsillos de la bata.

—¿Cómo puedes dormir con todo eso ahí debajo? —me pregunta el niño—. ¿No te molesta?

—Para nada. Es mi caja de los tesoros. ¿Tú no tienes una?

Saco dos álbunes de fotos, el de la boda y otro de cuando Julia era pequeña.

—Listo, ya tengo lo que quería. Ven, corazón, siéntate a mi lado.

Abro el album de la boda y es como si se me clavara un dardo en el corazón. Era tan joven y estaba tan ilusionada. Ilusionada y preñada. Por eso no me casé de blanco. Era pecado. En realidad, todo lo que presta es pecado.

—¿Ese es el abuelo? —pregunta Sebas.

—Claro que es el abuelo. ¿Con cuántos hombres te piensas que me casé?

—No pareces tú.

—Aunque te sorprenda, no nací siendo una vieja. Fui niña y fui joven. Conocí a tu abuelo porque visitaba un comercio donde trabajé durante un tiempo. Vendíamos ropa para bebés que calcetábamos nosotras mismas. También piezas de importación con las que él abastecía a mi jefe.

—¿El abuelo vendía ropa para bebés?

—Para bebés y para niños. Trabajaba para una firma argentina que tenía bastante fama. Se llamaba Cocó. Le pusieron ese nombre por Coco Channel, una diseñadora francesa la mar de famosa.

—¿Por eso se fue a Argentina? ¿Porque la empresa era de ese país?

—La cosa empezó a ir mal. Le hicieron una oferta y se largó. En principio iba por seis meses. Le ponían casa y coche, así que podía ahorrar para comprar mi pasaje y el de tu madre. Empezaríamos de nuevo en Buenos Aires, ese era el plan. Pero los seis meses se convirtieron en un año; el año, en dos años; los dos años, en tres años... Cada vez sus cartas se espaciaban más, hasta que un día dejó de responder a las mías.

—Pero podías llamarlo por teléfono.

—Lo llamé docenas de veces, y eso que eran conferencias y salían carísimas, pero yo erre que erre día sí y día también. Al de su casa y al de la empresa. En la empresa siempre respondía una telefonista que me ponía excusas. Llegué a pensar que era su novia y un día le dije de todo menos guapa. También me puse en contacto con la policía, con un detective privado que me estafó y con la embajada española en Buenos Aires. Les insistí tanto que mandaron a una persona a buscarlo a casa. Días después, me dieron una respuesta que para mí fue el final: «Su marido ha rehecho su vida. Le recomendamos que se olvide de él y haga usted lo mismo». No me mires con esa cara de pena que ya está superado —añado, removiéndole el pelo.

—Por eso no quieres hablar nunca de él. Porque te hizo esas cosas malas.

—Tu madre no sabe todo esto. Sufrió tanto que yo no sabía cómo darle una noticia tan tremenda. Los años fueron pasando y cada vez se me hacía más complicado explicárselo —le cuento, pasando la hoja del albun—. Mira qué guapos salimos en esta foto.

—¿El bebé es mamá?

—Sí. Fíjate, ese vestido y la capota son de Cocó.

Era carísimo, pero tu abuelo sacaba piezas de otras temporadas a precio de saldo.

—¿Puedo llevar una de esas fotos al cole?

—Claro. Y puedes contarles que tu abuelo Martín era experto en tejidos. Coleccionaba camisas y paños de seda. Los mandaba traer de China a través de un compañero de trabajo. Éramos pobres, pero su armario parecía el de un hombre importante.

—Como Felipe González.

—Sí, como Felipe González. ¿A ti te hablaron en la escuela de la Ruta de la Seda?

—No.

—Pero sabes de dónde sale la seda, ¿no?

—Claro, de los gusanos.

—La ruta comenzaba en la China, en una ciudad que no recuerdo cómo se llama. La elaboración de la seda era un secreto que los chinos consiguieron guardar durante miles de años. Hasta que unos coreanos que estuvieran trabajando en un taller en China se fueron de la lengua, los muy bocazas. Y no imaginas cómo se empezó a producir la seda en Europa. Fue gracias a unos monjes que llevaron gusanos de contrabando a la Constantinopla. Contrabandistas de bichos, vaya cosa.

Me gusta la manera en que me mira Sebas y también cómo brillan sus ojos. No es fácil conseguir la atención de un niño. Me emociona tener esta conexión con él. Nunca la tuve con mi hija. O, por lo menos, no desde que se marchó su padre.

—La Ruta de la Seda estaba llena de peligros —continúo—. Muchos comerciantes perdieron la vida por el camino. Había ladrones acechando en todas partes, preparados para robar la mercancía. No solo seda, al final acabaron usando la ruta para transportar piedras preciosas, oro, semillas, porcelana... Las caravanas de los mercaderes tenían que cruzar desfiladeros por donde muchas veces se despeñaban los animales que transportaban la mercancía y los víveres. Imagina, sobrevivir sin alimento en medio de glaciares.

Me callo unos segundos para tomar aire y también para hacer memoria. Mi marido me rompía la cabeza con toda esa carallada de la seda, pero hace mucho que no pienso en eso y olvidé demasiadas cosas.

—¿Y qué más? —me alienta Sebastián.

—Acabo de acordarme de los Guerreros de Terracota. Es un ejército de figuras de guerreros, carros de combate y caballos. Un mundo de ellas, más de ocho mil. Las enterraron junto a un emperador chino. El hombre debía de pensar que ese ejército lo protegería en el Más Allá. Están en la ciudad esa donde empezaba la Ruta de la Seda. No me da salido el nombre ni pa Dios.

—Nunca me habías hablado de todo esto, sabes mucho.

—Yo no sé nada, fillo. Soy una ignorante que fue solo tres años a la escuela. Soy licenciada en la vida, pero una inculta. Todo esto lo tengo en cabeza porque me lo contaba tu abuelo. Hablaba sin parar de la Ruta de la Seda. Mira, abre aquella puerta —le pido, señalando el armario.

El niño le da un par de vueltas a la llave. Allí están todas las camisas y los paños de seda que coleccionaba mi marido. Hay estampados preciosos y otros tan pasados de moda como los trajes de pana que llevaba mi Felipe. Siento una morriña extraña.

—Toca alguna pieza, ya verás qué suave.

—¿Todo esto era suyo? —pregunta.

—Era. Escoge el paño o la camisa que quieras, la que más te guste, y la llevas a la escuela. Así sabrán lo que es la seda auténtica.

El Sebas que se va de mi cuarto no es el mismo Sebas que llegó esta tarde del colegio. O, por lo menos, no lo parece. Me alegra mucho conseguir soplarle toda esa tristeza que traía pegada al cuerpo. Antes de irse, me da un abrazo. Sin saberlo, me clava en las tetas la esquina de uno de los sobres que guardé en el sostén.

Julia

Llevo un par de horas consultando la hemeroteca del periódico. Casi todos los días dedico un rato a esto. No lo paso bien, porque implica revivir una época oscura de mi infancia. Todo está cubierto por una película de niebla negra. En las imágenes que proyectan mis recuerdos veo seres humanos que parecen maniquís, con las piernas y los brazos ortopédicos y una expresión extraña en sus rostros. Miradas perdidas, un vacío descorazonador y huesos a flor de piel. Huesos que se marcan hasta lo imposible, como queriendo atravesar la ropa. Perforarlo todo, más allá de la carne, que se lamenta de dolor y de pena porque todo se escapa por los agujeros, como el agua cayendo por un colador. Tampoco me resulta fácil condensar toda la información que manejo en un reportaje de cuatro páginas. Analizar la evolución del consumo y el tráfico de drogas en Galicia desde los años ochenta hasta la actualidad implica resumir casi cuarenta años. La sociedad actual no es la misma que la de aquel entonces. Estamos hablando de los primeros años de democracia después de cuatro décadas de dictadura, con el paro disparado. Así empezaron los chavales a meterse en la descarga de tabaco. Cobraban más en una noche descargando que en un mes de trabajo. Eso al principio, porque llegaba un momento en que en lugar de pagarles en dinero, los narcos les pagaban en hachís. Así es como muchos empezaron a consumir. Del hachís pasaron a las anfetaminas, de las anfetas al LSD y, de ahí, a la heroína. Y entonces se perdían. Se ha hablado tanto de este tema y han cambiado tantas cosas desde entonces que no sabría ni por dónde empezar a enumerarlas. Entre ellas, los hábitos de consumo. En los ochenta la droga estrella era la heroína. La vida en aquella época se hacía en las calles. Lo recuerdo perfectamente porque lo viví. Las plazas y alamedas estaban llenas de chavales que cada vez estaban más flacos. Al principio disimulaban delante de nosotros, los niños, pero al final ya parecía darles igual y se pinchaban a la vista de todos. Disolvían la heroína en una cuchara con agua y zumo de limón delante de nuestros ojos. En los alrededores de la casa de mis padres aparecían limones hasta debajo de las piedras. Los chicos escalaban por las telas metálicas de las fincas para robarlos. Recuerdo que varias vecinas acabaron por arrancar sus limoneros. Muchos ya se pinchaban allí mismo y dejaban la cuchara tirada en el suelo. Algunas amigas de mi madre bromeaban con que tenían una colección de cucharas usadas. Limones y jeringas. Era una invasión. En los colegios nos enseñaron un protocolo, por si encontrábamos una. Aparecían en los parques, en los descampados, en los caminos, en los cuartos de baño de los bares, en las puertas de los colegios, en los lavaderos, en las playas, en las paredes de nuestra casa... Un latigazo acaba de atravesarme. Mamá, papá y yo habíamos ido a veranear a un hotel cerca de la playa. Cuando regresamos a casa, había docenas de jeringas clavadas en el cabecero de la cama de mis padres, y también en un corcho que yo tenía en la pared de mi cuarto. Alguien había entrado y había revuelto todo. Cajones y armarios abiertos, ropa y documentos tirados por el suelo, habían destripado mis muñecos de peluche... Y todas aquellas jeringas clavadas como si alguien estuviera haciendo vudú con agujas infectas. Siento escalofríos al recordar aquella profanación. No había vuelto a pensar en eso hasta ahora. Ni siquiera estoy segura de que el recuerdo esté intacto. Quizás sea algo que me contaron y que convertí en un recuerdo que en realidad no me pertenece. Yo debía de tener unos seis años y en el barrio había muchos chicos enganchados. Pasaban horas en el parque, en las casas abandonadas y en los lavaderos públicos. No puedo evitar pensar de nuevo en Gerardo *el Manoplas*, el chico que murió de sobredosis en el cuarto de baño de una cafetería. Lo encontraron con la aguja todavía clavada, tirado en el suelo. Aquel suceso ni siquiera dio para una noticia pequeña en los periódicos, me harté de buscar. Se murió, lo enterraron y fin de la historia. En aquel momento caían como moscas, había semanas que en algunas villas gallegas se enterraban tres o cuatro chavales. Los que no se morían de sida se morían de sobredosis o por inyectarse heroína adulterada. Los cementerios se llenaron de chicos a los que les quedaba todo por delante. Pandillas enteras de tíos que apenas llegaban a los treinta años ocupando nichos que no les correspondían. Pero, antes de eso, pasaban de ser seres humanos a convertirse en una tribu de marginados. Perdían la identidad. Ya nadie los llamaba por sus nombres. Eran el yonqui que aparca coches en el descampado del hospital, el yonqui que pide en la puerta del estanco, el yonqui del parque... Todo el mundo quería pensar que eran personas en una situación marginal, hijos de familias desestructuradas, y eso no era cierto. La heroína atacó indiscriminadamente. Y mientras esto sucedía, mientras aquellos chicos se convertían en muertos vivientes que se arrastraban por las calles como almas en pena, los narcos estrenaban coches de lujo, construían chalés, compraban obras de arte, recibían el abrazo y el reconocimiento de sus pueblos porque muchos vecinos llegaban a fin de mes gracias a las descargas. Qué espiral tan perversa. Madres contra la Droga hizo saltar todo por los aires. Leo en la pantalla del ordenador una de las consignas que aquellas mujeres repetían en la calle, armadas con un megáfono, denunciando lo que estaba sucediendo, y se me pone la piel de gallina: «Ni locas ni terroristas, somos madres muy realistas». Una de ellas, con tres hijos enganchados, argumentaba: «¿Por qué vamos a tenerles miedo, si lo peor es que maten a nuestros hijos y ya casi están muertos?». Me impacta mucho pensar que la mayoría de ellas eran amas de casa que no tuvieron reparos en enfrentarse a los narcos. Agarraron el problema por las entrañas y le plantaron cara sin desviar la mirada. Acudían a las detenciones o a las puertas de los juzgados para desahogarse, señalándolos de frente. Se armaban con todo tipo de pancartas, pero hubo una especialmente significativa en la que hacían una advertencia que no pasaba desapercibida: «Están matando a nuestros hijos». Están matando a nuestros hijos, qué difícil digerir eso. Ahora pienso que muchas se mantenían activas para no desfallecer, para evitar sentirse culpables, como si todo el peso de la responsabilidad fuese suyo. Veo las fotografías de ese matriarcado poderoso invadiendo las calles y me pregunto dónde estaban los hombres. Ellas mismas formularon la misma cuestión en una concentración. Repetían una y otra vez: «¿Dónde estáis, padres?; ¿padres, dónde estáis?». ¿Cuántos divorcios provocó la heroína? Presto atención al testimonio de una madre que cuenta que trabajaba de noche para sacar dinero para las dosis de su hijo, porque no soportaba verlo con el mono y porque era mejor eso a que empezase a robar y terminase en prisión enfermo de sida. Se me caen las lágrimas con otra mujer que reproduce una de las últimas peticiones de su hijo antes de morir: «No me pongas en el cementerio las flores de los olvidados. Por favor, mamá, no quiero flores de plástico en mi tumba».

La verdadera revolución matriarcal explotó en el año 1986, cuando, en una rueda de prensa, las madres hicieron público un listado con el nombre de treinta y ocho bares de Vigo donde se vendía heroína, cocaína y hachís con total libertad, como si fuesen caramelos. Leo los nombres de esos establecimientos y no me sorprende demasiado encontrar en medio de ellos al Bar Seco, donde paraba mi padre. Los niños sabíamos que en aquel bar se vendía droga. Aparto la mirada de la pantalla unos minutos. Son las doce, olvidé llamar a mi madre. Lo hago todos los días a eso de las once para comprobar que está todo bien. Cojo el móvil de la mesa. La llamada se corta antes de que conteste. A veces no le da tiempo a llegar al teléfono, así que insisto. Pero tampoco responde en esta segunda ocasión, ni en la tercera. Lo intentaré más tarde. Me levanto y voy a por un café.

—¿Cómo llevas el repor? —me pregunta un compañero de la redacción.

—Reuniendo datos, todavía no he empezado a escribir. Ayer vi un documental donde entrevistaban a varias madres y aún no he conseguido quitarme la pena de encima.

—Mi primo mayor murió de sida. Lo enterraron un año después de engancharse a la heroína.

Lo miro a los ojos con expresión triste porque no sé qué decir. Estas cosas suelen dejarme sin palabras.

—¿Era hijo único? —pregunto por fin.

—Era el mayor de tres. Mi tía tiene una depresión desde entonces. Han pasado treinta años. Ahora la adicta es ella.

Sé perfectamente de lo que me está hablando.

—Mi madre también está enganchada a los antidepresivos —le digo—. Cuando se olvida de tomarlos, tiene síntomas que son el mono, tal cual. Hay días que parece catatónica. Pero, vaya, en su caso lo que sucede es una suma de muchas cosas.

—¿Cuántos años tiene?

—Cumple ochenta en mayo. En los últimos meses el problema se ha complicado.

Ahora es él el que me mira a mí a los ojos con expresión triste.

—Si necesitas algo para el repor, avísame —se ofrece—. Tengo material de cuando hice todo el seguimiento del juicio de la Operación Nécora.

Acepto la propuesta, le doy las gracias y vuelvo al ordenador. No me puedo quejar de mis compañeros. La redacción tiene un ambiente agradable, no es habitual encontrar un espacio de trabajo así. En la redacción de Madrid la gente se hacía bastantes putadas. Llamo de nuevo a mi madre. Tampoco contesta esta vez y pienso que es probable que esté en el jardín, plantando algo o limitándose a pasar las horas delante de sus flores, como tantas veces. Se tira casi todo el día allí, enredando. Vuelvo a centrarme en la documentación y hago un repaso de los datos que manejo. Los chavales que se enganchan hoy en día no vivieron la pandemia del *caballo* de hace tres décadas. El consumo ya no es tan salvaje. Muchos fuman heroína para paliar los efectos de otro tipo de drogas como la cocaína o las sintéticas. Se convierten de manera silenciosa en politoxicómanos, pero no parecen cadáveres. En Galicia, las vías del narcotráfico siguen abiertas desde la época del contrabando de tabaco. Repaso los métodos que se empleaban hace dos y tres décadas para introducir la droga en España y descubro que los paquistaníes y los turcos licuaban la heroína para impregnar alfombras orientales. Luego la devolvían a su estado original. No consigo comprender ese proceso de alquimia, ¿cómo se hace para disolver la heroína, empapar una alfombra y luego extraerla del tejido? ¿Cuánta droga se pierde en el proceso? Leo sobre otros métodos menos sofisticados: maletas con doble fondo, los bajos de los automóviles, pegada con adhesivo al cuerpo, en el interior del organismo por vía vaginal, anal u oral, oculta en objetos de artesanía, en cajas de seguridad cubiertas de estiércol... De repente, me quedo helada. Contengo la respiración con la mirada clavada en la pantalla. Tengo delante la imagen de la detención de un narco. Yo conozco a ese hombre. Estoy segura de que lo vi alguna vez en el Bar Seco, con papá. Me sudan las manos y acabo yendo al cuarto de baño para refrescarme. Me desconcierta esa información. Imprimo la imagen que acabo de encontrar y escribo el nombre del narco en Google: Lucio Rincón. Hay docenas de fotografías suyas: con amigos en un barco, en el juzgado, en la calle... Imprimo un par de ellas más y las meto en el bolso con un nudo en la garganta.

Los viernes recojo yo a Sebas en la escuela. A Sebas y a sus amigos. No me importa llevarlos a sus casas, nos queda de camino y sé que a Sebas le gusta pasar con ellos ese rato. Salgo de la redacción y consigo llegar al colegio cinco minutos antes de que salgan. Está todo atascado de coches de madres y padres. Sebas, Noa y Guerrero atraviesan el portal corriendo.

—Mamá, ¿sabías que el corazón de la ballena azul pesa doscientos kilos? —me cuenta nada más abrir la puerta del copiloto—. Y su lengua puede pesar tanto como un elefante.

Noa y Guerrero se sientan atrás.

—Yo creo que la profe se flipa —dice Guerrero—. A veces da unos datos que no están bien.

—Las ballenas azules son gigantes —opina Noa—. Pueden pesar hasta ciento ochenta mil kilos. Normal que tengan una lengua elefántica.

—Mamá, ¿estás escuchando? —me pregunta Sebas.

—Claro que estoy escuchando —contesto, consciente de que no le ha pasado por alto que estoy distraída con otra cosa. Como para no estarlo.

Los amigos de Sebas me caen bien. Definitivamente. Son alegres y ocurrentes. Pensé que a mi hijo iba a costarle un mundo adaptarse al nuevo colegio y resulta que ha sucedido todo lo contrario. En el fondo, me está dando una lección.

—En casa de la abuela había una barba de ballena —les cuento, intentando dejar de lado por un momento el asunto de la fotografía del narcotraficante.

—¿En serio? —pregunta Sebas.

—Sí, hace años estaba en el desván. La trajo un hermano de la abuela que estuvo años embarcado. Luego si quieres le preguntamos. Tal vez todavía ande por casa.

—¡Qué pasada! —exclama Guerrero—. Seguro que las barbas de ballena tienen poderes.

—Sí, como el martillo de Thor —apunta Noa.

—¿Os apetece merendar pizza? —les pregunto—.

Había pensado preparar una masa esta tarde. Si queréis venir, estáis invitados.

Los tres pegan un grito de alegría. Noa y Guerrero me dan las gracias cuando los dejo en su calle. Lo de la pizza ha sido una buena idea. Sebas parece contento y eso me hace sentir bien. Pone en la radio del coche una canción que le gusta y hacemos lo que queda de trayecto cantando. Enseguida llegamos a casa. Entro con el coche en la finca esperando encontrar a mi madre en el jardín. Siempre aprovecha los días de sol, pero hoy no. La puerta de la casa está abierta. Siempre hago yo la comida cuando llego a casa, pero quizás haya querido adelantar trabajo, aunque no se percibe ruido de ningún tipo y eso me extraña. Voy a la cocina en su búsqueda. Allí no está. Tampoco en el salón, ni en el baño, ni en su cuarto, ni en la salita de jugar al parchís, ni en el cuarto de Sebas, ni en el mío, ni en la despensa. La casa está vacía.

—¿Mamá? —la llamo bastante alto—. ¡Mamá!

Pero lo único que recibo como respuesta es silencio. Sebas percibe mi alarma y me mira con ojos de pájaro.

—Tranquilo, seguro que anda por ahí fuera, entretenida con cualquier cosa.

Pronuncio esa frase con mal cuerpo. Trato de parecer convincente, pero no lo consigo.

Sebas

Cuando hay una emergencia mamá se transforma. Consigue pensar a toda velocidad, como si tuviese un cerebro múltiple. En cinco minutos ha llamado por teléfono a todas las vecinas. También al supermercado, a la panadería, la iglesia y el estanco. No sería raro que hubiese ido a comprar tabaco, los dos sabemos que la abuela fuma cuando no estamos en casa y luego entierra las colillas en las macetas. A mí me parece raro que haga eso porque ella cuida mucho su jardín, y las colillas no parecen demasiado saludables para las plantas. Aunque últimamente están creciendo muchas hierbas. Cuando llegamos aquí, en el mes de septiembre, no había ni una. Parecía un jardín como los que salen en las revistas. Ahora está un poco más salvaje, yo creo que es porque hace frío y llueve, y porque a la abuela le da un poco de pereza arreglarlo.

Si intento meterme en su cabeza de abuela fumadora, llego a la conclusión de que es difícil deshacerse de las pruebas de un cigarrillo, seguro que no se le ocurrió un lugar mejor que sus macetas. Yo las ocultaría en el desván. Allí no sube nunca nadie, pero las escaleras son estrechas y la luz no funciona. Eso complica la operación para una señora mayor. Cuando llegamos de Madrid y acabábamos de mudarnos a esta casa, la abuela tiraba las colillas en la finca de un vecino con el que se lleva fatal. Así fue como supimos que fumaba. Un día vino el señor aquí a quejarse a mi madre. Traía un montonazo de colillas metidas dentro de un bote de aceitunas. Se había molestado en recogerlas todas y traérnoslas como si fuese un regalo de bienvenida. Mamá pensó que eran mías, que no había una abuela fumadora, sino un niño fumador, que era todavía peor. Me mandó sentarme en la cocina y empezó a darme una charla sobre el tabaco. Yo no entendía nada y ella se enfadó bastante porque pensó que estaba haciendo teatro. La abuela, al verme acorralado, confesó que las colillas eran suyas. Que era una mujer adulta, que fumaba cuando le daba la gana y que no tenía que darle explicaciones a nadie. Acabó el discurso pegando un martillazo en la mesa. Dio la cara por mí y eso es algo que no hace cualquiera. Me quiere mucho. Yo también a ella. Aquel día, después de confesar la verdad, cogió el bote de aceitunas con las colillas y volvió a tirarlas a la finca del vecino. A mí me hizo gracia esa reacción y mamá me dijo que no me podía reír delante de ella, que aquello no estaba bien y que íbamos a tener un problema serio con el vecino, cosa que fue cierta. Pero no solo por las colillas. No tardamos mucho en descubrir que, además de usar la finca del vecino como estercolero, la abuela también la usaba como «supermercado». Mangaba repollos, tomates y todo lo que le apetecía. Hacía esas visitas por las noches, porque pensaba que a esa hora nadie la iba a descubrir. Se armó bastante gorda porque el vecino vino a hablar con mamá para explicarle lo que estaba pasando y la abuela lo negó todo. Pero los tres, mamá, el señor y yo, sabíamos que era cierto. Como venganza, la abuela le tiró en la finca una espina gigante de gallo. Y el hombre la devolvió. La raspa estuvo volando de finca a finca durante varios días. En ese momento, mamá y yo supimos que aquello era la guerra. *The Civil War*.

Ojalá la abuela estuviese en el estanco, o lanzando raspas de pescado a la finca del vecino. Así tendríamos alguna noticia suya. Ninguna de todas esas personas con las que habló mamá sabe dónde está. Hoy no la han visto en toda la mañana. A mí se me ocurrió que pudo ir al banco con los sobres de dinero que tenía guardados debajo del colchón. Se lo dije a mamá y me contestó bastante nerviosa:

—¿Qué pasa en esta casa, que todo son secretos? ¿De qué sobres me estás hablando?

Luego me pidió perdón por hablarme así. Tampoco me gritó, pero fue un poco bruta en la manera de decírmelo.

—Venga, anda, vamos a cocinar que es muy tarde. Seguro que aparece cuando empecemos a comer. Tu abuela no perdona una comida por nada del mundo.

Eso es verdad, la abuela está un poco obsesionada con la comida. Como Guerrero, pero peor, porque Guerrero sabe que no puede comer tanto y la abuela hace al revés. Dice que casi no come y está convencida de que es así. Pero la verdad es que, si mamá no la vigila, zampa tal cantidad de comida que se empacha y se pone malísima del estómago. Durante la comida mamá intentó distraerme preguntándome sobre la escuela. Yo le seguí la corriente, contándole cosas que habían pasado en los últimos días:

—Castigaron a Carlitos González y a Diego Puga por llamarle gay, marica y transexual a Rodrigo, otro niño de la clase. Le metieron dentro de la mochila unas bragas de la hermana de Puga.

—¿Pero cuántos años tienen esos niños?

—Uno diez y otro once. Pero con diez años ya puedes ser un delincuente infantil. En el cole hay varios. Otra cosa que pasó fue que descubrieron que una niña de clase videollama a otra todas las tardes para que le dé la solución de los deberes.

—Sebas, ¿en tu colegio solo pasan cosas malas?

—No, también pasan cosas buenas. Han nacido pajarillos en un nido que hay en el patio y hace unas semanas pintamos un mural por el Día de la Paz. El padre de Rodrigo trajo unas palomas y las liberamos. Nos sacaron muchas fotos y Guerrero fue vestido de negro para salir más delgado.

Mientras le contaba a mamá todo esto, ella no paraba de mirar el teléfono. No sé qué cantidad de información de todo lo que le dije quedó en su cabeza y cuánta se perdió por el camino. Cuando terminamos de almorzar, llamó a la policía para denunciar que la abuela no estaba en casa y ahí me asusté un poco. Le preguntaron cuántas horas llevaba desaparecida, si era la primera vez que se marchaba sin avisar, si había habido algún problema en casa y si tenía alguna enfermedad mental. Mamá contestó: «Como mínimo cuatro horas», «Sí», «No» y «Es bastante probable».

—Sebas, voy a salir a buscar a la abuela con el coche. Tú tienes que esperar aquí, por si vuelve. Voy a llamar a la madre de Guerrero para que él venga y te haga compañía, ¿vale?

—Y a la de Noa, porfa.

—Vale, y a la de Noa. Pero tienes que prometerme que vais a ser responsables.

Es la primera vez en la vida que me deja solo.

—Te lo prometo.

Me dio un beso en la frente y volvió a usar su cerebro múltiple. Puso a cargar su móvil, llamó a las madres de Guerrero y Noa, nos preparó la merienda y compartió un aviso en las redes sociales con la foto de la abuela y su número de teléfono: «MI MADRE ESTÁ DESAPARECIDA DESDE ESTA MAÑANA. SE LLAMA LUZ Y TIENE SETENTA Y NUEVE AÑOS. SE AGRADECE DIFUSIÓN». Luego avisó a sus compañeros periodistas para que le diesen publicidad al anuncio desde el periódico. A los diez minutos su móvil empezó a recibir notificaciones sin parar. Noa y Guerrero llegaron rapidísimo, los trajo Alicia, la madre de Noa, y mamá se esforzaba todo el tiempo para no parecer nerviosa. Pero lo estaba, no dejaba de morderse el dedo gordo y lo tenía todo rojo.

—Seguro que vuelve a casa —le susurró Alicia a mi madre. Habla siempre bastante bajito y tiene la voz esponjosa, como un bizcocho. Me gusta mucho, pero menos que Noa—. Mira, hacemos una cosa. Te acompaño y la buscamos juntas. Si no la localizamos, esta noche nos organizamos con otros vecinos y aprovechamos que mañana es sábado para salir todos a buscarla.

—¿Dónde se habrá metido esta mujer? Está claro que ya no puede quedarse sola. Necesito a una persona que se haga cargo de ella mientras estoy en el trabajo. Así no se puede vivir.

—Ya tendrás tiempo de pensar en eso, Julia.

Nos pidieron tres veces que fuésemos responsables, una a cada uno, y luego se fueron corriendo. Mamá debía de estar nerviosa, porque las ruedas del coche derraparon cuando arrancó. Hemos visto cómo se alejaban a través de la ventana de la cocina. Y ahora estamos aquí solos, los tres. Es rara esta sensación. Por un lado, es como si de repente fuésemos mayores. Por otro, estamos algo flojos. Desanimados.

—Hay personas que desaparecen para siempre

—les explico—. Que se marchan y no vuelven nunca. Mi abuelo hizo eso.

—¿El falso Felipe González? —pregunta Guerrero.

—Sí. Se marchó a Argentina y nunca volvió. Creo que tiene otra familia allí. Pero no es presidente del Gobierno. Vende ropa para niños.

—¿Y si tu abuela ha decidido ir a buscarlo? —dice Noa—. Igual lo echaba de menos, tuvo un impulso y se marchó a por él.

—Para eso tiene que coger un avión y llevarse una maleta. Además, no sabe dónde vive. Y a ver cómo hace con el martillo. Eso pita en el detector de metales, nunca la dejarían montarse en el avión con él.

—Con la mala leche que tiene yo la veo capaz de liarse a martillazos con los guardas de seguridad si no la dejan pasar —opina Guerrero—. Espero que no la detengan.

Nos quedamos callados un par de minutos, cada uno pensando en nuestras cosas, que en realidad son mis cosas, porque ninguno es capaz de quitarse de la cabeza la imagen de la abuela con las esposas puestas. Siempre es la protagonista. Es Guerrero quien destruye el silencio con una nueva teoría:

—Igual está cumpliendo una misión. O ha decidido desaparecer un tiempo para meditar, como hizo Odín, el padre de Thor.

—Ya está la vikingopedia trabajando. —Noa no se lo toma nada en serio.

—Pensadlo un momento —insiste él—. La abuela de Sebas no es una abuela normal. Tiene enemigos y debe resolver cosas importantes que afectan a Asgard.

—¡El Carnicero de Dioses! —exclamo de repente—. ¿Y si ha ido a por él?

—Eso tiene sentido —dice Guerrero, convencido—. La persecución por el monte fue una declaración de guerra. Thor no dejaría pasar una cosa tan grave así como así. Menos todavía estando nuestras vidas en juego.

—¿Ya estáis otra vez con esas tonterías? —protesta Noa—. Qué Carnicero más patético, que no fue capaz de atrapar a tres niños.

—Te aseguro que si el Carnicero hubiese querido atraparnos, ahora mismo no estaríamos aquí. Su poder no es de este mundo. Es un alienígena muy peligroso, ya os lo expliqué. Si quiere cortarnos en trocitos y dárselos de comer a Huginn y Muninn como venganza, lo hará sin pestañear.

—¿Y esos dos quiénes son? —quiere saber Noa.

—Los cuervos de Odín. Representan el pensamiento y la memoria, y viajan por el mundo para darle información.

—Mira, deja de llenarnos la cabeza con esas fantasías vikingas. —Noa parece un poco molesta—. La abuela de Sebas está perdida porque seguro que no recuerda cómo volver a casa. Como los perros cuando se van a vivir una aventura y luego no regresan y sus dueños se ponen muy nerviosos. A nosotros nos pasó con Linda. Estuvo diez días por ahí.

—¿Y dónde apareció? —le pregunto.

—En casa de una señora que se la encontró en la calle y quería quedarse con ella. La trató fatal, nos la devolvió llena de golpes, rasguños y garrapatas.

Pienso en si las garrapatas también atacan a las personas, si serán contagiosas y si se quedan a vivir para siempre en los cuerpos que visitan, pero no llego a ninguna conclusión.

—Tu teoría no está mal —reconoce Guerrero—,

pero no descartemos la posibilidad de que fuese a montarle una bulla al Carnicero de Dioses. Pensadlo bien, no sería tan raro.

Hay que admitir que Guerrero tiene un poco de razón. Aunque el Carnicero no fuese un alienígena, que sí lo es porque yo vi el bulto que tiene en la garganta donde acumula las almas y la memoria de los cerebros que se come, lo más normal del mundo sería que mi abuela fuese a montarle una bronca. Tengo que decírselo a mamá y, lo más difícil, conseguir que me haga caso.

A las cinco en punto suena el teléfono. Contesto bastante nervioso, pensando que es mamá y que va a darme noticias sobre la abuela, pero es Aurora, una de sus amigas. La que se pasa la vida yendo a misa y lleva un rosario enganchado en la mano derecha que no se quita ni para dormir, ni para hacer pis, ni para comer, ni para nada. Le explico que la abuela aún no ha aparecido y ella me contesta una cosa que me deja loco:

—Tranquilo, hijo, tu abuela sigue en este mundo. Se lo consulté al papullo de mi marido y me aseguró que Luz todavía no le pagó al barquero para cruzar al otro lado. Aparecerá.

Y cuelga. Yo me quedo mirando el teléfono con cara de tonto.

—¿Qué pasa? —pregunta Noa.

—Las amigas de mi abuela están fatal de la cabeza. Yo creo que han entrado todas en la misma secta. La secta del papullo. Hay que sacarlas de ahí.

—¿Qué es un *papullo*? —pregunta Guerrero.

Yo me encojo de hombros, porque no tengo ni idea, pero Noa lo sabe:

—Es esto que nos cuelga de las orejas. Donde nos hacen los agujeros para los pendientes.

Yo suspiro. Las cosas se complican. Solo estamos en quinto de primaria, este tipo de problemas nos van muy grandes. Deberíamos estar montando Lego, hablando de videojuegos, haciendo el tipo de cosas que hacen los niños de diez años.

—Hay que merendar —les digo a mis amigos.

Creo que esa es la única forma de que mi estómago engorde. Siento que ha encogido. Yo también he encogido un poco en las últimas horas. A este ritmo voy a quedarme del tamaño de una garrapata. Y no quiero.

Julia

Vivir sin pareja y tener personas a tu cargo hace que desarrolles una especie de capacidad exagerada de autosuficiencia. Te convences a ti misma de que no necesitas a nadie porque no tienes a nadie, y eso es una trampa. Que Alicia se ofreciese a acompañarme a buscar a mi madre y poder compartir con alguien el peso y la gravedad de lo que estaba sucediendo me ayudó a respirar. Peinamos los lugares que frecuenta mamá, que tampoco son tantos. Llamé a Sebas tres veces, por si ella había regresado, pero no hubo suerte. Luego inventamos sobre la marcha. Intentamos meternos en el cerebro de una mujer de ochenta años y razonar como ella, cosa imposible. Sobre todo, por las subidas y bajadas que tiene. La mayor parte de las veces es imprevisible. Ya lo era de joven. Durante toda su vida tuvo épocas mejores y peores. Hace años, después de mucho insistir, conseguí convencerla para ir a un especialista. Fue en una etapa en la que se obsesionaba por cualquier cosa de una manera bastante extrema. Tenía alterado el sueño y el apetito, ataques de pánico, espasmos musculares involuntarios... Un cuadro nervioso que parecía estar dando pistas de que sucedía algo importante. Después de visitar neurólogos y psiquiatras y hacerse varias pruebas, la medicaron para la esquizofrenia. Aquello tampoco era vida. Con el tratamiento empezó a ganar peso y dormía a todas horas. Cuando estaba despierta parecía una sombra, una mujer agotada. Era como si estuviese desconectada del mundo. Cuando además de eso empezó a tener síntomas de párkinson, abandonó la medicación. A día de hoy creo que nunca consiguieron dar con el verdadero problema, que se equivocaron con el diagnóstico y que la medicaron para una enfermedad que nunca ha padecido. Y ahora parece que lo que ya tenía empieza a juntarse con otras patologías propias de la edad. Necesito adelantar la cita con el neurólogo. No puedo esperar tres meses.

—¿Y si está en la plaza de las Palomas? Allí suele juntarse gente mayor y pasan las horas en los bancos —sugiere Alicia.

Por intentarlo no perdemos nada. Todo me parece bien, excepto quedarme de brazos cruzados. No soporto estar parada en una situación así. Necesito sentir que estoy haciendo algo útil. La plaza está llena de viejos, es una estampa de cabezas blancas y espaldas encorvadas. Unos dan de comer a las palomas, otros juegan a las cartas y algunos pasean arrastrando los años. La vida aquí transcurre a cámara lenta, como si formase parte de un submundo dentro de otro más acelerado. Matrioskas de universos que encajan. Todos están integrados en la misma constelación, pese a parecer independientes. Puedes pasarte la vida metida dentro de tu propia matrioska, con los ojos cerrados a los otros mundos que pivotan alrededor del tuyo. Negándote a esas realidades que están ahí. Dejo el coche mal aparcado, cojo una fotografía de mi madre de la cartera y empiezo a preguntar si alguien la ha visto.

—¿Es tu mamá? —me dice una mujer bastante

mayor, con acento argentino—. ¡Qué guapa! Se parece a la madre de un actor que me gustaba de chica, pero ya no recuerdo su nombre.

La imagen de mi padre cruza mi mente como un latigazo. Siempre me acuerdo de él cuando oigo ese acento, con el paso de las décadas se ha convertido en un acto reflejo.

—No se parece a la madre de ningún actor, se parece a mi amiga Fefé —replica otra señora a la argentina—. Pobriña, murió atropellada por un autobús.

Podría resultar desesperante, si no fuese porque no tengo tiempo para eso. Cambio de estrategia y les enseño la foto a las mujeres más jóvenes del parque, todas cuidadoras de la gente mayor que habita esta matrioska. Son amabilísimas, pero ninguna ha visto a mi madre. Me repiten palabras de ánimo, me aseguran que va a aparecer, que es habitual que algunas personas de cierta edad salgan de casa sin avisar y se desorienten. Algunas me cuentan experiencias personales, todas con final feliz. Supongo que están evitando hablar de esos otros casos que terminan en tragedia. No quiero pensar en la muerte. Es muy temprano para eso. ¿O no?

—¿Y ahora qué? —digo en voz alta, cuando ya no queda nadie más a quien preguntar.

No sé dónde más podemos buscarla. Empiezo a quedarme sin alternativas.

—Seguiremos peinando las calles —contesta Alicia con firmeza—. En algún sitio tiene que estar, la gente no se evapora.

«Mi padre sí que se evaporó», pienso. También pienso en las fotos del narco colombiano que imprimí en la redacción y metí dentro del bolso. La prioridad ahora es otra, pero estoy dispuesta a llegar al fondo de eso. No lo voy a dejar pasar. Subimos al coche y conduzco despacio. Piso el freno cada vez que veo a una mujer mayor, es un acto instintivo. A medida que avanza la tarde voy siendo más y más consciente de que esto no sirve para mucho. Es muy raro que mi madre vaya sola tan lejos de casa.

—Gracias por acompañarme, Alicia —le digo, pensando en que va a ser mejor regresar y ver cómo están los niños. Va a hacerse de noche enseguida.

No necesito explicar mucho más. El sol ya se está poniendo. Pronto empezará a oscurecer. Me he pasado toda la tarde neutralizando ese pensamiento, pero empieza a cobrar fuerza. La idea de que mi madre pase una noche a la intemperie, perdida y desorientada, se me clava entre las costillas. No conocía esta clase de angustia.

—Tu madre es una mujer resistente, Julia. Es corpulenta y tiene callo de trabajar en casa y en el campo. Su cabeza tal vez no funcione como debe, pero tiene una forma física sorprendente para una persona de su edad.

—Siempre ha sido complicada —le confieso—. Entiendo que si tu marido se marcha a otro país y no regresa nunca, dejándote con la papeleta de criar sola a una hija pequeña, tu vida se va a la mierda.

—Su vida sentimental, desde luego. De hecho, nunca volvió a tener pareja, ¿verdad?

—Qué va. Es como si no hubiese querido volver a saber nada de los hombres. Imagino que estuvo esperando demasiado tiempo a que volviese. Y cuando se quiso dar cuenta, los años habían pasado. Tuvo la oportunidad cuando yo me fui a estudiar a Madrid, pero escogió la soledad. De hecho, fue ella quien me animó a irme fuera. A veces, con demasiada insistencia.

Esa última frase queda flotando en el aire unos segundos y vuelvo a tener la sensación de que hay espacios en blanco en la historia de mis padres. Esos vacíos son como las manchas de humedad que nacen en las paredes. Empiezan siendo casi imperceptibles, así que optas por ignorarlas. El problema es que, cuando te das cuenta, han crecido tanto que se han convertido en una enfermedad. ¿Quién puede vivir en una casa con las paredes llenas de lepra?

—Lo más frustrante de esto es que ni siquiera puedo enfadarme con ella. Hay momentos en que no sabe lo que hace. Y tiene unas lagunas tremendas. No es la primera vez que la arma en casa y luego no se acuerda de nada. O finge que no se acuerda, tampoco puedo asegurarlo.

—Cuando aparezca, la sensación de alivio va a ser tan grande que no habrá hueco para el enfado —me dice Alicia.

Entonces empieza a sonar el móvil y me llevo un susto tremendo. Es la policía. Me dicen que mañana a primera hora van a poner en marcha un dispositivo de búsqueda. Será un operativo con unidades de la Nacional y Protección Civil. Sumarán un helicóptero y perros rastreadores, con los que harán una batida por los montes próximos a nuestra casa. Me informan de que ya han solicitado la colaboración ciudadana a través de los periódicos y de sus redes sociales. Me tranquiliza saber que todo se está moviendo con tanta rapidez, pero me desestabiliza el hecho de que vaya a pasar la noche sola y perdida. Porque a estas alturas eso es algo que ya he asumido.

—No tiene sentido seguir buscando —me doy por vencida, conduciendo en dirección a casa.

—Va a aparecer, Julia. Seguro que mañana la encontramos.

Sebas, Noa y Guerrero nos reciben en silencio, cosa rara en ellos. El desánimo se ha filtrado a través de las costuras y ha metido la cabeza dentro hasta hacerse con el control. Me pone enferma verlos tan tristes.

—¿A qué vienen esas caras? —les pregunta Alicia—. ¿Sebas no os ha dado de merendar o qué?

—Bocadillo de filete de vikingo con lechuga de la huerta de Asgard —contesta Noa.

Ni Alicia ni yo entendemos su código, pero Sebas y Guerrero sonríen y eso está bien.

—¿No habéis encontrado a la abuela? —murmura Sebas.

—Todavía no, pero mañana seguiremos buscándola. La encontraremos, ¿vale? —le digo, tratando de parecer convincente—. La policía va a rastrear el monte con perros.

—¿Pero dónde va a dormir?

—Ojalá lo supiese.

—Yo sé dónde puede estar —me dice—. El Carnicero. Seguro que ha ido a por él, mamá.

—La abuela no sabe quién es ese hombre, Sebas. Le pregunté por él el día que fuisteis a pescar y no tenía ni idea de lo que le estaba hablando.

—Sabe, sabe —interviene Guerrero—. Sabe más de lo que parece.

—Vale, vamos a aclarar ese asunto ya, que hoy sí parecéis dispuestos a hablar. ¿Quién es el Carnicero y por qué os persiguió aquel día por el monte? —les pregunto.

—Yo creo que es un hombre mudo que está un poco mal de la cabeza —responde Noa—. Aquel día nos asustó porque corría como un loco apuntándonos con la hoz. No estábamos haciendo nada malo y vino directo a por nosotros.

Miro a Alicia. Parece descolocada, seguro que no tiene ni idea de la historia del Carnicero.

—¿Por qué lo llamáis así? —continúo.

—Porque es un alienígena que tiene hambre y come las alm... —empieza a explicar Sebas, pero no termina la frase.

—¿Cómo va a ser un alienígena? No digas burradas, los alienígenas no existen —lo interrumpe Guerrero—. Le llamamos así porque iba armado por el monte con una hoz. La única explicación convincente es que sea carnicero.

—En todo caso, sería cazador. Y los cazadores llevan escopeta, no una hoz —interviene Alicia, tratando de razonar con la misma lógica que él.

Yo no me siento con fuerzas para soportar esas fantasías en un momento así.

—Este caza a mano, como un neandertal. Es un cazador clásico —explica Guerrero, haciendo un gesto con los brazos, como si portase una lanza.

—Nos persiguió por el embalse —añade Sebas—. Donde están las casetas que construyeron los pescadores para la lluvia.

Hace tantos años que no voy al embalse que no sé de qué casetas me habla. Ese lugar me encantaba de niña y de adolescente. Nunca me sentí tan libre en ninguna otra parte. Pero de eso hace mucho tiempo.

—¿A qué hora tenemos que levantarnos mañana? —me pregunta Sebas.

Me doy cuenta de que su intención es participar en la batida y pienso dos cosas. La primera, que es lo más normal del mundo. Es su abuela. La segunda, que es inviable. Alicia, que tiene la habilidad de hacerlo todo más sencillo, soluciona el asunto tan rápido y de una manera tan natural que me parece una suerte que nuestros hijos sean amigos:

—Los niños no podéis participar en la búsqueda, pero podéis pasar el día juntos. Os invito a venir a mi casa. La abuela de Noa hace unas comidas riquísimas, ¿verdad?

—¡Sí! —confirma Noa—. Pero es imposible comer todo lo que echa en los platos. Cocina siempre para el doble de gente que hay en la mesa.

—¿Os parece bien? —pregunto, mirando a mi hijo.

—Pero tenéis que ir a preguntarle al Carnicero por ella —insiste él.

—Sebas, ya está bien. Deja ese tema, por favor.

Me despido de Alicia y de los niños. Decido que no voy a cerrar la puerta con llave por si mi madre regresa. Sebas se está aguantando las ganas de llorar, no hace más que frotarse la cara. Me acerco para abrazarlo, pero en ese momento empieza a sonar mi móvil. Es Pablo. Vaya día llevo. No consigo recordar cuándo fue la última vez que hablamos. Hace semanas de eso.

—Es papá. ¡Venga, corre para la ducha! —le digo al niño, esforzándome por parecer contenta.

Tomo aire, me armo de valor y contesto.

—Julia, Sebas me ha contado lo de tu madre. ¿Ha aparecido?

—Que va, de momento nada. Mañana hay una batida organizada por la policía —le explico—. Vamos a ir al monte.

—¿Y Sebas?

—Sebas va a quedarse en casa de una amiga que se ofreció. Estará bien.

—Siento no estar con vosotros en estos momentos —dice después de unos segundos de silencio. Parece sincero, pero pienso en Ana_Chicapájaro y la rabia me parte en dos—. Si salgo mañana temprano, llego ahí a la hora de comer. Puedo pedir unos días en el trabajo.

—Te lo agradezco, pero de momento no será necesario —contesto, algo descolocada por el ofrecimiento. —¿Tú cómo estás?

Estoy sola, asustada y llena de rencor. Pero, claro, no es el momento.

—Preocupada. No sé dónde ha podido ir esta mujer ni qué se le pasa por la cabeza. Lleva semanas comportándose de una manera especialmente rara, pero ya sabes cómo es.

—Julia, de verdad que no me importa ir hasta ahí. Puedo ayudaros a buscarla, pasar tiempo con Sebas, lo que sea. Que no estemos juntos no significa que...

—Pablo, no estamos juntos porque estás con otra. —Me arrepiento de decirlo al segundo, pero ya está hecho.

Silencio al otro lado del teléfono.

—Gracias por llamar. Si hay novedades, te aviso.

—Espera, no cuelgues —me pide.

—Tenemos una conversación pendiente, pero no puede ser ahora. Bastante tengo con mantenerme serena.

—Te comprendo. Pero, por favor, si necesitas algo, avísame.

—Necesito que mi madre vuelva a casa. Hablamos...

—Os echo de menos —murmura.

Me parece tan egoísta ese comentario, tan fuera de lugar, que tengo que hacer de tripas corazón para no llamarle imbécil.

—Tú escogiste. De verdad que no entiendo a qué viene esto ahora. Tengo que dejarte.

Y cuelgo porque ya no puedo soportar los niveles de tensión de esta conversación. Trago saliva y es como si tragase alfileres. Tengo muy mal cuerpo. Ojalá pudiera abrazar fuerte a alguien, para que todo dejara de doler con esta intensidad. Fuera casi es noche cerrada. Veo las ventanas de las casas vecinas iluminadas como faros de islas remotas. Me pregunto si allí todo estará bien. Si en esos micromundos la vida será más sencilla o si el dolor se reparte en porciones.

—Dónde estarás metida... —digo en voz alta.

Pero nadie responde.

Luz

—Te dije que era una malísima idea eso de ir a hacerle una visita a Bernardo. ¿A quién se le ocurre salir sola y meterse en el monte? —me echa en cara mi madre.

No sé cuántas veces me repitió esto en las últimas horas. Perdí la cuenta. Está pesadísima, no se calla. Yo ya ni tengo fuerzas para contestarle. Solo quiero volver a casa, darle un trago a la botella de Sansón para que me pase este frío y meterme en la cama. Dormir cura casi todos los males del cuerpo. Los del alma son otra historia.

«Déjame tranquila», intento contestarle. Pero no me salen las palabras. Se me quedan atrancadas y, en lugar de ir para fuera, van para dentro. Como le pasa a Bernardo. O al Carnicero, que diría Sebas. No sé por qué le puso ese apodo, Bernardo nunca vendió carne, arregló zapatos hasta que se quedó mudo por el problema ese de la tráquea. De esto hace ya muchos años, yo creo que más de quince.

—Mudo del todo no es —replica la pesada de mi madre.

Llamarle hablar a eso que hace Bernardo es una exageración. Se parece más a lo que hacen los cerdos. No me extraña el susto que se llevaron Sebas y sus amigos. Ese hombre se expresa como una bestia, y aún por encima tiene las piernas y los brazos largos como un día sin pan. Y un bulto en la garganta que mete miedo. A mí no tanto, que con estos años ya vi de todo en mi vida. Pero ellos, pobres. Qué susto debieron llevar.

—¿No piensas ir para casa? ¿Te vas a quedar aquí toda la noche papando moscas? —me pregunta.

«Igual te crees que estoy aquí por gusto», quiero espetarle a la difunta de mi madre. Pero ya expliqué que no me salen las palabras por la boca. Solo me salen por la cabeza. Si por lo menos supiera dónde estoy... De pequeña conocía cada árbol y cada piedra de este monte. Una vez me caí por un barranco y me abrí la cabeza. Tuvieron que darme puntos y me dolió a rabiar cuando me zurcieron. Pero aquella vez volví a casa por mi pie y esta vez no puedo. No puedo porque no consigo levantarme y porque ya se hizo de noche y eso es un problema.

—Eres muy torpe.

Déjame en paz de una santa vez. Me mareé, puede pasarle a cualquiera. Se me fue la cabeza y cuando desperté estaba aquí acostada. Debí de llevarme un golpe en la frente, porque siento ahí los latidos de mi corazón pateándome el cráneo. Por lo menos cumplí mi cometido. Bernardo nunca más se va a atrever a meterse con mi nieto o con sus amigos. Se lo dejé bien clarito. Hablar solo hablé yo, las cosas como son, él solo gruñía. Pero conseguí entenderlo y que él me entendiera a mí. Y no sé cuál de las dos cosas es más difícil. Me planté en su casa a las doce en punto del mediodía. Le peté en la puerta con el martillo. Bien fuerte, para que supiera desde el principio que no me ando con mexericadas. Iba muy segura con mi martillo, y eso que me olvidé la pistola en casa. Pensaba llevarla, por si acaso el Bernardo se me ponía gilipollas, pero me quedó atrás. Tardó de carallo en abrir. Debía de estar a medio vestir, porque tenía la camisa mal abotonada y el pantalón atado con una cuerda. Gruñó intentando decirme algo:

—¡-@·eчʇӁзđ֍*#&!

—Sabes perfectamente por qué estoy aquí, así que no te me hagas el sueco —le solté—. ¿Por qué perseguiste a mi nieto por el monte? ¿Tú sabes el susto que le diste?

—@·eчʇӁзđ֍*#&

—Fuiste tú, claro que fuiste tú. No hay otro hombre en trescientos kilómetros a la rotonda que coincida con tu descripción, así que no te molestes en negarlo.

—@·eчʇӁзđ֍*#&

—No, mi nieto no es el gordo. Es el otro. El flaco con cara de santiño. No puedes ir por el monte espantando criaturas. ¿Quién te piensas que eres, un hombre lobo? ¿El Sacaúntos?

—@·eчʇӁзđ֍*#&

—Como sigas por ese camino te doy un martillazo que te hago con la cara una calcamonía. Verás qué risa.

—@·eчʇӁзđ֍*#&

—Mira, Bernardo, en tu casa serás el gallito del corral, pero el monte no es tuyo.

—@·eчʇӁзđ֍*#&

—¿Ah, sí? Pues quiero ver yo los papeles donde pone eso. Que yo también puedo decir que este suelo que estoy pisando es mío, y ya ves tú qué risa. Sin papeles es como mirar para Cuba.

—@·eчʇӁзđ֍*#&

—Lo que me estás diciendo me entra por un oído y me sale por el otro, así te lo digo. No tienes derecho ninguno a sacar la fouciña y correr por el monte como un demente detrás de unos niños. ¿Perdiste la cabeza o qué cona? ¿Haces lo mismo con los pescadores del embalse? ¿Verdad que no? Con ellos no te atreves, claro.

—@·ɘчӁӟɗ֍*#&

—No señor, de eso nada. Como llegue a mis oídos que te vuelves a meter con mi nieto o con cualquier otro niño, te despellejo vivo, ¿te queda claro? Te arranco la piel con mis propias manos como cuando pelaba conejos.

—@·ɘчӁӟɗ֍*#&&

—Como si fueras un conejo, quedas avisado.

Pegué un martillazo en la puerta, escupí en el suelo y di media vuelta. Ya no se atrevió a responderme más nada. Yo tampoco llevaba idea de darle de hostias, pero mejor ir armada, por si acaso. Una nunca sabe cuándo va a tener que usar el martillo. No sería la primera vez. Luego eché a andar, pero en algún momento debí de meterme por el camino que no era. Hay varios desvíos y dudé. No una, ni dos. Unas cuantas veces. Ya no tengo la cabeza lúcida como la tenía antes, a veces me despisto cuando me tengo que orientar. Con la caída me hice daño en un pie y cada vez que intento moverlo siento una trallada que me fulmina. Y ya cayó la noche. Este frío no parece de este mundo. Se me mete en las costillas y hay algo que me pincha cada vez que respiro. Nunca pensé que mi vida fuera a terminar así, tirada en el monte y sola. Como una animaliña. Quiero llamar por mi hija, pero nada, tengo las palabras atrancadas. Intento decir *Julia* y no me sale nada. Gruñidos, como los del Carnicero.

—Qué alivio si te quedaste muda. —Mi madre siempre tiene la puntada para joderme viva.

En un momento así no debería decirme esas cosas,

está siendo muy ruin. Aunque sé que es su carácter y que muchas las suelta para hacerme reír. Pocas ganas tengo, esto no es broma. ¿Y si me quedo dormida y no vuelvo a despertarme nunca? Tengo mi tarro de cristal de las partidas de parchís lleno de céntimos para una corona de las grandes. Julia, filliña, ven por mí. Prometo que responderé a tus interrogatorios. Te diré todo lo que quieras, palabra por palabra. Si apareces ahora, te contaré por qué se marchó tu padre. Te hablaré de sus negocios malos, de todos los cuartos que tengo guardados. Somos millonarias, hija. Si me vienes a buscar, te pago un crucero. Y un marido nuevo. Me como una bandeja entera de tus cadapés. Lo que tú quieras, pero quítame este frío de las costillas y quítame las palabras de la boca. Trae un sacacórcholis. Una chupona, el producto para desatascar el vertedero. Trae una ventosa. Y una manta para envolverme, porque yo ya no sé si volveré a ver la luz del día. Qué tristura siento aquí, en el pecho. Qué ganas de llorar. Cuánto te quiero, Sebas, neniño.

Sebas

Esta noche me he despertado siete veces. A la tercera fui a la cama de mamá porque me dolía la barriga. Ella dijo que era por el disgusto. La abuela no ha vuelto a casa ni tampoco ha llamado por teléfono. Mamá dice que no se sabe el número y que aunque hubiese querido llamar no habría podido. Pero, vamos a ver, ¿le ha hecho un examen de números de teléfono o qué? Entonces, ¿cómo puede estar tan segura? La abuela Luz controla de números. Sabe nuestras fechas de nacimiento y las de sus amigas. Y más cosas con cifras, que hace cálculos de cabeza mejor que muchos niños de mi clase. Mamá está negada, a veces parece que todo lo que hace la abuela le parece mal. A las ocho y media de la mañana me llevó a casa de Noa. Ya había varios vecinos en la calle, esperándola para salir juntos hacia el monte. Me hicieron caricias en la cabeza, me llamaron campeón y cosas así, para disimular y hacer ver que no pasa nada grave. Pero sí pasa.

—Si necesitas algo, llámame al móvil —me dice mamá, agachándose un poco para ponerse a mi altura—. Yo también lo haré si la encontramos, ¿vale?

—¿Cuándo vas a volver?

—Depende de lo que tardemos en encontrarla. Ojalá aparezca pronto. Obedece a la abuela de Noa, por favor. Haz todo lo que te mande, ¿vale?

Le digo que sí por decir. Si la abuela de Noa me pide que baile reguetón encima de la mesa de la cocina o que desmonte los Lego de Guerrero y me trague las piezas, no lo voy a hacer. Porque no me gusta el reguetón y porque amo los Lego y Guerrero es mi mejor amigo. Jamás le haría algo así, con las horas que pasa armando estructuras. Además, mamá últimamente tampoco me hace caso cuando le pido algo yo a ella. Se lo dije varias veces: la abuela fue a ver al Carnicero, estoy segurísimo. Si hubiesen ido a buscarla allí, ya estaba. Odio a los mayores cuando no nos hacen ni caso. Eso pasa demasiadas veces. Por eso tengo un plan. Lo pensé por la noche, pero voy a necesitar la ayuda de Noa y Guerrero porque yo solo no puedo.

—Venga, hora de desayunar —nos dice la abuela de Noa, haciéndonos un gesto para que entremos en la casa y dejemos a los adultos hablando de esas cosas que no quieren que oigamos.

Por un lado, mejor para nosotros. Hay cosas de los mayores que es mejor no saber. La abuela de Noa se llama Blanca y tiene el pelo blanco, pero una cosa no está relacionada con la otra, solo es una coincidencia. Siempre lleva una bata y nunca en toda su vida se ha puesto pantalones.

—¿Ni siquiera en clase de Educación Física? —le pregunto a la señora en la cocina, delante de un tazón de leche, un bollo, un cruasán, dos torrijas, un yogur y fruta para parar un autobús.

—Cuando yo era joven practicábamos gimnasia en falda. Eran otros tiempos.

—¿No era obligatorio llevar chándal? —quiere saber Guerrero.

—El chándal es una moda que inventaron los listos de los franceses para ir en pijama por la calle y que no los multen. Yo no me he puesto uno de esos en mi vida ni tengo pensado hacerlo ahora.

—Pero ¿cómo hacíais para correr o saltar y que no se os viesen las bragas? —le pregunta Noa.

—Éramos todas niñas, ninguna se iba a asustar. Era un colegio femenino. Venga, menos charla y más comer, en mi casa no se pasa hambre.

Guerrero está contento. Su madre ha hecho una excepción con la dieta. Hoy tiene el día libre y puede comer cosas que no sean acelgas. Ella también salió a buscar a mi abuela. El padre no, porque trabaja. Pero por la tarde sí que va a ir. Creo que van a ir todos los vecinos que no son niños o viejos. Estamos discriminados para este tipo de cosas.

—¿Has visto algún poli? —me pregunta Guerrero en voz baja, para que Blanca no se entere.

—A ninguno. Solo oí a mi madre hablando con ellos por teléfono. Van a llevar perros y un helicóptero.

—Creo que el plan es empezar a buscarla por la zona de los molinos —informa Noa—. Mis padres estuvieron hablando de eso ayer por la noche.

—¿Por la zona de los molinos? ¿Y qué pinta mi abuela por ahí? —protesto, un poco alterado—. Están haciéndolo fatal. La poli no la conoce como yo, no tienen ni idea. A ella no se le ha perdido nada en los molinos.

—No te enfades, neno —me pide Blanca—. Tu abuela es un alma libre. Siempre lo fue.

—No sé qué quiere decir eso.

—Hay personas que no siguen las normas. Ella siempre fue un poco por su cuenta. ¿Sabes que dejó la escuela con diez años porque se enfadó con el profesor?

Le digo que no con la cabeza.

—El profesor era un bruto, las cosas como son. La

mandó salir al encerado y le cruzó la cara porque no sabía hacer una cuenta. Ella reaccionó fatal. O muy bien, depende de cómo se mire. A mí en aquel momento me parecía una libertina. Ahora tengo otra idea de ella.

—¿Pero qué hizo? —pregunto ansioso.

—Le dio una patada al profesor en todos los cojones, salió corriendo por la puerta y no volvió nunca. A su familia no le contó ni pío y consiguió mantener el secreto durante meses. Salía de casa por la mañana a la hora de siempre, acompañaba a su hermana Claudia hasta la puerta de la escuela y luego se marchaba. Después iba a recogerla de nuevo y regresaban juntas a casa para comer.

—¡Qué genia! —exclama Guerrero, con la boca llena.

—¿Pero qué hacía toda la mañana por ahí? —pregunta Noa.

—¡Quién sabe! Ella relataba fantasías. Que iba a clases de teatro con un actor importante y bebían aguardiente, que pasaba las horas con una florista que echaba las cartas y leía las manos para aprender el oficio de vidente, que iba a fumar puros y a pescar con una amiga cubana... Nos contaba una sarta de cosas distintas cada vez. Nunca supimos si alguna era cierta.

—Pero entonces conoces a mi abuela desde que erais pequeñas.

—Claro. Vivíamos en el mismo barrio, íbamos a la misma escuela y teníamos las mismas amigas.

—¿Y por qué nunca vienes a nuestra casa a jugar al parchís, como sus otras amigas?

La abuela de Noa hace que no se entera. Mete unos cacharros en el fregadero, da un par de paseos por la cocina, abre y cierra las puertas de las alacenas.

—¿Estáis enfadadas? —le pregunta Noa.

Blanca suspira, coge una silla y se sienta.

—Algo así —confiesa—. Pero no fue culpa suya. Fue culpa de su marido.

Los tres nos la quedamos mirando fijamente, sin decir ni palabra. Estoy deseando que explique algo más. Me pone un poco nervioso este silencio.

—Andaba con malas compañías —nos cuenta—. Hace muchos años de eso. Pero hay cosas que son difíciles de arreglar.

—Define malas compañías —le pide Noa, que debe de leerme el pensamiento porque justo eso es lo que yo quiero saber—. Diego Puga es una mala compañía porque clava bolis en nuestros cuellos, roba bocatas y presume del dinero que le coge a su madre sin permiso. ¿Te refieres a eso?

La abuela tarda unos segundos en contestar y le hace una pregunta a Noa que no entiendo a qué viene:

—¿Qué le pasa a tu tío Andrés?

—¿Qué quieres decir?

—Tu tío Andrés tiene un problema, ¿verdad? ¿Qué le pasa?

—Que está enfermo —contesta Noa.

—¿Enfermo de qué?

—De la droga —murmura ella.

—Mira cómo sabes. Mi hijo está enfermo porque andaba con malas compañías. Y las malas compañías no eran sus amigos, que muchos, por desgracia, están en el cementerio, los pobres. Las malas compañías eran otras personas que lo metieron ahí. Y no me preguntéis más que me hacéis recordar cosas que me disgustan. Venga, terminad el desayuno.

No entendemos nada. Vale, estoy exagerando. Sí que entendemos, pero nos falta información. Es como si tuviésemos delante un rompecabezas y nos faltase más de la mitad para terminarlo. Y encima hay piezas que no sabemos dónde están. Podrían estar en el motor de un coche, en el estómago de un perro, enterradas en una maceta, junto a las colillas de la abuela... Es imposible saberlo, no somos adivinos. Terminamos de desayunar y subimos al cuarto de Noa. Estoy alterado, como en el momento del subidón de una peli de Marvel.

—Yo creo que tu abuelo era drogadito —me suelta Guerrero.

—Se dice drogadicto —lo corrige Noa.

—No, drogadito —repite él—. Porque se drogaba solo un poco, por eso tu abuela se casó con él.

—Necesitamos que estés centrado, Guerrero —contesto implacable—. Thor no se casaría con un drogadito ni de broma. Tú eres el que más controla, eres la vikingopedia. No te despistes. Ahora no es el momento de tratar ese tema de la droga. Tenemos que poner en marcha el plan.

—¿Qué plan? —pregunta Noa.

—El de rescatar a mi abuela. Hay que ir al embalse. Ya que la policía no hace bien su trabajo, tenemos que hacerlo nosotros. Imaginad que le ha mordido una cobra. O que la ha atacado un lobo.

—Aquí no hay cobras ni lobos, Sebas, no te flipes. —Sabía que Noa iba a decirme algo así.

—¡Pero hay un Carnicero suelto! —se me escapa un grito—. No podemos hacer como si nada. Lo que está pasando es algo muy serio.

Me entran ganas de llorar porque pienso en el Carnicero clavándole a la abuela la Necroespada Negra en la barriga. Pero aguanto.

—Sebas tiene razón —admite Guerrero—. La abuela Thor necesita ayuda y los mayores no entienden a qué nos enfrentamos. Somos los únicos que podemos solucionar este problema.

—Sabéis que esto va a terminar en castigo, ¿verdad? —Noa se pone muy seria—. La única manera de salir de aquí e ir al embalse es escapándonos sin avisar o engañando a mi abuela. Y eso acaba mal seguro.

—Pero imagina que tenemos razón y salvamos a la abuela Thor. En la escuela seremos unos héroes —comento yo, emocionado con esa posibilidad.

—Sí, ahí llevas razón. Pues habrá que someterlo a votación. ¿Engaño a mi abuela para poder escaparnos sin permiso o nos largamos sin avisar? Yo voto por el engaño, que así se lleva menos susto. Imaginad que viene a buscarnos pensando que estamos aquí y no nos encuentra. Eso estaría muy feo, vaya disgusto se llevaría.

—A mí me parece bien contarle una trola, pero es importante que no dudes —dice Guerrero—. Puedes pedirle permiso para ir al parque. Pero suéltaselo de carrerilla, sin respirar. Venga, practica un poco.

—Solo es una frase, no es un discurso de Felipe González —protesta Noa.

—Venga, prueba por lo menos una vez. No te cuesta nada ensayar —insiste él.

—Abuela, ¿podemos ir a jugar al parque?

—Si lo haces con esas ganas va a decirte que no. Tiene que parecer que ir al parque es cuestión de vida o muerte. Que jamás le perdonarías que no nos diese permiso. Ponle un poco de entusiasmo.

—Abuela, ¿podemos ir a jugar al parque? —repite Noa, pero esta vez como si fuese la protagonista de un anuncio de pasta de dientes.

No quiero darle la razón a Guerrero, porque Noa es para mí más importante que pasar de curso, que Asgard y que ir a la universidad, pero la verdad es que le sale fatal. No sabe actuar.

—Lo haré yo y punto —digo, preparado para solucionar el problema—. Pero antes necesitamos una mochila, un móvil, una botella de agua y algo con azúcar.

—Y un arma —añade Guerrero.

—Tú estás mal de la cabeza —le riñe Noa—. La única arma que vamos a llevar son nuestros cerebros.

—¿Y si se aparece el Carnicero con la hoz?

—Le doy una patada en los cojones, como la abuela de Sebas al profesor.

Guerrero y yo nos quedamos mirando a Noa como dos idiotas.

—Eres la mejor —le digo, en un ataque de sinceridad.

Luego nos damos un triple abrazo y repetimos nuestra frase:

—¡No a los divorcios, no a los divorcios, no a los divorcios!

El plan es fácil de ejecutar. Mucho más que dentro de mi cabeza. Cogemos la mochila del cuarto de Noa, bajamos a la cocina y suelto la frase que tenemos preparada mirando a la abuela Blanca a los ojos. Al principio ella protesta un poco, porque dice que es muy temprano para andar por ahí.

—Pero los parques están abiertos —replico, poniendo cara de Bambi—. Necesitamos entretenernos con algo, para no pensar en la tragedia que estamos viviendo en mi familia.

—¿Y no podéis jugar aquí?

—Aquí no hay tobogán, ni columpios, ni un arenero donde poder rebozarnos como bistecs empanados hasta que nos pase el disgusto.

Ella suspira y acaba cediendo.

—¡Pero volved antes del mediodía!

Noa coge de la mesa del recibidor el móvil de su abuela y salimos corriendo a toda pastilla. Atravesamos las calles de carrera en carrera, nuestro ritmo es imparable. Hasta Guerrero parece ágil. Somos solo tres niños, pero tenemos entre manos la misión más importante de nuestras vidas. Me siento preparado para enfrentarme a cualquier cosa menos a que la abuela no vuelva nunca. A veces pienso cosas malas. No sé por qué lo hago. Mi cabeza imagina escenas que no me gustan y no sé cómo pararlo. Ojalá tuviese un botón de stop. Pero hoy no puedo dejar que esos pensamientos manden. La abuela va a aparecer, la abuela va a aparecer, la abuela va a aparecer... Llegamos a la entrada del monte en trece minutos. Para el embalse necesitamos, por lo menos, otros dieciséis. Caminamos por el sendero en fila, yo voy delante. He agarrado un palo del suelo, por si tengo que abrirle la cabeza al Carnicero. Pero confío en la patada en los cojones de Noa.

—¡Carnicero! —lo llamo—. ¡Estamos aquí, da la cara!

—¡Cabrón! ¿Qué le has hecho a la abuela Thor? —me apoya Noa, que nunca jamás dice tacos.

Hacemos todo el camino llamando a la abuela, insultando al Carnicero y dando patadas en los troncos de los eucaliptos para practicar. Vamos a reventar a ese alienígena y prenderles fuego a sus trocitos.

—Nos olvidamos de traer ajo. Si vale para los vampiros tiene que valer para el Carnicero —dice Noa.

—¿Pero tú no eras la que decía que el Carnicero es solo un tío que está loco? —le pregunto.

—¿En qué quedamos, hay que meterse en el papel o no? Porque yo vengo a esta misión dispuesta a todo.

—¡Vamos con todo! —grita Guerrero.

Bordeamos el embalse, atravesamos robledales y zarzas. Rastreamos toda la zona sin dejar de llamar a la abuela. Estamos seguros de que vamos a encontrarla.

—Chssss, ¿qué es eso? —dice Guerrero—. ¡El helicóptero!

Suena bastante lejos, pero sí que parece el ruido de las hélices.

—¡Pánfilos, venid a buscarla aquí! —les grito, aun sabiendo que es imposible que me oigan.

Imagino la llegada del helicóptero, con sus hélices girando a toda velocidad, desatando un vendaval. Vuelan las zarzas, las ramas de los árboles, nuestro pelo. Nos agarramos fuerte las manos para no salir disparados. Pero eso no pasa. El helicóptero está lejos y solo se oye de vez en cuando. Me entran ganas de hacer pis, con tanta incertidumbre. El monte es infinito como el cielo, el Espacio y la estupidez. El monte no termina nunca, y existen tantos rincones ocultos donde buscar que necesitamos darnos más prisa. No sé cuánto tiempo llevamos dando vueltas. Lo que sí sé es dónde estamos. Acordamos memorizar el camino para no perdernos. Somos máquinas, brújulas, ordenadores humanos.

—¡Abuelaaaaa! —repito una y otra vez.

—Thor, ¿dónde estás? —me apoyan mis amigos.

Jamás olvidaré lo que están haciendo por mí. Si tuviese mucho dinero le regalaría a Guerrero el Lego del *Halcón Milenario*, que cuesta seiscientos euros, y a Noa, un viaje al museo del Cubo de Rubik que van a construir en Budapest. Estamos sudando más que en clase de Educación Física y hay zarzas por todas partes. Menos mal que no somos como la abuela de Noa y llevamos pantalones. El monte está lleno de obstáculos y peligros. Pero de verdad que no tenemos miedo.

—¡Abuela Thooooor! —grita Noa.

Vamos turnándonos, a veces la llamo yo y otras empiezan ellos a llamarla. Lo importante es hacer ruido, por si está cerca. De pronto, siento algo.

—¡Chssss! ¿Habéis oído eso?

Nos callamos y nos quedamos quietos como estatuas. Yo ni respiro.

—¡Abuela! ¿Estás ahí?

Silencio.

—¡Abuela Thor!

Entonces percibimos unos golpes secos y el corazón me da un patadón en el pecho. Noa echa a correr y nosotros vamos detrás. Mis piernas son plastilina, son masa de magdalenas, son *slime* de color púrpura. Tengo miedo de que no sea ella, pero sí es, estoy seguro de que es, y ya no sé qué hacer para que mi corazón se tranquilice. Abuela, aguanta. Vamos a rescatarte. La encontramos tirada encima de unas zarzas, como un saco de patatas. Tiene una herida con sangre seca en la frente, los labios de color violeta y el martillo en la mano. Con él golpea una piedra grande que está a su lado. Ese es el ruido que nos ha llevado hasta ella.

—¡Abuela! Ya estoy aquí —le digo.

Tengo la boca muy seca, como si masticase cartón. Ella intenta hablar, pero no conseguimos entender lo que dice. Habla raro. Tiene lágrimas en los ojos y me mira como si fuese un animal al que acaba de atropellar un coche. Saco el teléfono móvil de la mochila y marco el número de mamá, que me sé de memoria porque, como la abuela, yo también soy bueno para los números, aunque no tanto como para las palabras. Me tiemblan un poco las manos y mucho las piernas y el corazón. El corazón estoy a punto de vomitarlo, de tantos nervios que tengo dentro.

Segunda parte

El Argentino

Julia

Cuando sonó mi teléfono, lo último que esperaba era la voz de Sebas diciéndome que había encontrado a mamá. Por más que intentó explicarnos tanto a mí como a la policía dónde se encontraban en ese momento, era imposible adivinar el punto concreto. Estaba muy nervioso, con una mujer de casi ochenta años tirada en el suelo, a saber en qué condiciones, en el medio del monte. ¿Quién no dudaría en una situación así? Al final envió la ubicación y pudieron ir a rescatarla. Para sacar a mamá de allí tuvo que acudir un helicóptero medicalizado, aquella zona era inaccesible para una ambulancia. El rescate debió de ser bastante espectacular. Sebas fue testigo de todo en primera fila. Dice que la policía los felicitó, y ahora que se le ha pasado el susto está entusiasmado. Yo le expliqué que no estuvo bien engañar a la abuela de Noa ni cogerle el móvil sin permiso, que, por más que fuera una buena noticia que hubiesen encontrado a mamá, no se puede actuar por libre de esa manera. Él me contestó algo que no fue fácil de rebatir:

—Te dije dónde estaba la abuela y no me hiciste caso.

Sí, en casa de un carnicero alienígena. ¿Cómo iba a darle crédito a algo así? ¿Quién lo haría en mi lugar?

Trasladaron a mi madre al hospital y la tuvieron en observación 24 horas. Le diagnosticaron un ictus leve que le afectó al habla durante varias horas. Por eso se cayó, debió de marearse. Perdió fuerza en un brazo y tiene dificultades para caminar, por el ictus y porque sufrió un esguince en el pie izquierdo. Hubo que darle tres puntos en la frente y tiene un ojo morado. Vaya, que su cara está como un mapa. Lo que no ha perdido es el mal genio ni tampoco una pizca de su carácter. Se puso como una fiera cuando el enfermero le dijo que no podía llevar el martillo a la sala de radiografías. El doctor que la atendió me dejó caer que percibió en su conducta indicios de una posible alteración mental y que sería conveniente un diagnóstico. Algo positivo he sacado de todo esto. De camino a casa de Alicia, donde tenemos que recoger a Sebas, informo a mi madre de que voy a buscar a una persona que la atienda mientras yo estoy en la redacción. Y de ahí no me pienso bajar. Hay que estar muy pendiente de ella, el médico me explicó que existen posibilidades de que se repita el ictus en los próximos días.

—No puedes quedarte sola. Vas a necesitar ayuda para muchas cosas que hasta ahora hacías por ti misma, así que mañana mismo contactaré con una empresa que se dedica a esto para que nos manden a una persona.

—Estás encantada —me contesta ella. No se le entiende bien del todo, habla como si tuviese papas en la boca.

—Sí, encantadísima. Sobre todo del susto que nos diste tanto a mí como a Sebas. Encantada de pasar la tarde del viernes buscándote como una loca, de pasar la noche en vela, de movilizar a la policía y a los vecinos, de tener que dejar a tu nieto en casa de Blanca. ¿Pero tú sabes la que has armado? ¿Eres consciente?

—Bernardo no se va a meter con tu hijo nunca más en toda su vida.

—O sea que Sebas tenía razón. Entonces, ¿por qué fingiste que no sabías quién era ese hombre que los persiguió por el monte cuando te pregunté por él?

—Yo qué sé. No me acuerdo —contesta ella, para zafarse de mí—. Me duele la cabeza, quiero descansar.

No sé si habla en serio o si está fingiendo, como hace tantas y tantas veces. Cierra los ojos y apoya la cabeza contra el cristal. Es cierto que en las últimas horas ha pasado por una situación límite, así que dejo esa conversación para otro momento. Tampoco es cuestión de meterle presión precisamente ahora, mejor levantar el pie del acelerador. No tengo paciencia, pero tengo alma.

Recojo a Sebas en la casa de Alicia. Blanca sale a despedirse, pero no se acerca al coche para interesarse por mi madre, cosa que me sorprende. Se conocen de toda la vida. Le doy las gracias una vez más por todo lo que nos han ayudado. Tengo que llevarles un detalle. Es lo mínimo.

—¡La policía va a darnos una medalla, abuela! —le cuenta Sebas a mi madre nada más subir al coche—. Lo ponía en el periódico. Vamos a ser famosos. David Puga no se va a atrever a meterse con nosotros nunca más. Y como se atreva, patada en los cojones.

—¡Sebas! ¿Qué manera de hablar es esa? —le riño mientras mi madre rompe a reír. Me alivia verla mejor.

Casi podría parecer que la vida ha vuelto a la normalidad, de no ser por un detalle: las fotografías de Lucio Rincón que imprimí en la redacción y que hacen que me formule muchas preguntas que todavía están en el aire. Nada más llegar a casa, mi madre le pide a Sebas que le traiga una silla para sentarse en el jardín. Camina con bastante dificultad, debemos ayudarla entre los dos. De ahora en adelante tendrá que habituarse a usar bastón. Por lo menos hasta que se recupere, si es que llega a recuperarse por completo. Es duro verla así.

—Filliño, vas a tener que ayudarme a arrancar las hierbas. Pobres pensamientos, casi ni se ven. Con lo bonito que tenía yo el jardín...

Tiene razón. Las malas hierbas se multiplican, empiezan a invadirlo todo.

—El sol es la mejor medicina —comenta con los ojos cerrados, dejándose acariciar por los rayos—. Si viene buen tiempo no necesito tomar todas esas pastillas que me recetaron en el hospital. Tanta química la deja a una con la cabeza como una gilipollas.

—Mamá, no empecemos —la advierto—. Has sufrido un ictus, ¿sabes lo que significa eso? Pudiste quedarte en el sitio. Bastante suerte hemos tenido. La medicación hay que tomarla. Eso es innegociable.

Entonces, recuerda algo y se pone nerviosa:

—¿Dónde está mi martillo? Julia, dime que lo tienes tú. Dime que no se quedó en el hospital. ¿Cómo me pudo pasar esto? Ay, Dios, ¿dónde está? Va a darme un telelús y hoy tengo el cupo lleno.

—Tranquila, mamá —le digo, sacando el puñetero martillo de mi bolso. Harta estoy de esa fijación.

Me lo arranca de la mano y lo abraza como si fuese un hijo. Yo trago saliva y la cojo por un brazo para ayudarla a sentarse en una de las dos sillas que ha traído Sebas.

—Atiende a una cosa, cuando me muera quiero que me incineres —me pide mirándome a los ojos. En este momento parece absolutamente lúcida—. Echa mis cenizas al pie del magnolio centenario de la alameda. Fue el sitio donde fui más feliz. ¿Harás eso por mí, Julia?

Un escalofrío me recorre la espina dorsal. Agradezco que Sebas haya entrado ya en la casa. No me gustaría que fuese testigo de esta escena.

—Nunca me has hablado de ese magnolio —le contesto, sentándome a su lado.

—Da unas flores blancas preciosas. Jamás vi unas magnolias tan grandes. Y tiene las raíces tan poderosas que reventaron varias veces los adoquines. Al final tuvieron que quitarlos y dejar al árbol crecer libremente.

Le presto atención estupefacta. Me parece increíble que hace doce horas no pudiese articular palabra y que ahora se exprese con esta soltura, recordando cosas de hace tantos años. Pero lo que más me sorprende es que me hable de ella misma y de su pasado. Nunca se abre así.

—De pequeña pasé muchas horas al pie de ese árbol —continúa—. Y también de joven. Cuando me enfadaba con tu padre, iba allí para intentar serenarme. Tú todavía no habías nacido. Estar allí me daba consuelo.

—¿No os llevabais bien?

Recuerdo algunas discusiones. Gritos y esas cosas, pero yo era muy niña y la memoria no me alcanza para mucho más. Algún insulto, quizás. Sí, recuerdo alguna vez que él la insultó delante de mí. Mi madre siempre me mandaba a mi cuarto, supongo que para ahorrarme esas escenas.

—Si yo hacía lo que él mandaba, no había problema ninguno. Tu padre necesitaba a su lado una mujer mansa.

—Una sumisa.

—Eso quería decir. Una mujer sumisa. Pero a mí no se me da bien obedecer, ya lo sabes. Nunca se me dio. De niña tenía cada pelea con mi madre que aquello era digno de una radionovela. Y aún las tengo a día de hoy, tu abuela siempre tiene que dar la puntada, tanto da que esté viva o muerta. Lo de tu padre es otra cosa. Él quería domarme.

—Pues no lo consiguió.

—Estuvo a punto.

Es la conversación más profunda sobre mi padre que hemos tenido jamás. Tal vez el miedo que pasó sola en medio del monte toda la noche la haya hecho recapacitar. Quién sabe.

—Mamá —digo, convencida de que no voy a tener una ocasión mejor que esta para sacar las fotografías de Lucio Rincón—. Este hombre era amigo de papá, ¿verdad?

Le cambia la expresión en el acto. Observa las imágenes en silencio, una por una.

—Me acuerdo de verlo con él en el bar —continúo, hablando de manera muy relajada, como si estuviese comentando algo sin importancia—. Y también aquí en casa, ¿puede ser?

—Pues claro que puede ser. Toma, anda, guarda esto —me dice, devolviéndomelas—. No quiero verle la cara a ese fulano ni en pintura.

—¿Qué fulano? —pregunta Sebas, que no podría haber aparecido en un momento más inoportuno.

—El encargado de la fábrica donde trabajé de joven —contesta ella, con unos reflejos dignos de un cazador.

—¿Pero tú no trabajabas cosiendo en una tienda de ropa de bebés? —le pregunta Sebas extrañado.

—O carallo vintenove. Yo trabajaba en una conservera.

—Tú me contaste que el abuelo era vendedor de una marca de ropa que se llamaba Cocó y que os conocisteis en la tienda donde trabajabas.

—¿Qué cocó ni cocó? Cococó hacen las gallinas. Yo pasé años en una fábrica de conservas. Éramos ciento sesenta mujeres, entrábamos a las ocho y salíamos a la una, como clavos. Y luego, de tres a ocho. A tu abuelo lo conocí en un baile.

Sebas me pide ayuda con la mirada. No entiende nada.

—Anda, vete a llamar a papá y cuéntale que la abuela ya está en casa —le pido—. Dile que luego lo llamaré yo.

Espero a que se aleje un poco antes de retomar la conversación con mi madre. No puedo desperdiciar una ocasión como esta:

—Rincón era un narcotraficante colombiano. A día de hoy está en prisión.

—Caramelos desde luego no vendía —contesta ella, sin inmutarse con la información que le acabo de dar.

—¿Qué relación tenía con papá?

—Tenían amigos en común y entre ellos se llevaban. El fulano ese llegó de Colombia y se instaló en un casoplón en la illa de Arousa durante un par de años. Estuviste allí una vez, pero eras pequeña, igual no te recuerdas. Rincón venía bastante a Vigo. Aunque nosotros no le llamábamos así. Para nosotros era Lucifer. Tu padre le puso ese apodo y luego todo el mundo acabó llamándolo de esa manera.

Conozco los nombres y apellidos de todos los narcos gallegos, sus apodos, los nombres de sus mujeres, e incluso puedo recitar de memoria cuántos años les cayeron de condena, cuántos pasaron en prisión, cuáles siguen dentro y cuántos pasaron a mejor vida. He escrito sobre ellos en más de una ocasión y he estudiado varias veces la cronología del juicio de la Operación Nécora. Pero de este tipo no recuerdo nada más que su cara.

—¿Y por qué Lucifer?

—Porque le plantaba fuego a todo —explica ella, muy seria—. ¿O es que no te recuerdas del incendio de la casa de la Ra?

Tengo recuerdos vagos de lo que me está contando. La Ra, en realidad, se llamaba Ramona. Se mudó al barrio cuando yo tenía unos seis o siete años. Teníamos orden de no acercarnos a su casa ni jugar con sus nietos, porque vendía droga, todos los niños lo sabíamos. Había colas de chavales en la puerta de su casa a todas horas, esperando su dosis. Con otros hacía el intercambio a través de los muros del barrio. Abrieron agujeros en determinados puntos de las paredes y las hijas de la Ra metían allí la droga. Un par de horas después, los yonquis iban a recogerla y dejaban el dinero. Nadie se atrevía a coger ni una cosa ni la otra. Aquel dinero estaba envenenado. De la heroína ya ni te cuento. Una vez tuve que saltar por encima de un chico que acababa de pincharse en medio del camino. Aún me acuerdo del miedo que pasé, porque primero creí que estaba muerto, pero luego vi en el suelo el limón y la jeringa y entendí lo que ocurría.

—¿Pero la casa de la Ra no ardió por culpa de una estufa? —le pregunto.

—La casa de la Ra ardió porque Lucifer no le consentía que vendiese droga que no salía de sus manos y porque era una mujer que metía el fociño donde no debía. Si fuese un hombre, otro gallo cantaría. Le hizo varias advertencias que ella ignoró y su casa se fue para el infierno.

—¿Pero le prendió fuego con ellos dentro? ¡En esa casa vivían niños pequeños!

—Tuvo la decencia de hacerlo cuando los neniños estaban en la escuela. La Ra salió gritando de la casa y nos pidió ayuda a los vecinos. Estaba fuera de sí, como loca. Nadie la ayudó. La vecina de al lado le echó valor, le puso la excusa de que la manguera no llegaba hasta su casa y se quedó viendo cómo ardía todo, aguantando las lágrimas. En el fondo, que sucediera eso fue un alivio para todo el mundo. Había problemas muy gordos a cada paso. ¿No te recuerdas de cuando escondió a aquel fugitivo que le había pegado un tiro a un guardia civil?

—Recuerdo su casa rodeada de policías armados y un helicóptero.

—Pues eso. No sé muy bien de dónde salió esa mujer. Se mudó aquí un día y, a los tres años o cuatro, marchó por donde había venido. Era un peligro tenerla cerca.

—¿Y a Lucifer no?

Mi madre suspira.

—Tú eres periodista, puedes investigar. Habla con su mujer, que sigue viviendo en Arousa. Hazle una entrevista de esas que tanto te gustan. Su casa salió una llena de veces en la televisión, es bien fácil de encontrar. Tiene dos torres como las de los castillos. Ella sabe mucho más que yo de los negocios de su marido.

—Pero, mamá, ¿no será más sencillo que me cuentes tú lo que sabes? Tan solo quiero saber la relación que tenía mi padre con ese hombre, Lucifer. ¿Es tanto pedir?

Tarda demasiado en contestar. Imagino que está buscando una disculpa, pero nada de eso. Esta vez lo que sucede es otra cosa. Le tiembla el mentón y tiene lágrimas en los ojos. Saca un pañuelo y las seca.

—Ayúdame a ir para dentro, anda, que estoy un poco mareada —me pide, con un hilo de voz—. Demasiadas emociones para una vieja ruin.

Tiene la cara blanca como la nieve. La ayudo a levantarse y caminamos hacia el interior de la vivienda despacio.

—¿Vas bien? —le pregunto.

—Voy. Pero, por favor, no lo olvides: mis cenizas al pie del magnolio centenario —insiste, mirándome a los ojos—. ¿Me lo prometes?

—Claro, mamá —le garantizo—. Te lo prometo.

La acompaño dando pasos a su ritmo, con una densa sensación de derrota. Me doy por vencida. No solo es que mi madre se niegue a hablar, es que le hace daño, y eso cambia las reglas del juego de manera radical. Sé que debajo de toda esa información, debajo de todo ese lodo, está la figura de mi padre. Puedo ver sus ojos azules, sus manos gigantes, sus botas manchadas de fango, de tierra, de arena. No voy a parar hasta encontrar una respuesta que me convenza.

Sebas

Hoy, desde muy temprano, he tenido claro que iba a ser uno de los mejores días de todo el curso. Por eso me he despertado con estos nervios. Suben y bajan como si tuviese pájaros dentro de la barriga. Eso me pasa cada vez que pienso en el recibimiento que nos van a dedicar en el cole. Encontramos a la abuela en el monte, la poli va a darnos una medalla, somos tres héroes. Batman, Superman y Wonder Woman. Iron Man, Capitán América y la Viuda Negra. Guerrero, Sebas y Noa. Por fin van a dejar de llamarme Felipito y de meterme en la mochila bolsas vacías de ganchitos, patatas fritas, Bollycaos, Panteras Rosas, el papel de envolver los bocadillos, mondas de mandarina, carozos de manzana. Mi mochila es un estercolero. Por eso una vez, hace unas semanas, bajé al patio con ella puesta. Ese día nadie me pudo meter ninguna sobra dentro, pero pasaron el día llamándome tortuga pánfila, matado y madrileño. Madrileño es algo que me dicen desde el segundo día que llegué a este cole. Es el insulto más tonto que he oído en mis diez años de vida. Guerrero y Noa han dado la cara por mí varias veces. Pero ya nunca más será necesario. Hoy todo eso va a terminar. No hay en toda la escuela ningún niño que sea la mitad de famoso de lo que lo somos nosotros. Cuando llego al portal de la casa de

Guerrero, ya me están esperando. No parecen tan nerviosos como yo. O igual saben disimular y resulta que también ellos sienten volar pájaros en la barriga cada vez que piensan en lo que pasará en el momento de cruzar la puerta del aula.

—Seguro que nos aplauden —les digo—. Hicimos algo muy importante.

—Yo me he puesto la ropa más nueva que tengo por si nos sacan fotos —confiesa Noa, que lleva una sudadera con un unicornio y una falda con medias de estrellas.

—¡Yo también! —exclamo, abriendo la cazadora para que vean mi jersey de animales.

Guerrero no trae puesta ropa nueva, pero sí gomina con brillantina en el pelo, como si fuese la fiesta de fin de curso. Lo lleva tieso y de punta. Cuando atravesamos el portal del colegio me imagino que van a hacer dos filas, una a cada lado, para que pasemos por el medio. Como eso no sucede, pienso que en cualquier momento nos van a rodear porque están deseando hablar con nosotros. Quizás alguno traiga el móvil de su padre para sacarnos fotos. Pero esto tampoco ocurre. Suena el timbre y entramos en el cole. Subimos las escaleras y casi me caigo de bruces del empujón que me atiza Diego Puga. No entiendo nada. Y entiendo todavía menos cuando grita:

—Mirad, ¡la tortuga pánfila acaba de pisar una monda de plátano!

Algunos niños se echan a reír y otros no hacen nada, que es lo que suele pasar siempre. Y eso no puede ser, porque las cosas ya no deberían ser como eran antes.

—Está celoso, pasa de él —me dice Noa en voz bajita.

Tampoco ocurre nada especial cuando entramos en el aula, ni cuando nos sentamos en nuestros pupitres. Pero sí cuando llega la profe. ¡Por fin! Ya estaba empezando a pensar que todos iban a pasar de nosotros.

—Así que tenemos en nuestra clase a tres niños que este fin de semana se han hecho famosos —dice ella supermaja, mirándonos—. ¿Cómo os sentís? Cuéntanos, Sebas, ¿qué tal está tu abuela?

—Está mejor. Ya puede hablar y no tiene los labios de color violeta. Y presume de que viajó en helicóptero.

Algunos se ríen con esto último, pero se ríen bien, no mal.

—¿Pasasteis mucho miedo? —quiere saber la profe.

—Yo me asusté cuando encontramos a la abuela de Sebas tirada en el suelo, con sangre en la cabeza —confiesa Noa.

—Lo más emocionante fue cuando llegó el helicóptero —cuenta Guerrero—. Parecía una peli. ¡Por poco salimos volando!

—¡Y también cuando empezaron a aparecer polis de todos lados! —añado yo—. Han dicho que nos van a dar una medalla.

—¡Sí, de chocolate! —apunta Diego Puga, para quitarle importancia a lo que estoy contando.

—Diego, silencio —le riñe la profe—. Fuisteis muy valientes. No me extraña que os vayan a conceder una medalla. Dale ánimos a tu abuela de mi parte, Sebas. Espero que se recupere enseguida.

Después de esto la profe empieza a hablar de ríos y montañas, pero yo no soy capaz de prestar atención a nada de lo que está diciendo. Solo puedo pensar una y otra vez en que fuimos muy valientes. Y lo soltó delante de toda la clase, por mucho que le pique a Diego Puga. Nunca más me van a llenar la mochila de porquerías. Mi vida, gracias a mi abuela, va a ser distinta de ahora en adelante. Por lo menos, mi vida en el cole.

Cuando suena el timbre del recreo bajamos al patio contentísimos. Todos quieren hablar con nosotros, tal y como yo pensaba que iba a suceder. Contamos una y otra vez cómo atravesamos el monte dándole patadas a los árboles y llamando al Carnicero para que saliese de su escondite.

—Repetid de nuevo los insultos que gritabais, por favor —nos pide una niña de quinto b que lleva un cuaderno pequeño con un boli para tomar notas.

—Cabrón, mierdas, cretino, papafilloas, gilipollas, hijo de puta, imbécil, pánfilo, me cago en tus muertos, voy a matarte —le recito.

—Me cago en tus muertos y voy a matarte no son insultos —replica la niña de quinto b. Pero salta a la vista que está flipando con nuestra lista.

—Depende de cómo lo interpretes —contesto yo, para resolver la discusión.

—Yo tengo un insulto mejor.

Es la voz de Diego Puga. Me giro para verle la cara y confirmar lo que ya sé, que es él.

—Lo que faltaba —comenta Guerrero muy bajito.

—¿Quieres saber cuál es mi insulto? Tortuga pánfila —me suelta delante de todos, acercando mucho su cara a la mía. Tiene toda la boca manchada de chocolate. Hasta los dientes. Dan asco.

En ese momento recuerdo dos cosas. La primera, lo que me advirtió Noa en las escaleras, cuando me dijo que Puga estaba celoso. La segunda, la vez que le hizo sangre en el cuello con un boli Bic a una niña de sexto que se negó a darle el bocadillo. Lo expulsaron varios días de la escuela, por delincuente.

—¿No eras tan valiente, Felipito? ¿Por qué estás ahora tan callado?

Como sigo sin contestar, Puga me da una colleja que me sienta muy mal.

—No me toques —protesto.

—Anda, ¡pero si resulta que la tortuga pánfila sabe hablar!

Me da otra colleja, esta más fuerte que la anterior. Miro a mi alrededor, buscando a algún profe que me ayude. ¿Por qué nunca están cuando hacen falta?

—Demuéstrame lo valiente que eres, pánfilo.

Tercera colleja. Esta duele.

—Puga, te estás pasando —le advierte Noa.

—Uy, aquí está la guardaespaldas del pánfilo madrileño. Pobrecito, que no se sabe defender solo y tiene que venir la empollona a protegerlo.

Tengo muchas ganas de mear, pero si salgo corriendo ahora voy a quedar para siempre como un cobarde. Y eso no puede pasarme por nada del mundo. No ahora que hemos conseguido ganarnos el respeto de tantos niños.

—Tan valiente que eras y resulta que sirves de *puching ball*. Mirad —continúa hablando Puga, para todo el mundo—, podéis darle las veces que queráis, que no se inmuta. Qué saco de boxeo tan bueno.

Cuarta colleja. Siento una rabia tan grande que ya no me puedo aguantar más y le grito:

—¡PARA, CASTRÓN! Como me vuelvas a tocar, te doy una patada en los cojones. Y límpiate la boca, que pareces un charco de barro.

No tengo ni la menor idea de dónde he sacado las fuerzas para decir lo que acabo de decir, pero es que ya no podía más. Estoy harto de los insultos de Puga. Que, por cierto, se queda mudo mirándome y yo no puedo apartar la vista de todo ese chocolate que tiene en los morros. No esperaba que yo le levantase la voz, y menos todavía que me atreviese a soltarle una amenaza. Entonces, una idea irresistible cruza mi pensamiento. No volveré a tener una ocasión así, está como amomiado. Tengo que aprovechar este momento, y lo hago, vaya si lo hago. Le doy una colleja tremenda, para devolverle todas las que me ha dado él a mí, y le lanzo la siguiente advertencia:

—Que sea la última vez que me insultas o que me tocas.

Por la manera en que me mira sé que Puga está a punto de partirme la cara en este mismo momento. Si no lo hace es porque aparece la profesora que vigila el patio.

—¿Qué pasa aquí? ¡Dispersión! —nos ordena, como si intuyera que allí está sucediendo algo ilegal.

Yo no vuelvo a dirigirle ni una mirada a Puga, porque sé que me va a fulminar. Tiene rayos láser en los ojos y, en situaciones así, apunta, lanza y dispara. Prefiero ignorarlo y recibir las felicitaciones de mis amigos.

—Estuviste increíble —me dice Guerrero, envolviéndome en sus brazos—. Eres un digno nieto de Thor. Vaya colleja le cargaste.

—A mí me encanta el insulto. ¡Castrón, castrón, castrón! —repite Noa subiendo el volumen cada vez que repite la palabra *castrón*. Está entusiasmada—. Dinos la verdad, ¿te atreverías a darle esa patada?

—Creo que sí —le digo muy en serio—. Si lo piensas bien, una patada no es nada comparado con lo que hicimos el sábado.

Estoy seguro de que algo ha cambiado dentro de mí. Como si ahora tuviese más fuerza y menos miedo. Estoy muy contento, y eso que me he llevado cuatro collejas. Pero conseguí plantarle cara a Puga *el Castrón*, algo que no me había atrevido a hacer antes. Soy valiente.

Esa sensación tan guay que tengo desaparece cuando llego a clase y descubro mi mochila toda manchada de chocolate, por dentro y por fuera.

—¿Qué pasa? ¿Hiciste caca dentro de la mochila, tortuga pánfila? —me pregunta Puga bien alto, para que todos lo escuchen y aplaudan su ocurrencia.

Se me llenan los ojos de lágrimas. No quiero pestañear para que no salgan por fuera. La mochila está perdida. Me manchó los cuadernos, los libros, el estuche, la flauta, la carta que me dio papá el día que nos marchamos de Madrid... Cuando descubro esto último ya no puedo aguantar más. Entonces sí que se me caen las lágrimas. Empiezo a llorar y no sé parar, porque en esa carta papá me dice cosas muy importantes. Tanto, que nunca me separo de ella. Y ahora que está toda manchada y pegajosa siento un dolor muy fuerte en el pecho. Preferiría que Puga me partiese la cara. Que me clavase un bolígrafo en el cuello, que me diese una docena de collejas. Pero la carta no. Sé que el profesor de inglés está a punto de entrar por la puerta y que me va a encontrar llorando y me va a preguntar qué pasa.

—Sebas, tranquilo, la mochila se mete en la lavadora y ya está —intenta calmarme Noa.

Pero es que ella no sabe lo de la carta. Nadie lo sabe, ni siquiera mamá. Agarré la mochila y ahora también están sucias mis manos.

—La tortuga pánfila hizo caquita y se manchó.

Algunos niños de la clase se ríen, pero la mayoría están callados y serios. Ojalá hablasen y gritasen muy alto, así no me escucharían llorar y me ahorraría esta vergüenza. Repaso mentalmente todos los insultos que le dedicamos al Carnicero: cabrón, mierdas, cretino, hijo de puta, imbécil, pánfilo, me cago en tus muertos, te voy a matar. Tomo aire para llenarme de fuerza, miro a Puga y grito:

—¡Me cago en tus muertos, te voy a matar!

Es el grito más increíble que he soltado en toda mi vida. Y justo me sale cuando entra en el aula el profesor de inglés. Me encuentra llorando muy fuerte. Tengo hipo y no puedo parar.

—¿Qué está pasando aquí? —pregunta, al verme con la mochila en la mano y la cara pringada en una masa transparente de mocos y lágrimas.

Me echa un brazo por encima de los hombros de una forma bastante cariñosa y me saca del aula.

—No quiero oír ni una sola palabra —les advierte a todos, antes de cerrar la puerta.

En el pasillo hace frío y todo está en silencio. Es como si estuviésemos en otro mundo, lejos de Diego Puga y de sus insultos. En un mundo siberiano, con corrientes de aire heladas y sin más habitantes que los huskies, que somos nosotros, aunque no tengamos el cuerpo cubierto de pelo.

—Sebas, llora todo lo que te haga falta —me dice el profesor.

Y eso me sorprende, porque pensaba que iba a hacer todo lo contrario. Pensaba que me diría: «Tranquilízate, cálmate, para de llorar». Como si yo tuviese un botón para desconectar las lágrimas. Es lo que suelen hacer los profes. Pero este no.

—¿Quieres ir al cuarto de baño?

Le digo que sí con la cabeza, sin dejar de llorar.

—Pues vamos juntos —añade, agarrándome otra vez por los hombros de esa manera tan agradable.

Me lavo la cara y lloro hasta que se me quedan los ojos secos. El profe permanece allí todo el rato, no se mueve de mi lado. Cuando acabo de llorar, se agacha, me mira a los ojos y me dice:

—Vaya amenaza le soltaste a Puga. ¿De verdad pensabas matarlo?

La pregunta me hace reír, aunque sigo estando muy disgustado.

—¿Qué ha pasado con tu mochila?

—La mochila no me importa. Me importa una cosa de papá que tenía dentro y que ahora está toda sucia.

—Pero seguro que encontramos la manera de solucionarlo.

Le digo que no con la cabeza.

—Era un papel escrito por él que ahora no se puede leer.

—Pero tu padre puede escribirte otro papel como ese, Sebas.

Esas palabras me paralizan. No lo había pensado. No había pensado que podía hablar con papá y pedirle que me volviese a escribir la carta. Quizás sí pueda. Aunque no sea la misma carta, también dirá cosas que me gustará leer varias veces al día. Me sé párrafos de memoria: «Te quiero, eres la persona más importante de mi vida, vivir en ciudades distintas no significa que no nos vayamos a ver. Estaré ahí siempre que me necesites. Pasaremos juntos las vacaciones, muchos fines de semana, te llevaré a comer hamburguesas, al cine, a pescar». Papá lleva sin venir a buscarme siete semanas. La abuela de Madrid se ha puesto enferma y tiene que estar con ella. Me prometió que va a venir dentro de unos días, pero no sé cuántos faltan todavía.

—Gracias —le digo al profe.

—¿Estás mejor?

—Sí.

—Lo de la mochila fue Puga, ¿verdad?

—Es el único delincuente que hay en la clase.

Pero eso el profesor ya lo sabe. No hay nadie que no lo sepa. Cuando vuelvo todos me miran y yo no miro a nadie. Pero no necesito hacerlo para saber que hay cuarenta y cuatro ojos examinándome. En realidad, los únicos ojos que a mí me importan son los de Guerrero y los de Noa. Más los de Noa. O igual, pero distinto. Me siento en mi silla y le echo otro vistazo a la mochila. Me pregunto de dónde habrá sacado Puga todo ese chocolate. No puede ser el relleno del Bollycao, porque casi no le echan, hay que darle dos mordiscos gigantes al bollo para que aparezca. Supongo que nunca llegaré a saber el origen de toda esa masa marrón. A cuarta hora, entra en el aula el jefe de estudios y llama a Puga.

—Se le va a caer el pelo —me dice Noa.

—Pues qué feo va a estar calvo —añade Guerrero.

Me hacen reír. Tienen razón, Puga calvo tiene que ser feísimo. Ojalá se le caiga el pelo y no le vuelva a nacer nunca. Nunca, nunca, nunca.

Algo gordo debe de suceder dentro del despacho del jefe de estudios, porque cuando Puga vuelve a la clase trae la cara superroja, a punto de explotar. Como una bomba atómica. ¡KABOOM! Tropieza con la mesa de Noa, no sabemos si adrede o sin querer.

—A ver si nos controlamos, Puga —le dice el profe.

Pero Puga no contesta. Puga no vuelve a abrir su boca de castrón en toda la mañana.

Julia

No tengo ni idea de cómo me van a recibir en el Bar Seco. En condiciones normales, si no fuese hija de quien soy y entrara en el local y dijera que quiero hacer un reportaje sobre el narcotráfico y el consumo de drogas, me echarían de allí con cajas destempladas. Fue uno de los locales que Madres contra la Droga señaló directamente en aquel listado de bares donde se vendía la droga como si se tratara de pipas. No creo que les apetezca hablar de ese tema. Espero que el hecho de ser hija de Martín me dé algo de margen para sacarles información. Le pregunté a mamá y me dijo que ahora atiende el bar el hijo de los dueños, pero que la madre sigue siendo la encargada de la cocina. El negocio está bastante cerca de la redacción, así que aprovecho para ir a pie. Me viene bien tomar un poco el aire. Sebas está en el colegio y mamá, con Xoana, la cuidadora. Me cae bastante bien, tiene experiencia y es alegre y simpática. Pero, sobre todo, se ve que sabe lo que hace. Siendo mi madre difícil como es, enseguida consiguió distraerla, enredándola en una charla sobre las flores que se dan mejor en esta época. Ha sido raro irme de casa pensando que mamá se queda atendida por alguien. Por primera vez en mucho tiempo he dejado de sentir esa tensión, esa desazón que me acompaña permanentemente allí donde vaya, devorándome por dentro como un parásito invisible que me consume. Hay cosas que no puedes imaginar hasta que las vives en tu propia piel. Tener a una persona mayor a tu cargo, que depende de ti para todo y que a veces parece que disfruta haciéndote la vida imposible, es una de ellas.

El Bar Seco está en una calle cualquiera de un barrio cualquiera. No tiene nada de especial: algún pequeño negocio de electrodomésticos, una peluquería con pósteres de champús quemados por el sol, un quiosco, un bazar chino... El bar sigue conservando el mismo letrero que recuerdo desde niña, con el logo de Pepsi-Cola y las letras en negro, a medio borrar. Los años han sido implacables: la persiana está oxidada, la madera de las ventanas ha pasado por épocas mejores y todo tiene un aire bastante cutre. Hay tres tíos fumando en la puerta: dos de unos cincuenta y tantos años y otro algo mayor. Parecen fotocopias. Los mismos gestos, la misma mirada vidriosa, los mismos pantalones vaqueros. Uno de ellos está tomando un vaso de licor café y los otros dos, cerveza. Son las 10.40 de la mañana.

—Buenos días —les digo, para que se aparten y me dejen entrar.

Se mueven como si les diese trabajo. Como si les molestase que entre allí alguien que no pertenece a su tribu. El local huele a desinfectante y a cebolla frita. Siguen conservando en el mostrador la vieja báscula donde pesaban la fruta cuando el negocio era tienda-bar. Hay cuatro jamones colgados de una viga del techo, y las paredes están llenas de fotografías en las que los dueños posan con toda clase de gente, desde cantantes de orquestas hasta clientes de toda la vida.

También conservan la vitrina con trofeos del equipo de fútbol que patrocinaban hace siglos, y en un rincón hay un caldero, imagino que para recoger gotas cuando llueve. Hay humedades en una parte del techo. Detrás de la barra está el actual responsable. Se llama Óscar. Lo sé porque de pequeña hablé con él muchas veces. No me importa, yo con quien quiero tener una conversación es con su madre. Y todo apunta a que está en la cocina, manejando la sartén.

—¿Qué va a ser? —me pregunta el camarero.

—Un café con leche, por favor.

Mientras enreda con la cafetera, trato de ganarme su confianza:

—No te acuerdas de mí, ¿verdad?

Me clava la mirada, como intentando descifrar algo escrito en una lengua que desconoce. Observo que tiene la nariz torcida como un cuadro cubista y un ojo nublado. Me pregunto cuántas veces le habrán partido la cara. Seguro que no pocas. Tarda en descubrir quién soy el tiempo de preparar el café.

—Hostia, la hija del Rápido.

—Yo también me alegro de verte —disimulo, esforzándome por sonreír.

—¿Qué te trae por este antro?

Me sorprende que se refiera de esa manera al negocio con el que se gana la vida. Tal vez sea consciente del deterioro del local y eso le cause malestar. O quizás se deba a que no le cuadra que yo esté allí porque, en verdad, poco tengo que ver con ese lugar.

—Trabajo aquí cerca y pensé en acercarme para saludar a tu madre.

—Hombre, pues a saludarme a mí estaba claro que no habías venido. ¡Vieja! —grita a continuación—. Tienes visita.

La señora Lola sale de la cocina secándose las manos en el delantal. Está mucho más gorda que la última vez que la vi. Huele de maravilla. A empanadillas calientes, a tortilla de patata, a comida rica, de la de siempre.

—¿En qué te puedo ayudar? —me pregunta.

No tiene ni idea de quién soy.

—Es la hija del Rápido —le aclara su hijo.

Ella se queda en silencio, observándome con la intensidad de quien está emprendiendo un viaje al pasado, y me veo en la obligación de aportar algo para parecer más simpática de lo que en realidad soy:

—Cuánto tiempo sin escuchar el apodo del Rápido. Se me hace raro. Mi madre siempre se refiere a él como el Argentino.

—¿Cómo está Luz? —me pregunta ella, y parece que lo hace con sincero interés—. Supe lo de la desaparición y también que lograsteis dar con ella.

—La encontraron mi hijo y sus amigos, menudo susto nos dio. Tiene ya una edad y también una cabeza difícil. Demasiados años sola pasan factura a la fuerza —añado, tratando de llevar la charla a mi terreno.

Lola agarra un taburete y se sienta a mi lado, en actitud cómplice.

—Lo mejor que pudo hacer tu padre fue largarse de aquí, nena. Mira dónde acabó mi marido.

La verdad es que ignoro dónde acabó su marido, y ella debe de darse cuenta, porque puntualiza:

—En el cementerio. Y mira que se lo avisó veces el colombiano aquel: «Como me la juegues te voy a poner a chupar gladiolo».

—¡Mamá! —la riñe el hijo, que está atento a la conversación.

—Con todo lo que yo viví, ya no le tengo miedo ni a Dios. Además, no estoy diciendo mentira ninguna.

Es sorprendente la necesidad que tienen las personas de ser escuchadas. ¿Cuánto tiempo llevo sin ver a la señora Lola? ¿Veinte años? ¿Veinticinco? Y ahí, sentada en ese taburete diminuto para las proporciones de su cuerpo, parece evidente que, más que cualquier otra cosa, necesita que alguien la escuche. Aunque su hijo no esté muy conforme.

—¿Pero está segura de eso que acaba de decir? —le pregunto.

—Tan segura que puedo jurarlo al pie de la tumba de mi marido, que en paz descanse —afirma, agarrando de manera instintiva la cruz que lleva colgada al cuello—. Los sicarios de Lucifer entraron en nuestra casa mientras dormíamos, lo sacaron de la cama a la fuerza y se lo llevaron. No me lo contó nadie, estaba yo allí para verlo, ¿entiendes? Apareció muerto al cuarto día, en el monte. Le faltaban tres dedos de la mano derecha y tenía quemados los pies y otras partes.

Me quedo en silencio porque no sé muy bien qué decir.

—Sus partes nobles. Los testículos —añade, bajando la voz—. Se los quemaron con ácido. Los pies, con fuego. La marca de la casa, nena.

De repente tengo frío. Me encojo dentro del abrigo buscando una tranquilidad que no encuentro. Recuerdo las palabras de mi madre cuando me habló de Lucifer y pienso en que estoy tirando de un hilo que me va a traer algún trago difícil de digerir.

—Ese desgraciado lleva veinte años en la cárcel, pero no por el crimen de mi marido. Y fue él. Todos sabemos que fue él. La policía también. Pero no hicieron nada. ¿A quién le importa el dueño de un bar de mala muerte? Toda la vida deslomándome para terminar así.

—Lola, ¿en qué año pasó todo eso? —quiero saber.

—En mil novecientos ochenta y ocho. Se lo llevaron un cinco de febrero, día de Santa Águeda. Lo torturaron durante tres días. Lo ponía en la autopsia.

No quiero saber los detalles. Empiezo a tener muy mal cuerpo. No recuerdo aquello. Pero, claro, en el 88 yo tenía ocho años. Y, por supuesto, mi madre nunca me comentó nada.

—Se metían ahí dentro, cerraban las puertas y echaban horas —continúa Lola, señalando un reservado.

—¿Quiénes?

—Lucifer, tu padre y el Santo. A veces también entraba mi marido. Bebían güisqui, fumaban sin cesar paquetes de Winston del que teníamos escondido y organizaban todo el tinglado. A mí no me gustaba nada que mi marido se metiera en esos negocios. Una cosa era vender tabaco de contrabando, lo hacía todo el mundo. Pero la droga —añade, bajando la voz—. La droga era una cosa mala.

—¡Vieja! —la riñe Óscar.

—Tú mejor que te calles, hijo, que por poco no se te llevan también a ti por delante.

—¿A qué has venido aquí? —me pide explicaciones, visiblemente molesto.

No lo culpo. ¿A quién le apetece reabrir heridas? Están aquí tranquilos con sus vidas y vengo yo a remover el pasado. En este momento sé que lo único que puedo hacer para ganarme su respeto, por lo menos el del hijo, es decirles la verdad. Ser sincera, como está siéndolo Lola conmigo.

—Encontré esta fotografía buscando información sobre el tráfico de drogas en Galicia —les explico, sacando la foto de Rincón del bolso—. Su cara me resultó familiar, recuerdo que mi padre y él estaban aquí juntos algunas veces.

—Algunas veces es poco decir, nena. Tenían montado aquí su cuartel. Maldita la hora en que le abrimos las puertas a Lucifer. Siempre supe que ese hombre no era trigo limpio. Metimos al demonio en casa. Tu padre no era así. Cambió cuando empezó a tener tratos con él.

—Yo solo sé que desapareció hace más de treinta y cinco años y que nunca volvió a dar señales de vida. Se lo tragó la tierra. Mi madre se niega a hablar, está cerrada en banda. Dice que emigró a Argentina, buscando trabajo. Pero cada vez tengo más dudas. Cuando vi la fotografía de Rincón até cabos y decidí venir aquí a preguntar. No tengo muchos más recursos para saber qué fue de él. Cualquier información sería de mucha ayuda para mí. Necesito saber por qué nos abandonó así. Llevo preguntándomelo desde que soy una niña. En Madrid lo llevaba de otra forma, pero ahora que he vuelto a Galicia estoy dispuesta a hacer lo que sea necesario para descubrir la verdad. Era mi padre... Es muy duro vivir con esta incertidumbre.

—Tu padre no era mal fulano —me dice Óscar, ya más tranquilo—. Se metió en un negocio ilegal que le iba grande, como le pasó al mío. Pero él fue más listo: se largó de aquí y a tomar por el culo. Pero antes le jodió la pasta al Lucifer. No se marchó con una mano delante y otra detrás. Se marchó forrado de billetes.

Esto último me descoloca. La casa de mis padres es una casa humilde. Cuando él desapareció, teníamos lo justo para vivir. De hecho, mi madre tuvo que echar mano de la herencia que le había dejado mi abuela para que yo estudiase en Madrid. O, por lo menos, esa fue la versión que siempre me dio a mí.

—¿Estás diciéndome que le robó al colombiano?

—Eso es lo que siempre se rumoreó, que le hizo la trece catorce con un cargamento que fue a recoger a Portugal, con la pasta en un maletín. Por eso no pudo volver nunca. Esa gente no perdona. Que nos lo digan a nosotros.

No puedo evitar examinar su ojo nublado. Él lo sabe, es de esas personas curtidas en la calle que están de vuelta de todo y parecen tener la capacidad de leer el pensamiento.

—Antes de llevarse a mi padre, los turcos me dieron una paliza y me dejaron este ojo como un huevo frito. Medio bizco para toda la puta vida. Otros no están aquí para contarlo.

Quiero preguntar el porqué de esa paliza y por qué asesinaron al padre, pero no me atrevo. Me parece una línea roja que no debo cruzar.

—¿Turcos? ¿Pero no eran colombianos? —pregunto.

—El *jaco* venía de Turquía. Los turcos tenían negocios con los colombianos, que manejaban todo el cotarro de la coca. Yo qué sé, estaba todo mezclado, unos con otros. Turcos, colombianos, gallegos. Una empanada fina. Lo que sí te puedo decir es que la heroína era la droga de los pobres. Por eso a nadie le importaba que todos mis colegas acabaran bajo tierra.

No lo había pensado hasta ese momento, pero acabo de caer en que el padre de Óscar vendía en su bar la heroína que mató a sus propios amigos. Qué difícil gestionar algo así. ¿Y él? ¿Cómo logró él sobrevivir a esa época, con el bar empapelado de heroína?

—La fumé una vez —contesta él, sin necesidad de que yo le pregunte nada—. Llegué a casa colocado y mi padre me dio tal somanta que nunca más. Me tuvo encerrado nueve días, sin dejarme ver la luz. Esa paliza me salvó la vida.

—Me alegra mucho que estés aquí para contarlo —le digo de corazón.

Él me devuelve un amago de sonrisa.

—¿Sabéis si había algún narcotraficante argentino? ¿Alguien que pudiese tener contacto con Buenos Aires? Antes Lola mencionó a un tal Santo.

—El Santo era de Cambados. Un narco de tercera. Estuvo en el trullo por tráfico de *fariña* años después de todas las movidas de mi padre y del tuyo. Pero nada que ver con Argentina, que yo sepa.

Vuelvo a estar en una calle sin salida. Como si todos los accesos a la información que necesito estuviesen tapiados. Como si la única persona en el mundo que tiene todas las respuestas fuese la única que se niega a hablar: mamá.

—Todos ellos llevaban un cuaderno donde anotaban cada movimiento. No se separaban de él —me cuenta Lola—. Yo conservo el de mi marido. Le echaré un vistazo por si pone algo de Argentina. Mira tú también en casa.

La casa ya la puse patas arriba y solo encontré radiografías viejas y libros de instrucciones de máquinas que ya no existen. Tal vez en el desván, llevo décadas sin entrar ahí. Yo qué sé, esperaba sacar algo más de esta conversación. Supongo que fui algo ingenua.

—Muchas gracias por todo.

—¿No te tomas el café? —me pregunta Óscar, que ahora sí parece encantado de hablar.

No quiero ofenderlo, sería feo dejar el café encima del mostrador sin ni siquiera probarlo.

—Espera, que debe de estar congelado.

Lo tira y me prepara otro enseguida. En el fondo,

creo que le sucede como a su madre. Quizás ni siquiera lo sepa, pero necesita que lo escuchen.

—Una última cosa: por lo que me habéis dicho hoy aquí, mi padre huyó con el dinero de un intercambio que nunca se produjo. ¿La policía no vino aquí preguntando por él?

—Un par de veces —dice Lola—. Pero venían también por otros motivos. Desde que aquellas madres incluyeron nuestro bar en la dichosa lista. Hacían bastante la vista gorda, pero visitar nos visitaban. Qué pena de rapaces —añade, llevándose una mano a la frente—. Algunos se pinchaban en nuestro cuarto de baño y salían con los ojos alucinados. Esas mujeres tenían toda la razón. Qué desgracia. Y pensar que nuestro hijo también pudo acabar así.

Se le llenan los ojos de lágrimas y entiendo que la charla tiene que terminar aquí. Para qué seguir sacándole costra a esa herida. El café está bastante caliente, pero me lo bebo de un trago. Necesito salir del bar. Ya no soporto ni un minuto más allí dentro, con todo ese dolor agarrado a las paredes, al techo, a esa madre y a ese hijo que están atrapados. Me asfixio.

—Gracias por todo. Volveré por aquí cualquier día de estos —miento.

La señora Lola me da un beso para despedirse.

—Dale recuerdos a tu mamá. Dile que me acuerdo mucho de ella.

—Lo haré.

Me esfuerzo por sonreír y salgo de ese lugar. En la puerta, los tres hombres han terminado la ronda y están pensando en ir a por la segunda. Esta vez no tengo que pedirles que se aparten. Se hacen a un lado y yo no digo ni palabra. Camino queriendo dejar atrás todo lo que acabo de escuchar. Pero no puedo.

Luz

Los días de sol me gusta esperar por Sebas sentada delante del jardín, aunque, a este paso, al mío voy a tener que empezar a llamarlo selva. Qué vergüenza, no lo había tenido tan descuidado en la vida. Me lo están devorando las hierbas y yo no me encuentro con ganas de arrancarlas. Desde que estuve en el hospital me duele todo y me da mucho trabajo agacharme. Mi nieto siempre hace lo mismo cuando llega de la escuela: cruza el portal, me busca con la mirada y echa a correr hacia mí como una centella. Cuando viene de buen humor dispara como una metralleta. Me cuenta con pelos y señales las cosas que le pasaron en la escuela. Me gustan mucho esos momentos. Cuando llega enfadado, ya es otro cantar. Hay que sacarle las cosas a la fuerza y responde con palabras sueltas, hablando entre dientes: sí, no, bien, vale, mañana... Hoy está triste, no hay que ser licenciada para darse cuenta. Cruza el portalón a paso de gallina mirando al suelo, como si se le perdiera algo en la tierra. No trae la mochila colgada de la espalda, la lleva agarrada por una cinta y va arrastrándola.

—Este niño ya está otra vez agoniado —me dice mi madre—. Es depresivo.

—No digas parvadas.

—Es como tú y como tu hermana Claudia. Eso se hereda. Va en la sangre y en el cerebro y pasa de unos a los otros, como el color de los ojos y del pelo. Mira qué cara de entierro trae. Era bueno para ir a llorar. No lo tomes a broma, eso es un talento, no sirve todo el mundo.

—Estás atrasada del todo. Eso de ir a llorar a los entierros ya no se lleva. Y ahora calla un poco que quiero hablar con el niño y me distraes. ¡Sebas! —le digo—. ¿Qué pasa?

Él señala la mochila, que está toda emporcallada.

—¿Qué pasó? —insisto—. ¡Habla, hombre! Que quedándote callado no arreglas el problema.

—Diego Puga me echó chocolate derretido en la mochila y me manchó todo lo que tenía dentro —me explica él, con un hilo de voz.

—Qué cabrón —refunfuña mi madre—. Al Puga ese habría que darle un par de hostias. Ya verías como aprendía.

Yo hago como que no la escucho e intento centrarme en mi nieto, aunque sea difícil tener una voz abrasándome la cabeza todo el tiempo.

—A ver, hijo. Trae para acá la mochila.

Está perdidiña del todo, da pena verla.

—Tengo yo un producto que quita todas las manchas. Es mano de santo. Se pone en agua hasta que ablande y luego para la lavadora. Va a quedar como nueva.

—Me manchó también los libros, los cuadernos, el estuche y otras cosas importantes.

—¿Y el profesor lo sabe?

Me dice que sí con la cabeza.

—Lo llevaron al despacho del jefe de estudios. Estuvo allí dentro treinta y tres minutos y cuarenta y dos segundos.

—Tiempo más que suficiente para que le echaran una buena reprimenda. ¿Lo castigaron?

Encoge los hombros, pero no responde.

—Sienta aquí, anda —le digo, señalando la silla donde estuvo Xoana hasta hace unos minutos.

Es la cuidadora que me atiende cuando no está Julia. Se marchó un momento para dentro de casa, a organizar no sé qué de mi medicación. Es riquiña, no me cae mal. Un poco mandona, pero rápidamente le bajo los humos esos que trae antes de que se me suba por encima de la chepa.

—Mira qué peniña da mi jardín. Tenemos que arreglarlo.

—Es una jungla —susurra él—. Seguro que hay serpientes.

—Tú no llegaste a conocer a mi hermana Claudia —le digo entonces, desviando la conversación para donde me interesa—. Pobriña, murió muy joven. No llegaba ni a los veinte años.

—No murió, la mataron —replica mi madre.

—La mató un coche —continúo hablándole a mi nieto—. El conductor estaba borracho. Llevé un disgusto tan grande que tardé años en recuperarme. Pero no era eso lo que te quería contar. De lo que quería hablarte era de cuando íbamos a la escuela. Había dos niños que le hacían la vida imposible. Eran dos tremendos hijos de puta.

A Sebas le da la risa. Siempre le da cuando suelto un pecado. Delante de Julia tengo que cortarme, pero cuando no está, aprovecho.

—La emprendieron con ella y no la dejaban vivir. La zurraban en serio. En una ocasión le hicieron una brecha en la frente de una pedrada. Si los niños de ahora son salvajes, los de antes no te quiero contar. Esos dos eran terroristas.

—Puga también es un poco terrorista. —Sebas ya parece algo más dispuesto a hablar—. Clava bolis en los cuellos de los niños.

—¿Parte caras?

—No sé si partió alguna.

—Si no parte caras no llega ni a aprendiz de terrorista. A Claudia le pusieron un ojo morado de un golpe.

Evito contarle otras cosas peores, más íntimas.

—¿Y los profes no hacían nada? —quiere saber Sebas.

—Los maestros daban sopapos todavía más grandes que aquella pareja de malnacidos. Aquella época no era como ahora. ¿Sabes cómo arreglé el problema?

—Vaya rostro tienes —me recrimina mi madre—. Estás poniéndote medallas que no te corresponden. ¡Fui yo quien te mandó! ¡No fue idea tuya!

—El problema lo arreglé dándoles de su propia medicina —continúo, ignorando a mi madre y relatando solo una parte de la historia—. Agarré un mimbre y los corrí a hostias. Nunca más se atrevieron a meterse con mi hermana. Lo mismo que hice con el Carnicero.

—¿Le pegaste con el martillo? —me pregunta Sebas, con los ojos tan abiertos que parece que le van a salir disparados para fuera.

—No fue necesario. Pero iba dispuesta a usarlo —le aseguro, cogiendo el martillo del suelo para darle más ímpetu a lo que estoy diciendo—. Ese fulano me la tiene jurada desde hace años. Es un resentido. Pero no se va a atrever a deciros ni pío nunca más, ni a ti ni a tus amigos. Eso está arreglado.

—La Necroespada Negra es lo que le da el poder. Sin eso estaría perdido. ¿Se la quitaste?

—¿El qué?

—¡La Necroespada! —repite él.

—No te entiendo, hijo —le confieso—. Lo que le quité fueron las ganas y el valor de meterse con vosotros. De ahora en adelante podéis ir al embalse sin preocuparos de ese demente. Te lo aseguro como la Animaliña que soy.

Sebas suspira.

—Abuela, ¿puedo hacerte una pregunta?

—A ver por dónde me sales. Suelta por esa boca.

—Es que no sé cómo conociste al abuelo. Un día me dijiste que había sido en la tienda de ropa donde trabajabas. Pero luego contaste otra cosa distinta. Entonces no sé cuál de ellas es la verdadera ni tampoco sé por qué me dices cosas diferentes cada vez.

—Estarás contenta —refunfuña la difunta—. Tienes a este niño con la cabeza barrenada de tanta mierda que le sueltas.

—A veces parece que no te conozco —murmura Sebas.

Me parte el alma escuchar eso. Pero no lo culpo. Está en su derecho y me gusta que sea sincero.

—Yo a veces tampoco me conozco, hijo. No sé cómo explicártelo, tengo arrebatos. ¿Sabes lo que es un arrebato?

Me dice que sí con la cabeza y añade:

—Un arrebato es lanzar una raspa gigante de gallo a la finca del vecino.

Me da la risa. La verdad es que esa jugada fue cojonuda. Excepto por el detalle de que a esa raspa le salieron alas y estuvo de finca en finca durante días. Le contesto:

—Un arrebato es ir a orinar a los gladiolos del mismo vecino imbécil todas las noches hasta secárselos.

Sebas abre los ojos como platos por lo que acaba de escuchar y sigue el juego:

—Un arrebato es fumar a escondidas y ocultar las colillas en las macetas.

Ah, carallo, así que sabe que fumo y que planto las colillas. Anda que si prenden y salen flores y luego cigarrillos, monto un estanco. Eso no es nada, va a alucinar con esta:

—Un arrebato es cargar una pistola de agua con lejía y dispararle a la ropa del tendedero. No me mires así. Las venden en el chino y el vecino es un hijo de mal padre.

—Un arrebato es que Diego Puga me eche chocolate fundido en la mochila.

—Eso no es un arrebato, eso es una putada.

—Lo de la lejía en la ropa también.

—Pues llevas razón —admito—. Pero el vecino se lo merece y tú no. Atiende a esta: un arrebato es destrozar a martillazos la aspiradora esa que anda sola, enterrar los cachos en el jardín y ponerle una cruz.

—¿El robot aspirador? —Sebas no puede creer lo que acaba de escuchar—. Pero, abuela, ¡llevamos semanas buscándolo!

—Quiso aspirarme los pies. Tuve que defenderme. ¡Casi me papa las zapatillas!

Sebas rompe a reír como un toliño y acaba contagiándome. Sus carcajadas me dan la vida. Me alegra mucho ayudar a que mejore su humor. Parece que se le pasó un poco el disgusto. Le señalo la cruz de la aspiradora. La hice con dos ramas que até con un cordel y la clavé en la tierra. Parece tal cual una tumba. De hecho, es una tumba.

—Molas mucho, abuela. Pero mejor que mamá no sepa lo de la aspiradora. Yo no pienso decirle nada.

—¿Me das tu palabra? —le pregunto.

—Te doy mi palabra.

Lo abrazo, pero no mucho, que sé que a los niños no les gusta que los estrujen demasiado fuerte. Es como si abrazas un pajarillo. Puedes matarlo sin querer. Sebas se marcha para dentro de casa y yo me quedo en el jardín un ratito más, hasta que venga Xoana y me ayude a levantarme. Veo la cruz de la tumba y pienso de nuevo en la aspiradora y en muchas cosas de antes. Un arrebato es convencer a tu hija de que vaya a estudiar a Madrid para mantenerla bien alejada de aquí y así protegerla. Convencerla de que se marche sin pensar en lo que significa vivir sola en una casa tan grande y tan llena de recuerdos miserables. Acabas convirtiéndote en un fantasma. Hablando sola. Recorriendo los cuartos de la casa como quien recorre un santuario abandonado. Un arrebato es plantarles cara a aquellos dos malnacidos que le hicieron a Claudia la vida imposible en la escuela y quisieron también arruinarle la juventud. Por aquel entonces ya debían de tener dieciséis o diecisiete años. La acorralaron en un camino, contra el muro de una casa. Menos mal que aparecí yo. Acababa de hacerle un recado a mi madre. Siempre me tocaba a mí ir a comprar vino a la casa de un hombre que tenía una bodega. Los encontré sobando y amasando a Claudia, que gritaba y se retorcía como una culebra, tratando de evitar que sucediera lo peor. Al verlos me subió toda la sangre a la cabeza, me puse rabiosa. No dudé ni un solo segundo. Agarré por el cuello una de las botellas que llevaba, me acerqué por detrás y se la partí en la cabeza a uno de los miserables. Al otro le puse en el pescuezo la botella rota, que aún sostenía en la mano, y le hablé bien clarito: como volváis a acercaros a ella, os mato. Y de verdad que estaba dispuesta a hacerlo. Se marcharon corriendo, los muy cobardes. Uno de ellos sangraba por la frente como un porco. No quiero ni pensar en lo que pudo pasar si no llego a aparecer en aquel momento. Claudia llegó a casa llorando como una magdalena. Y si ya antes era reservada y tímida, su carácter fue a peor. Yo intentaba hablar con ella, que me contara lo que la atormentaba, pero no había manera de entrar en aquella cabeza. La tenía llena de cuervos, que son los pájaros que llaman por la muerte.

—Eres un alma atravesada —me suelta mi madre.

No soy un alma atravesada. Pero tengo ojos en la cara y, desde entonces, Claudia no volvió a ser la misma. Se marchitó del todo. Se consumió como un cirio, pobriña. Yo dormía con ella, la escuchaba llorar por las noches. Mi hermana estaba enferma de la cabeza y del corazón. Y yo creo que no la mató aquel coche. Creo que fue ella quien se tiró a él porque ya no quería seguir en este mundo. Era muy infeliz. Nació con ese mal dentro.

—Mal rayo te parta, ¡desgraciada!

Ignoro a mi madre. Sus insultos me resbalan por el cuerpo para abajo como el jabón en la ducha. No puede soportar la idea de que Claudia se suicidase, pero yo no tengo la culpa. Es lo que pienso y no hay ser humano ni difunto que me quite esa idea de la cabeza. También es cierto que nunca sabré la verdad. No tengo pruebas. Nadie las tiene. Supongo que esa incertidumbre es lo que más nos duele.

—¡La mató aquel borracho! —insiste mi madre, hablándome dentro de mi cabeza. Grita tanto que parece que la tengo delante, en carne y hueso.

—Pues sí, la perra gorda para ti. La mató aquel borracho. ¿Cómo puedes estar segura de eso?

—No lo estoy, pero es demasiado doloroso pensar que se quitó de en medio. Ninguna madre debería sobrevivir a sus hijos. Pero que se te suicide... Ay, Dios mío, qué horror.

—Luz, ¿se encuentra bien? —me pregunta Xoana.

Qué guapa está, con el pelo rubio brillando debajo del sol. Parece un ángel.

—Me encuentro de maravilla. Estaba de cháchara con mi madre.

—¿Y de qué hablaban, si no es una indiscreción preguntar?

—De mi hermana Claudia. Murió cuando era joven. Una desgracia.

—¿La echa de menos?

—Mucho.

Entonces caigo en la cuenta de una cosa en la que nunca había reparado. Mi madre me habla casi todos los días. De hecho, hay veces que no sé cómo hacerla callar. ¿Por qué Claudia nunca me habla? Tanto como la acompañé, tanto como la protegí. Todo lo que me esforcé para comprender de dónde venía aquella tristura. Nunca lo conseguí. Cuánto quería yo a mi hermana. Nació con la pena dentro y nunca logró desprenderse de ella. Se llevó la pena a la tumba. Ahora soy yo quien no se encuentra bien. Tengo frío. Un frío que me nace de dentro.

—Quiero ir para dentro —le digo a Xoana.

Justo en ese instante llega Julia del trabajo. Aparca, baja del coche y se acerca a nosotros. Nos saluda bastante efusiva. Parece contenta. Eso está bien. La prefiero contenta que agoniada. Bastantes cosas dolorosas hay ya en mi vida como para tener que ver triste a mi hija día sí y día también.

—¿Sabes quién me ha dado recuerdos para ti? La señora Lola.

Echo una mano a la cabeza. No es que me duela, pero tengo miedo de mis propios pensamientos. Por eso agarro la frente, para mantenerlos a raya y que no se desmanden.

—Mamá, ¿estás bien? —pregunta Julia.

—Estaré mejor dentro. ¿Me ayudáis a levantarme, por favor?

Hago un poco de fuerza, para que les cueste. Que sepan lo que pesan ochenta años como yo lo sé. Camino despacio, como si cada pierna pesara una tonelada, aunque no sea cierto. Como mucho, cada una pesa quince kilos. Pero a mí tampoco me pusieron las cosas fáciles en la vida. Además, ellas son dos y yo solo soy una.

La aspiradora que anda sola, Dios la tenga en la gloria. Qué tumba tan xeitosa le hice. Ella tampoco me habla. Hay muertos que tienen la boca cosida o pegada con Lotite. Mejor así.

Julia

Todavía no se me ha pasado la impresión de la visita al Bar Seco. Allí dentro casi nada ha cambiado. Los mismos muebles que yo recordaba de cuando niña, las mismas fotografías en las paredes, los mismos vasos, el mismo juego de cubiertos de hace cuarenta años... Pero es otra cosa la que me produjo malestar. Los objetos solo son eso, qué más da. Lo que me partió el corazón fueron esa madre y ese hijo. Es como si se hubiesen quedado atrapados en un día cualquiera de aquella época tan terrible y no pudiesen huir de ahí. Son prisioneros. Y nada importa que hayan pasado los años, que ya no vendan heroína en su bar, que no tengan nada que ver con los negocios del padre. Llevan una marca invisible en la frente y ellos lo saben. Todos lo sabemos. La heroína carcomió sus vidas y se han convertido en dos autómatas que fríen cebolla para tortilla y sirven cafés por inercia. Estoy segura de que celebran los días señalados en silencio. Puedo imaginar un día de Navidad o de cumpleaños en esa casa, con una comida especial servida en platos agrietados, tragando las penas en cada bocado. Engordando más y más de tristeza.

—¿Cómo está Lola? —me pregunta mi madre.

Estamos las dos sentadas en el sofá, viendo la televisión. Lo hacemos todas las tardes. En realidad, a mí no me interesan nada esos programas que quiere ver mi madre, pero es una manera de acompañarla.

—Está enorme —le contesto—. Me impresionó lo mucho que ha engordado. Hacía muchísimo tiempo que no la veía. Creo que ella y su hijo no superaron lo que les pasó.

—Ya me dirás quién supera un asesinato. Sobre todo, uno tan cruel.

—Nunca me lo contaste.

—¿Y qué querías que te dijese? Tú eras solo una niña, no me parecía oportuno hablarte de algo así. Sacaron a su marido de la cama en medio de la noche y lo tuvieron tres días haciéndole Dios sabe qué clase de barbaridades. Luego tiraron el cadáver en el monte. Lo encontró un hombre. Dijeron que estaba hecho un cristo. Que le faltaban dedos, dientes y no recuerdo qué más.

—Le quemaron los pies y los testículos.

—Te lo creo bien. Lucifer era el demonio.

—Hay algo que no entiendo. Si Rincón era tan peligroso, ¿por qué el marido de Lola lo traicionó?

—Yo qué sé, hija. Por avaricia, porque pensaba que no lo iban a coger, porque los hombres siempre cometen el error de pensar que son más listos que los demás... Decir dijeron de todo. La verdad se la llevó él a la tumba.

—Papá también cometió ese mismo error, ¿verdad?

La miro a los ojos, rogándole en silencio que hable, que me diga algo, por poco que sea. Parece dispuesta a hablar, por lo menos más qué otras veces.

—Lo sé todo, mamá. Me lo han contado Lola y su hijo. Me explicaron que papá también estaba metido en asuntos de tráfico de drogas y que traicionó a Lucifer. Por eso tuvo que huir a Argentina. En el momento en que le robas a alguien así, no se detiene hasta que te atrapa. Por fin he conseguido entenderlo todo. O, por lo menos, una parte importante.

—Tu padre era empleado de Lucifer. Le hacía muchos trabajos.

—Entonces sabías en qué andaba metido.

—¿Cómo no iba a saberlo? ¿Me viste cara de mema o qué? Otra cosa es que estuviera de acuerdo. Mira que se lo dije veces: sal de esa mierda de negocio, está contaminado, va a acabar salpicándonos a mí y a la niña. Yo tenía miedo por ti —me confiesa, por fin—. Esos colombianos eran unos animales. Tú no sabes las atrocidades que les hacían a los que les debían cuartos. A un hombre le sacaron la picha por fuera del pantalón y se la dieron de comer a las pirañas.

—Y va papá y decide robarle. Esa es la parte que no entiendo. Tampoco sé por qué razón aceptó participar en un negocio tan sucio. Morían chicos todas las semanas... Venderles aquello era venderles veneno.

—¡Qué me vas a contar a mí! Yo me sentía como la mujer del verdugo. Al principio fue ignorancia. El contrabando aquí siempre fue una cosa normal, de toda la vida. Ya lo era en los tiempos de mi madre. Pero cuando los chicos empezaron a pincharse la droga esa en toda cuanta esquina había yo ya vi que aquello tenía malos visos. ¿No te recuerdas? Aparecían tirados en los caminos a diario. Se pinchaban y se quedaban alucinados durante no sé cuánto tiempo.

—Es que yo era pequeña, tengo escenas sueltas en la cabeza. Recuerdo las jeringas y los limones tirados por todas partes. También recuerdo a Gerardo, el chico que apareció muerto en el bar, y que los chavales del barrio estaban esqueléticos. ¿Tú sabías qué papá planeaba robarle a Rincón?

—No te equivoques. A mí tu padre no me soltaba prenda. Yo solo sé que una noche se plantó en esta casa con una bolsa de deporte llena de billetes. Y parece ser que tenía otra más grande en el coche. Luego dijo que iba a hacer un recado. Fue a tu cuarto, te dio un beso y hasta el día de hoy.

Entonces se calla unos segundos, como si estuviera masticando algo dentro de su cabeza, y añade:

—Ven conmigo.

La ayudo a levantarse del sofá y caminamos hasta las escaleras que dan al desván.

—Hay que subir —me dice—. Ve a buscar una linterna de la cocina que la luz no funciona.

El corazón me va a mil. Llevo esperando tanto tiempo esto que no me parece real. Por favor, que Sebas no salga justo ahora de su cuarto. No quiero que escuche nada de esto ni que vea lo que sea que me va a enseñar mamá. Cojo la linterna con una mano y a ella le tiendo el brazo que tengo libre para que se agarre.

—Vamos —ordena, subiendo los escalones con dificultad.

Tardamos un siglo en llegar arriba. Saca la llave del delantal y abre la puerta. El olor a polvo y a cerrado nos da una bofetada. Aquello está lleno de cosas viejas, algunas tapadas con sábanas: televisores, sofás viejos, maletas, cajas, libros, documentos, sillas, herramientas... En el techo hay una buhardilla por donde entra la luz del sol. ¿Cuánto tiempo hará que no subo aquí arriba? De pequeña sí que venía con frecuencia. Me gustaba trastear entre todos aquellos objetos, siempre acababa encontrando algo que me mantenía entretenida durante horas.

—Aquí hay ratones —dice mi madre—. Hay que traer veneno.

—Ese taburete de ahí estaba en el cuarto de baño, ¿verdad? Tiene una tapa —comento, haciendo memoria sobre la marcha—. Guardabas algo ahí dentro. Un tarro de cristal con unas cosas rojas.

—Las piedras de la vesícula de tu padre —contesta ella, muy contenta—. ¡No me mires así! Ábrelo, que seguro que siguen ahí dentro.

Recuerdo la fascinación con la que yo abría la tapa de ese taburete para coger el tarro de cristal y observar aquellas bolas rojas. Pero en este momento me parece una de las cosas más asquerosas que he visto.

—¿Pero por qué guardabais esto? —le pregunto, con el tarro aún en la mano.

—De recuerdo —contesta ella, como si tal cosa—. Antes se guardaba todo. Incluso las piedras de la vesícula. Pero no es eso lo que te quiero enseñar.

Empieza a levantar sábanas y va descubriendo todo lo que está oculto. La mayor parte de las cosas no sirven para nada: hay muebles con agujeros de carcoma, objetos metálicos llenos de óxido, tapicerías comidas por los ratones... Pero a ella no le interesa ninguna de esas cosas. Está buscando algo muy concreto. Parece más lúcida de lo normal, más espabilada, como si estuviese segregando adrenalina. ¿Qué sorpresa me tendrá preparada?

—Aquí está —dice, descubriendo un baúl negro con cintas de cuero.

—¿Tienes la llave?

No contesta. Está algo ansiosa. Va directa a una cómoda que ha destapado hace unos minutos. Empieza a abrir cajones, pero allí no encuentra lo que busca.

—¿Dónde demonios la guardé? Estoy segura de que la metí aquí.

Prueba en otros cajones de un mueble distinto, pero tampoco tiene suerte. Empieza a ponerse nerviosa.

—Mamá, tranquila. Si no aparece...

—¡Va a aparecer! —me interrumpe—. Las cosas no se vaporan así como así.

Intento ayudarla buscando en todos los cajones y puertas. Encuentro cosas que recuerdo de hace mil años y otras que no he visto en mi vida, pero de la llave ni rastro.

—¡Ya sé dónde está! —dice de repente—. Debajo de mi colchón. Hay que bajar a mi cuarto.

—Pero, mamá —contesto, dando por sentado que se trata de un desvarío de los suyos—. ¿Cómo que debajo de tu colchón?

—Haz lo que yo te digo. Hay que levantar mi colchón.

Empiezo a pensar que no ha sido una buena idea seguirle la corriente.

—¿Estás sorda o qué? ¡Vamos! —insiste.

Le hago caso a regañadientes. De camino, Sebas asoma la cabeza y pregunta si puede jugar una partida con la videoconsola. Le doy permiso, mejor que esté entretenido. El cuarto de mi madre está todo desordenado y la cama, sin hacer, cosa rara porque para ella eso es una religión.

—Ayúdame, que yo no puedo —me pide.

Estoy a punto de preguntarle si de verdad piensa que la llave está ahí debajo, pero para qué. Es perder tiempo y saliva, y tampoco pasa nada por complacerla de vez en cuando. El colchón pesa un mundo. Me quedo de una pieza al descubrir la cantidad de cosas que tiene ahí guardadas, desde documentación hasta cuadernos, pasaportes, álbumes de fotos...

—Pero, mamá, ¿qué hace todo eso aquí? ¿No sería más lógico guardar estas cosas en cajones?

—Sí, claro. Y dejar todo bien a mano por si viene alguien a robarme. Tú no tienes la cabeza en su sitio y así te va.

—En cambio tú la tienes muy asentada.

—Por lo menos no presumo como haces tú, que vas de inteletual.

Echa mano a un sobre amarillo que está en medio de un montón de papeles. Lo abre y saca una llave.

—¿Qué te decía yo? ¡Las cosas no se vaporan! Vamos para arriba de vuelta.

En esta ocasión tardamos la mitad del tiempo en llegar al desván. Está tan ansiosa que se olvida de fingir que no puede subir escaleras. Me resulta difícil diferenciar qué parte de sus quejas son de verdad y qué parte una farsa. Va hacia el baúl, mete la llave en el hueco de la cerradura y lo abre. Como una suerte de chistera, aparecen infinidad de billetes de cinco mil y diez mil pesetas, atados por lotes con una goma.

—¡Mira el rey qué guapo sale! —exclama mi madre, cogiendo un fajo de billetes de diez mil con la cara de Juan Carlos de Borbón estampada en azul.

Tengo la espalda empapada en sudor, siento cómo se me pega la ropa a la piel. Me resulta imposible calcular los millones de pesetas que hay ahí dentro. Mis piernas son de plastilina. Me siento en el suelo, delante del baúl, buscando un momento de tranquilidad. No puedo creerme lo que estoy viendo. De verdad que no puedo.

—¿Te quedaste muda o qué? ¿Nunca vieras noventa y siete millones de pesetas?

Noventa y siete millones de pesetas. La cabeza me da vueltas. Dinero de la heroína, el dinero de Lucio Rincón que robó papá.

—Eran cien, pero cogí algo prestado para pagar tu universidad, el vestido aquel tan bonito que llevé a tu boda y unas reformas en el tejado que hice hace años. El resto no lo toqué. Nunca me hizo falta. ¿No estás contenta? ¡Somos millonarias!

—No, mamá —murmuro, con la boca pastosa. En este momento mataría por un vaso de agua—. No somos millonarias. Estos billetes no tienen ningún valor. Son papeles, nada más.

—¿Pero qué dices? ¡Tú estás tararí de la cabeza! ¡Mira todo lo que tengo aquí dentro! ¿Estás chosca o qué?

—Solo es papel, mamá —insisto—. Las pesetas dejaron de tener validez.

—¿Qué dices? No te entiendo.

Tengo ganas de llorar. De rabia, de pena, de impotencia.

—¿Qué es lo que no entiendes? Tú, cuando vas a la panadería, ¿con qué pagas? Con euros. Pues es así de fácil.

—Pero si vas al banco, te cambian las pesetas.

—No, mamá. No te las cambian. Ya no. Y aunque así fuese, es dinero de procedencia ilegal. ¿Entiendes eso?

—Pues la verdad es que no.

—Tú no entiendes lo que no te interesa.

—No me vengas de lista que te arreo un sopapo —me amenaza.

No se lo tomo a mal porque no es la primera vez que me suelta algo así y porque sé que no lo dice en serio. O eso quiero pensar.

—Cálmate, a ver si nos entendemos. Tú misma dijiste que no soportabas que papá estuviese metido en esos negocios. Este dinero está manchado.

—Igual los billetes tienen un poco de polvo porque llevan años ahí dentro, pero yo los veo en perfecto estado.

Me está vacilando. Yo lo sé y ella sabe que lo sé. Tengo que ser más inteligente que ella. Pienso a toda velocidad, intentando encajar piezas que están sueltas.

—Dime una cosa —continúo, empezando a atar cabos—. La pistola que tenías guardada en el mueble del salón, ¿era de papá?

—¿Y a ti quién te manda andar rebuscando entre mis cosas? Claro que era suya, pero ya no está. La cogiste tú, ¿verdad? Ya sabía yo...

Asiento en silencio.

—Voy a explicártelo de otra manera, a ver si así conseguimos reconducir esto. Mamá, esto es dinero de la droga, igual que esa arma. Tú eres una mujer íntegra, honesta de los pies a la cabeza. Por eso no tiraste de él más que en ocasiones muy contadas. Porque en el fondo sabes que no sería ético y no podrías conciliar el sueño por las noches.

—Ay, hija... —suspira, con la voz quebrada.

He conseguido ablandarla, por fin. Aprovecho esa inercia:

—Atiende bien a lo que te voy a preguntar. Papá se jugó la vida por este dinero. La suya y la nuestra. ¿Por qué se fue sin él?

—Se llevó para Argentina otro tanto como esto. Estos millones los dejó aquí para nosotras.

—Hacer eso significaba poner en riesgo nuestras vidas. ¿Rincón no vino nunca aquí buscando el dinero?

—Sus sicarios registraron esta casa de arriba abajo, pero los billetes estaban bien escondidos. Era imposible que dieran con ellos. Pensaron que tu padre se había llevado todo con él, por eso no tuvimos problemas con esa chusma.

No me creo esta historia. No me creo que mi padre le robase a un hombre como Rincón y que luego se marchase con la mitad del dinero, dejándonos aquí a nosotras. A no ser... A no ser que lo hubiesen cogido y, en realidad, nunca hubiese viajado a Argentina. Agarro a mi madre por un brazo para que me preste toda la atención:

—Voy a hacerte una pregunta y quiero que seas sincera. ¿Estás segura de que papá llegó a Argentina?

Ella me mira con sus ojos transparentes. Le tiembla el mentón. Pestañea y le cae una lágrima como una sentencia.

—Lo mataron como hicieron con el marido de Lola, ¿verdad?

No contesta. Quizás ni siquiera sepa la respuesta. Parece desvalida. Nunca la había visto así. La abrazo porque estoy segura de que ahora mismo es lo que necesita.

—Yo qué sé, hija —me dice entre sollozos.

Por primera vez en mucho tiempo, estoy segura de que es sincera. Y eso, curiosamente, me provoca una agradable sensación de paz.

Entro por la puerta de la comisaría con el corazón en un puño, pero tratando de aparentar que no me tiembla la mano. No he querido demorar esto, hay cosas que solo puedes hacer en caliente. Llevo en el bolso un fajo de billetes de diez mil pesetas. Los he traído de muestra, los cogí sin que mi madre se diese cuenta. Intenté también quedarme con la llave del baúl, pero no hubo manera de convencerla. Se cerró en banda, diciendo que la llave no la tocaba nadie, ni siquiera yo, y tuve que ceder para evitar una discusión. Ella no sabe que estoy aquí. No me pareció oportuno decírselo. Salí con la excusa de que había una urgencia en la redacción del periódico y prometí regresar lo antes posible. Le pedí a Aurora, una de sus amigas del parchís, que le hiciese compañía mientras yo estaba fuera. Pero tengo el tiempo justo.

—Quiero denunciar que he encontrado en mi casa dinero de procedencia ilegal —le digo al policía del mostrador, que me mira desde su atalaya como si yo fuese una extraterrestre.

—¿Qué quiere decir con eso de que lo ha encontrado? —me pregunta en un tono que no me gusta, sin ni siquiera levantar la mirada del periódico que está hojeando.

No estoy para estupideces, así que saco el fajo de billetes del bolso y lo planto encima de la mesa.

—Hay cientos como este. Noventa y siete millones de pesetas, para ser exacta.

Su expresión cambia de la altivez a la incredulidad en cuestión de segundos.

—Espere aquí —murmura.

Vuelve a los cinco minutos con un hombre de unos cincuenta años que se presenta como el subinspector Fuentes y que me pide que lo acompañe. Me lleva a su despacho, un lugar sobrio y ordenado. Sobre su mesa hay una foto familiar en la que aparece él, la que me imagino será su mujer y dos hijas. Me invita a sentarme, me pregunta mi nombre, toma nota de mis datos y empezamos:

—Usted dirá.

Pongo el fajo de billetes sobre su mesa, como hice con su compañero minutos antes, pero algo más calmada.

—En casa de mi madre hay noventa y siete millones de pesetas metidos en un baúl. Esto que traigo es la muestra. Calculo que llevan ahí alrededor de treinta y cinco años.

—¿Cuándo ha sabido esto?

—Esta misma tarde. Mi madre insistió en que subiese con ella al desván. Allí tenía esta sorpresa.

—Le comentó a mi compañero que era dinero de procedencia ilegal. ¿Por qué dijo eso?

—Mi padre, Martín Novoa, desapareció misteriosamente en el año mil novecientos ochenta y siete. Mi madre lleva toda la vida repitiéndome que emigró a Argentina, a la búsqueda de un trabajo. Pero nunca la creí.

—¿Y eso por qué?

—Porque él no volvió a dar señales de vida. Ni una llamada, ni una carta... Nada. Mi madre asegura que nos enviaba cartas, pero nunca las he visto. Y le garantizo que he puesto esa casa patas arribas para encontrarlas. A mi padre se lo tragó la tierra de un día para otro. Y eso solo sucede en dos circunstancias: si quieres desaparecer o si te hacen desaparecer.

—No entiendo adónde quiere llegar...

—Lucio Rincón. Seguro que le suena ese nombre. Mi padre tenía negocios con él.

El subinspector se remueve en la silla. Se pone tenso y hace unas anotaciones.

—Comprendo —dice, después de unos segundos—. ¿Cuántos años tiene su madre?

—Setenta y nueve. Y tiene bastantes problemas de memoria. Entre eso y lo que no quiere contar, si piensa hablar con ella ya le adelanto que no se lo va a poner fácil. Ella es una víctima de toda esta situación.

—¿Está segura de la relación de su padre con Rincón?

—Absolutamente. Recuerdo a Rincón en mi casa, siendo yo una niña.

Evito mencionar la charla con la señora Lola y su hijo. De momento prefiero no involucrarlos. De momento.

—De acuerdo. Voy a mandar una unidad de la Policía Judicial a su casa para que recojan y custodien el dinero. Entiendo que quiere denunciar de manera oficial la desaparición de su padre. ¿O eso ya lo hicieron antes?

—No, ya le digo que mi madre lleva toda la vida defendiendo que él emigró a Argentina. Yo no tenía motivos para denunciar nada. Hasta ahora.

—¿Qué piensa que le sucedió? —me pregunta, mirándome a los ojos.

—Tal vez un ajuste de cuentas. Como le sucedió al dueño del Bar Seco. Todo ese dinero escondido me da que pensar.

—No recuerdo ese suceso que acaba de mencionar, pero hay que tener en cuenta que yo empecé a trabajar en esta comisaría en el año dos mil. A quien sí le puede sonar todo esto es al comisario que estaba a cargo en aquel momento. Se jubiló hace unos años. Podemos hablar con él y preguntarle.

—Otra cosa —le comento—. Me gustaría saber si mi padre fue investigado por tráfico de drogas en su día. Soy periodista —añado, al percibir un gesto de extrañeza—. Descubrí el vínculo entre mi padre y Rincón documentándome para un reportaje sobre el tráfico de drogas en Galicia. No me quedo tranquila dejando esta historia a medias.

—Tenemos dos vías: consultar todo esto en el archivo o ponerla en contacto con Melchor, el antiguo comisario.

—¿Y por qué no emplear ambas?

Por primera vez, el subinspector sonríe. Supongo que le caigo bien. Él también a mí.

—Contésteme una cosa: ¿por qué su madre guardó todo ese dinero durante tantos años?

—No tengo ni la menor idea. Intuyo que le daba miedo echar mano de él, pero no estoy segura. Llevo toda la vida intentando armar una historia consistente sin tener apenas información. Todo lo que sabía ya se lo he dicho. El resto de las respuestas espero que me las den ustedes a mí.

—Se hace cargo de lo difícil que es encontrar a alguien que lleva tantos años desaparecido, ¿verdad?

—Perfectamente.

Coge su teléfono móvil y hace una llamada. Enseguida comprendo que se trata del antiguo comisario.

—Tengo en mi despacho a una persona que necesita hablar contigo. Es periodista. Su padre desapareció en el año mil novecientos ochenta y siete y tenía negocios con Lucio Rincón. Martín —añade luego de unos segundos—. Martín Novoa.

Cuando cuelga el teléfono soy consciente de que está haciendo una excepción conmigo, no necesito que me lo diga. Sé que no es habitual que un subinspector te facilite el contacto de un antiguo comisario. Pero tampoco es habitual que alguien se presente en una comisaría confesando que ha encontrado cien millones de pesetas. Me gusta el subinspector. Es de esas personas que tienen la facultad de infundir tranquilidad. No sé si es por su manera de hablar, sosegada y correcta, o porque mira directamente a los ojos.

—En breve saldrá hacia su casa una patrulla de la Policía Judicial —me informa—. Necesito que esté allí para indicarles dónde está el dinero.

Me tiende la mano y yo se la estrecho con firmeza.

—Muchas gracias. Muy amable —le digo.

No como su compañero. Pero esto me lo callo.

—Volveremos a vernos muy pronto, estoy seguro.

Salgo de ese despacho con una sensación de calma y de triunfo con la que no contaba. El mero hecho de pensar en una comisaría de Policía y en toda la burocracia que implica denunciar un caso como el mío hacía que la situación me pareciera imposible de gestionar. Tal vez simplemente he tenido la suerte de cruzarme con un profesional competente. O quizás sean las circunstancias: cien millones de pesetas, un padre que lleva desaparecido décadas, Lucio Rincón... No parece sencillo obviar todo eso. Y el hecho de que sea una comisaría pequeña también ayuda. De camino a mi coche cojo mi teléfono para avisar a mi madre de que salgo hacia casa. Tengo una llamada perdida de Pablo. Qué poco me apetece hablar con él en estos momentos. Sé que me va a pasar lo mismo por la noche, y mañana, y pasado mañana. Lo mejor que puedo hacer es devolverle la llamada lo antes posible y quitarme eso de encima. Contesta con cierta desesperación, o esa es la sensación que tengo. Me dice que acaban de darle el alta a su madre en el hospital y que quiere venir a ver a Sebas el próximo fin de semana. Reconozco que la idea de volver a verlo me desestabiliza, pero sé que es inevitable.

—Es tu hijo, no tienes que pedirme permiso —le digo—. Puedes venir cuando quieras. De hecho, él lo necesita.

—A partir de ahora podré ir con más frecuencia.

Aunque vivir a más de quinientos kilómetros no sea lo más adecuado para mantener una relación fluida con mi hijo.

—Pablo, no entiendo ese comentario.

—Te supliqué que te quedaras en Madrid infinidad de veces. Una cosa es separarnos y otra distinta que te traslades a Galicia con Sebas.

—En aquel momento no parecía una prioridad para ti que nos quedáramos en Madrid, la verdad. Además, como comprenderás, lo que tenía que hacer era pensar en mí y en Sebas.

—En ti, no en Sebas —me corrige él—. Si hubieras pensado en Sebas no lo habrías separado de mí.

—Yo no lo separé de ti, fuiste tú quien tomó la decisión de dejarme, Pablo.

—¡Dejar nuestra relación, no a mi hijo! ¿Pero tú eres consciente de lo injusto que es esto para mí? Me cuesta entender que precisamente tú hagas esto.

No entiendo nada. ¿Cómo puede darle la vuelta a la situación de esta manera? Empieza una relación con otra mujer, me lo niega una y otra vez, me dice que quiere separarse porque nuestro matrimonio está muerto y ahora la injusta soy yo porque me he visto obligada a rehacer mi vida.

—Mi madre no puede vivir sola, ¿entiendes eso? —le digo—. Soy hija única, es mi responsabilidad.

—Había otras alternativas que no quisiste barajar, y mira que te insistí y te pedí que recapacitaras. He pensado mucho en esto y sé que escogiste marcharte de Madrid porque era una manera de castigarme. Detestas esa casa y todo lo que hay dentro. No querías ir ni de visita, Julia. Para ti pisar Galicia era insoportable. Y de repente tomas la decisión de mudarte para siempre. Perdona, pero aquí solo hay una lectura.

Esa ha dolido. Tardo en reaccionar. Me ha pillado desprevenida y ahora mismo no sé qué decir a todo eso.

—Llego el viernes a primera hora de la tarde. —Agradezco que me dé un respiro cambiando de tema—. Voy a quedarme en casa de mis padres. Lleva cinco años cerrada, pero hace unas semanas le pedí a Raúl, el dueño del restaurante de la playa donde siempre parábamos a comer, que contratara a alguien para limpiarla y asegurarse de que todo está en orden. Me gustaría que Sebas pasara conmigo el fin de semana.

—Claro —contesto—. Está deseando verte.

—Yo también a él.

Me despido con el ánimo y la autoestima por el suelo. Lo último que me habría imaginado es que existiese la posibilidad de que yo quedase como la mala de esta historia. Pues acaba de suceder. No sé cómo lo ha hecho, pero lo ha conseguido. Pienso en Ana_Chicapájaro y siento rabia. ¿A qué ha venido todo esto? ¿Qué pasa, que ya no están juntos? Porque suena a eso. A que todo se ha ido a la mierda y ahora necesita a Sebas. Entro en el coche y arranco. A ver cómo reacciona mi madre cuando llegue la policía y se lleven el baúl. Observo el reflejo de mis ojos en el espejo retrovisor. Tengo ojeras, arrugas y yo qué sé más.

—Vamos, Julia —digo en voz alta—. Tienes que llegar al final de todo esto.

Con esa idea en la cabeza conduzco en dirección a casa.

Sebas

Es la primera vez que me llama la orientadora del cole para hablar conmigo. Todos los niños sabemos que cuando te manda llamar es porque eres sospechoso de algo. Con Diego Puga ha hablado un montón de veces. Con Guerrero alguna, por el tema de la obesidad y de la obsesión que tiene con la comida. Con Noa nunca. Ahora es mi turno y, mientras bajo las escaleras camino de su despacho, me entra dolor de barriga. Me pasa siempre que estoy nervioso. Paro un momento a mear, porque si en ese despacho me hacen preguntas incómodas van a entrarme unas ganas irresistibles. Como cuando nos atacó el Carnicero y tuve que parar en un árbol. El estrés da pis. Eso es así. Camino superlento, para tardar mucho en llegar y que así la charla se acabe antes. No es que la orientadora me caiga mal, no la conozco de nada, excepto por las cosas que nos ha contado Guerrero alguna vez. Pero no quiero que me pregunte cosas difíciles de contestar y sé que eso va a pasar. Llamo a la puerta y entro mirando al suelo. Me da vergüenza estar allí dentro. Quiero irme a clase. O junto a mi madre y la abuela.

—Hola, Sebas. Siéntate aquí, por favor.

La butaca es amarilla y tiene estrellas. Como las medias de Noa. En las paredes hay muchos dibujos y en la mesa, un teléfono con forma de hamburguesa y un marco hecho con conchas marinas con la foto de un niño. Lleva el escudo del Capitán América.

—Es mi hijo —me dice—. Se llama Teo y tiene cinco años. Está como loco con el Capitán América. El otro día me la armó gordísima. Lo dejé solo en su cuarto quince minutos. Cuando volví para ver lo que estaba haciendo, lo encontré con la cabeza embadurnada con pintura de manos de color amarillo. Me dijo: «¿Verdad que ahora me parezco al Capi?».

Entonces coge su móvil de la mesa y me enseña la foto del niño todo perdido de pintura amarilla haciendo el símbolo de la victoria con los dedos. Me da un ataque de risa. Ese niño es un genio.

—Dime que tú no eres fan del Capi...

—Yo lo soy de Thor.

—Ah, el cachas del martillo, ¿verdad?

—Sí, ese.

No parece muy inteligente explicarle que mi abuela es Thor. Pero me muero de ganas. Guerrero no nos había dicho que la orientadora fuese así. Me la imaginaba de otra manera, aunque sigo algo preocupado porque no sé qué quiere de mí.

—Thor es muy guapo —dice ella—. Pero a mí me gusta más el hermano. Es un supervillano, pero no quieres que le pase nada malo.

Todo eso es verdad. Loki es increíble. Traiciona a Thor todo el rato, pero quieres que sobreviva y que todo el mundo lo perdone por las cosas que hace.

—Sebas, hacía tiempo que tenía ganas de hablar contigo para saber cómo estás. Ya sé que nunca hemos hablado y que igual te parece un poco raro que te haga esa pregunta. Pero en eso consiste mi trabajo, en asegurarme de que los niños de este cole estáis bien.

—Yo estoy bien —le contesto extrañado.

—¿Seguro? Algunos profesores han venido a hablar conmigo. Dicen que últimamente te notan un poco triste. Como Thor cuando su padre se enfada con él. ¿Te ha pasado algo estos días?

Si no hubiese hecho pis, me entrarían las ganas. Menuda pregunta, si me ha pasado algo estos días. Todo el mundo sabe lo que me hizo Puga con la mochila.

—Sé que llegar nuevo a un cole no es fácil. Lo sé porque me pasó siendo un poco más pequeña que tú. Mis padres se mudaron de ciudad cuando yo tenía siete años y tuve que empezar en una escuela donde no conocía a nadie. No me costó mucho hacer amigas, y eso que era un poco tímida. ¿Tú tienes muchos amigos?

—En este cole tengo dos. Guerrero y Noa. Guerrero es uno de tus clientes.

La orientadora sonríe cuando digo la palabra *clientes* y pienso que igual he metido la pata, pero luego estoy seguro de que no:

—Guerrero es muy simpático —me dice ella—. Y sabe mucho de superhéroes.

—Guerrero lo sabe TODO de los superhéroes. Es un especialista.

—¿Qué cosas os gusta hacer juntos?

—Ir al embalse a pescar truchas y jugar a que estamos en Asgard, montar Lego, jugar a videojuegos y hablar de los problemas de mi abuela.

—Me enteré de todo lo que pasó con tu abuela. Salió en la tele y en todas partes. Me alegro mucho de que haya aparecido y de que esté bien.

—No apareció, la encontramos nosotros. Tenía los labios violetas. Estaba golpeando una piedra con su martillo, por eso conseguimos encontrarla.

—Anda, con un martillo. Como Thor.

Aguanto la respiración. Guerrero no me contó que la orientadora tuviese altas capacidades. Vale, tengo delante a una superdotada que sospecha lo de la abuela. No creo que sea mucho más inteligente que Noa, puedo superar esta prueba.

—Está obsesionada con ese martillo. Nunca se separa de él. Pero tiene otras obsesiones, no es la única.

—Cuéntame alguna.

—Se enfada con los presentadores de la tele, planta colillas en las macetas, guarda polvorones en las medias...

Cuando digo esto último abre bastante los ojos, así que me explico un poco mejor:

—Lleva medias de esas que llegan a la mitad de la pierna y las usa de minimochila para guardar polvorones y así poder comerlos a todas horas. A veces va al cuarto de baño y escuchamos el ruido del envoltorio. No va a hacer pis, va a comer.

—Parece que te llevas muy bien con ella.

—Sí, mucho. Es una de mis personas favoritas. Es muy divertida, aunque esté algo mal de la cabeza. Va a cumplir ochenta años dentro de poco y he pensado en regalarle un jardín nuevo. Mamá va a buscar un sitio donde arreglen jardines, porque últimamente tiene el suyo hecho un desastre y es una pena. Mi abuela sabe mogollón de cosas sobre las flores y las plantas. Me ha enseñado a hacer injertos.

—Pues creo que ese regalo le va a encantar, qué buena idea has tenido. ¿Cuáles son tus otras personas favoritas, además de tu abuela?

—Noa, Guerrero, mamá y papá.

—¿Qué haces cuando no tienes cole, Sebas?

—Si es sábado ceno pizza que hace la abuela. Es el

mejor día de la semana, porque los domingos no hay cole y puedo ver una peli por la noche con mamá y pasar la tarde jugando con mis amigos.

La orientadora tiene una sonrisa en la cara, pero no parece ciento por ciento auténtica. No sé explicar por qué. Es algo que sospecho.

—Vale, quiero saber una cosa. ¿Cómo sería para ti un fin de semana perfecto? ¿Con quién te gustaría estar?

Esa pregunta es difícil de responder, porque hay personas que no se pueden juntar.

—Mi padre vive en Madrid —le digo.

—¿Un fin de semana perfecto sería por ejemplo si lo pasaras con él?

—No.

La orientadora ya no sonríe.

—Un fin de semana perfecto es imposible por el divorcio —le explico—. Antes sí que era posible, pero ya no. Lo que me gustaría es que mamá y la abuela dejasen de discutir. Gritan mucho. Antes, en la casa de Madrid, mamá y papá también gritaban. Siempre hay gritos en las casas donde vivo.

—Eso tal vez tenga solución. A veces las personas hacen cosas sin darse cuenta de que están haciendo daño a otras.

Anota algo en su cuaderno y sigue haciéndome preguntas:

—Voy a proponerte una situación. Imagina que celebras una fiesta. ¿A quién no invitarías por nada del mundo?

—A Diego Puga —contesto sin dudar.

—¿Por qué razón?

—Porque es un delincuente que me hace cosas que no mc gustan.

—¿Te da miedo?

—Sí —confieso—. Bastante. No tanto como el payaso de *It*. Es un miedo distinto a ese. Puga no da susto. Da terror, de terrorista.

—¿Cómo te sientes cuando estás con él?

—Fatal, como todos los niños del cole. Lo que pasa es que algunos fingen que son amigos suyos para que no los insulte ni les pegue.

—¿Qué cosas malas te dice?

—Madrileño, tienes las manos llenas de caca, tortuga pánfila, sucio, pastrán, tienes piojos y cosas peores. Palabras feas. Intentó cortarme la nariz.

Ya no hay ni rastro de la sonrisa que tenía la psico cuando entré en su despacho. Es como si hubiese sufrido una metamorfosis. Igual es una maestra del disfraz y por eso le gusta Loki. ¿Servirá de algo todo esto que le estoy contando?

—Cuéntame eso de la nariz, Sebas.

—Fue hace unos meses, cuando salimos de excursión y visitamos los viñedos. El guía nos explicó cómo se vendimiaba y nos dejó unas tijeras para cortar racimos de uvas. Puga tenía que pasarme las tijeras y no quería. Quise cogerlas e intentó cortarme la nariz de un tijeretazo. Me salvé porque eché la cabeza para atrás. Tengo buenos reflejos.

—Sé que relacionarse con Diego Puga es muy difícil. Es un niño que necesita ayuda para aprender a hacer las cosas bien. Estamos intentando que cambie.

—Pues suerte con eso.

Me parece fatal lo que me acaba de decir. Si alguien necesita ayuda somos nosotros, los niños a los que ataca Diego Puga, no Diego Puga.

—¿Te molesta que lo ayudemos?

—Puga es malo.

—A veces no se trata de ser bueno o malo. En ocasiones, las personas hacen cosas que no están bien para llamar la atención. Es una manera de pedir ayuda.

Creo que Puga está consiguiendo colársela a los adultos. Pensaba que la orientadora era superdotada y resulta que es supermentecata. Si cree que me va a convencer de que Puga es bueno, va lista.

—No me entiendas mal, Sebas. Es terrible que Puga te insulte y que te agreda y trate de humillarte. Eso no se puede consentir de ninguna manera y vamos a frenarlo ya.

¿En qué quedamos? Me está poniendo la cabeza del revés. Primero que sí y luego que no. Mi cerebro va a empezar a echar humo.

—Si te vuelve a suceder algo con él que te haga sentir mal o que consideres mínimamente grave, te pido que vengas aquí a contármelo. A mí o a cualquiera de tus profesores. Todos están al tanto del problema. ¿Vale?

Le digo que sí con la cabeza, pero no estoy muy seguro de la medida *mínimamente grave*. Si me llama castrón, como hice yo con él, ¿es mínimamente grave? Si me empuja por las escaleras o me da una colleja, ¿es mínimamente grave? No sé lo que quiere decir mínimamente grave.

—No sé qué quiere decir mínimamente grave —me sale sin querer, creo que acabo de pensar en voz alta.

—Pues es algo que te duela. Y no solo físicamente, también cuenta si te duele aquí —dice, dando palmadas con la mano en su pecho.

Vale, eso sí que lo entiendo.

—La semana próxima volveremos a vernos, ¿sí? Es probable que también hable con tu madre. No te preocupes, es algo habitual. También he tenido una charla con los padres de Guerrero y con el resto de los padres de mis *clientes* —explica remarcando esta última palabra, y al hacerlo vuelve a sonreír—. Toma, coge un puñado —me ofrece un tarro de cristal lleno de caramelos.

Cojo tres.

—Que tengas una buena semana.

Salgo de su despacho sin entender muy bien por qué me ha llamado. ¿Por Puga? ¿Por mi abuela? ¿Porque soy nuevo en el cole? ¿O por todo? Guerrero y Noa están esperándome en un banco. Les doy un caramelo a cada uno, aunque sé que Guerrero no debe, pero puede guardarlo para cuando lo necesite de verdad, y nos chocamos los cinco.

—¿Qué, cómo te ha ido? —me pregunta él—. ¿Te hizo el truco de los superhéroes?

—¿Qué truco?

—El de aparentar que sabe mucho de Marvel para caernos bien. Yo tardé tres semanas en descubrir que lo de los superhéroes era una táctica.

—¿La sometiste a un interrogatorio y no pasó el filtro de la vikingopedia? —quiere saber Noa.

—No es eso. Busqué en internet y descubrí que es habitual que los orientadores nos hablen de cosas que molan, para que parezca que tenemos algo en común con ellos. A ver, que esta orientadora es bastante simpática. Yo creo que no necesitaría usar esa clase de trucos.

—O sea, que es una estafadora —apunto algo molesto.

—En términos estrictos, sí —confirma Noa—. ¿Pero qué quería?

—No estoy seguro. De lo que más hablamos es de Puga. Dice que tiene problemas.

—¿Mentales? —pregunta Guerrero.

—Ni idea. Pero seguramente. Atacarnos con bolígrafos y echar chocolate derretido por encima de una mochila es de personas que están fatal de la cabeza.

—Qué pena, tan joven y tan echado a perder.

Noa y yo nos reímos mucho con esta frase de Guerrero.

—¡Hablas como mi abuela! —le digo.

Me acompañan hasta mi casa porque hoy es miércoles. Los miércoles es el único día de la semana que nos quedamos a comer en el comedor de la escuela. Por las tardes hay música. Luego merendamos juntos, es una tradición. La abuela siempre nos pone algo rico.

—Huele a incendio —comenta Noa.

Pero no le damos demasiada importancia. A veces hay vecinos que queman cosas en sus fincas, aunque esté prohibido. Hasta que nos damos cuenta de que el humo sale de mi casa. Echamos una carrera para llegar antes y encontramos a mi abuela delante de una hoguera. Hay una humareda espectacular y un olor muy intenso, no sabría decir a qué.

—¡Se ha vuelto pirómana! —dice Guerrero.

—Abuela, ¿qué es este fuego? ¿Dónde está mamá? —le pregunto.

—¡Hola, nenos! Qué alegría ver juntos a mis tres salvadores. Tu madre marchó a la oficina y yo estoy quemando unos papeles viejos y este baúl. El cabrón no quiere arder del todo, ya es la tercera vez que le planto fuego. Pero acabo de echarle gasolina. Se la quité al vecino del depósito del tractor —añade bajando la voz.

Noa me da un golpe con el codo.

—¿Nunca robasteis gasolina? —nos pregunta—. Se hace con un tubo. Hay que meterlo en el depósito y chupar, como si fuera una paja de esas de beber la pesicola.

—Abuela, te vas a meter en un lío.

Pero ella no tiene cara de preocupación. Parece de muy buen humor, con su hoguera.

—¡La poli! —exclama Guerrero.

Entra en la finca el coche de mamá y detrás una patrulla, y yo no sé si la están persiguiendo a ella o si ha sido el vecino, que sabe que la abuela le robó la gasolina y los llamó para que viniesen a detenerla. Noa me coge de una mano y Guerrero de la otra. Están sudando. ¿O soy yo? Siento nervios en la barriga otra vez. Como cuando iba camino de hablar con la orientadora, pero más fuerte.

—¡Mamá! —grita mi madre, saliendo del coche a la carrera—. ¿Qué pasa con ese fuego? ¿Qué significa esto? ¿Qué has hecho con los billetes?

La abuela mira a mamá con esa cara que pone cuando está a punto de soltar una burrada de las suyas:

—¿Como que qué he hecho con los billetes? ¡Quemarlos! ¿O es que no tienes ojos en la cara? Total, si no valían para nada, mejor que arda todo. ¡Lume!

—Señora, ¿usted sabe que acaba de quemar pruebas? —le pregunta uno de los policías.

—¿Pruebas de qué? —le suelta la abuela, algo ofendida—. ¿De que se extinguieron las pesetas?

Mamá nos pide por favor que nos metamos en casa. Obedecemos, pero seguimos viendo todo lo que pasa desde la ventana de la cocina, porque algo así no sucede todos los días y porque nos sentimos responsables de la abuela. La conocemos mejor que los adultos. Eso ya quedó demostrado. Desde el interior escuchamos la conversación a medias. Dicen palabras como *ilegal*, *billetes*, *marido*, *irregularidades*, *medidas*, *denuncia* o *desa-*

parición. Ella llega un momento en el que se echa a reír como una descosida, como si alguien acabase de decir algo muy gracioso.

—Tu abuela es la caña, Sebas —murmura Noa.

—Sí que lo es —contesto—. Ojalá no se extinga nunca.

Luz

Julia está enfadada conmigo por lo que hice con los billetes. No hay quien la entienda. Siempre protestando porque acumulo cosas y, para una vez que me decido a hacer limpieza, se pone así. Además, ella misma lo dijo. Me explicó bien clarito que las pesetas ya no se pueden cambiar en el banco, que no valen para nada. Entonces, ¿a qué cona viene el cabreo? Yo tampoco sabía que ella iba a ir a la policía con el cuento de los billetes. Hay que ser parva, esta hija mía de verdad que no sé de dónde salió.

—La pariste tú —me suelta mi madre.

—Es una manera de hablar, no me seas repunanta.

No me gusta la policía. Policía significa problemas. O los que tienes tú o los que te trae alguien. Cuanto más lejos esté, mejor. Esto lo aprendí del Argentino. Me enseñó a bajar la cabeza cada vez que nos cruzábamos con un poli. «No les sostengas nunca la mirada, tienes que pasar desapercibida, hacer como que no te inmutas», me repetía. Yo vivía con el miedo a que lo llevaran preso metido dentro del cuerpo. Qué mal lo pasaba.

—Estás mintiendo. —Mi madre no me deja en paz. Hoy tiene gana de fiesta.

—¡Tú qué sabrás!

—Estás mintiendo como una cosaca.

—E dalle outra volta, Mari Pepa. Mira que eres pesada.

—Estás engañándote a ti misma. Tú y yo sabemos bien que estabas deseando que metieran a tu marido en el caldero. No te daba más que problemas, encadenabas un disgusto con otro. Pensaste muchas veces en la posibilidad de delatarlo. Para ti sería un alivio que lo pusiesen a la sombra.

—También una vergüenza.

—Bueno, mujer, bueno. Vergüenza también eran otras cosas y bien que apandaste.

¿Esta mujer no se va a callar nunca? Tiene cuerda para todo el barrio. No aguanto todo este ruido. Necesito silencio dentro de mi cabeza.

—Pues vas apañada —me advierte—. Yo de aquí no tengo pensado marcharme.

Voy a ignorarla. A ver si a fuerza de hablar sola se cansa y me deja tranquila de una santa vez.

—Tengo derecho a opinar sobre todo lo que me pete —continúa—. ¿Quién eres tú para mandarme callar? Soy tu madre, alguna autoridad tendré sobre ti. Estar muerta es un detalle sin importancia.

Mi cabeza es mía y ella la ocupa sin permiso. Hay días en los que me parece bien que hable conmigo. Sobre todo, antes de que llegaran Julia y Sebas. Me sentía sola y ella me hacía mucha compañía. Pero ahora está desbocada y yo necesito que se calle la boca, porque tengo problemas y no me ayuda una voz llevándome la contraria a cada cosa que digo. Eso me produce estrés.

—Qué exagerada, problemas eran los que tenías antes. Esto de ahora es un paseo. Vas de culo si piensas que te voy a dar la razón a todo lo que dices.

A mí como si dice misa. No pienso hacerle puto caso. Voy a concentrarme en otra cosa para distraerme. En mi cuarto, además del achante debajo del colchón, tengo otro lugar donde guardo cosas importantes. Hay dos tablas en el suelo que se pueden desmontar. Debajo hay un compartimento donde escondo algunos cuartos, joyas y el cuaderno donde anotaba cosas el Argentino en su época dorada. Julia me preguntó por él cuando vino de hablar con Lola, la del bar, y me hice la sueca. Fingí que no tenía ni idea de lo que me estaba hablando. No se me da mal del todo hacer teatro. Sé que a Julia le gustaría mucho tenerlo. De hecho, por un momento pensé en dárselo. Pero al final decidí quemarlo, junto con los billetes que ya no sirven para nada. ¡Y qué bien hice! Ahí estuve fina. La de cosas que escribió allí el malnacido de mi marido. Había muchas fechas, lugares, nombres y cantidades. También algunos planos dibujados por él. Me da la risa recordando las palabras que usaban para hablar de la droga. La heroína eran *cochinillos*. La cocaína, *percebes*. La cosa esa que se fuma, *nécoras*. Hacían eso porque la heroína llegaba en coche desde Madrid y las otras drogas entraban por el mar, como los pescados: descarga de quinientos kilos de percebes en Vilagarcía. Mil kilos de nécoras en Vilanova. Recoger una partida de cochinillos en Portugal. Por eso, ahora, cuando escucho que alguien va a comer una mariscada, siempre pienso que se va a drogar. El nombre de Lucifer estaba anotado en infinidad de páginas. También había otros. Docenas de ellos. Algunos salieron en la televisión, como si fueran famosos. Pero de eso hace siglos. No sé a quién le podría interesar esto después de tantos años, pero si Julia me preguntó por ese cuaderno es por algo. Por eso lo quemé. Qué obsesión le entró con desenterrar cosas del pasado. Desde que llegó de Madrid no para de romperme la cabeza con su padre. Esto va a acabar mal.

—¿Estás nerviosa o qué? —me pregunta mi madre.

Yo como si oyera llover. Finjo estar sorda. Me gustaría también frenar todas estas imágenes que me vienen a la cabeza sin cesar. Me acuerdo de aquellos sucesos que me estropearon la vida y la cabeza y me entra el frío. En realidad, el error fue tan solo uno: casarme con el Argentino. No fue el único mozo que me pretendió, recuerdo a otro bastante formal que era panadero, y a aquel con pinta de simplón que acabó casándose con Avelina, la de las piernas torcidas. Escogí muy mal.

—Porque quisiste, porque yo mira que te lo avisé. Nunca me pareció trigo limpio. Los hombres que llevan anillos en el dedo meñique no son de fiar.

Luego pasó todo lo que pasó. Empezó a meterse en esos negocios sucios y vinieron las calamidades todas, una detrás de otra. El perro que nos mataron y nos dejaron en la puerta de casa con una bolsa atada alrededor de la cabeza, aquel hombre que me amenazó por la calle... Era un gigante, debía de medir dos metros y tenía un bandullo descomunal. Yo acababa de salir del supermercado y llevaba a Julia de la mano, la pobre no debía de tener más de cinco años. Menos mal que no se acuerda. Nunca lo mencionó y eso me da cierta tranquilidad. El fulano me agarró por el pescuezo, me empujó contra una pared y sacó una navaja. Sudaba como un porco. Me dijo que si el Rápido no le pagaba lo que le debía, las consecuencias íbamos a sufrirlas la niña y yo en nuestras carnes. El gigante apareció muerto dos días después, con las manos quemadas y la boca cosida. Ni siquiera llegué a saber cuántos cuartos le debía mi marido. Eso nunca me lo contó. Lo que sí puedo asegurar es que andaba con gente muy peligrosa que hacía barbaridades con los traidores y los delatores.

—Pues, entonces, menuda harían contigo si llegan a saber la que armaste.

Habla lo que quieras, tralaralalaralarí. Predícame cura, predícame fraile, que por este oído me entra y por el otro me sale. Mi marido me contaba muchas barrabasadas. Como lo de aquel hombre al que le cortaron la lengua con una tijera de podar por hablar de más. A otro lo dejaron paralítico de una paliza. Hubo uno que apareció en un congelador, colgado del pescuezo como una res. Creo que me contaba todo aquello para tenerme muerta de miedo y que no me fuera de la lengua ni me marchase de casa. Y vaya si lo consiguió. Yo no me atrevía a llevarle la contraria, nunca, jamás.

—Ya estás mintiendo otra vez como una cosaca.

No tengo por qué soportar esto. Una difunta no puede tener este poder. El cura que daba misa en la parroquia de aquí al lado ahora tiene un cargo importante. Lo ascendieron y aprendió a hacer exorcismos. Como mi madre siga por ese camino, me planto allí como me llamo Animaliña y le pido cita para extirpármela de dentro de la cabeza igual que hicieron con las piedras de la vesícula de mi marido. Ah, carallo, ahora no dices nada. Eso te dio respeto. Que faltiña me hace este silencio. Así, así. Un poco de paz para poder dejar la mente en blanco.

—La paz llegará cuando te mueras. Eso si tienes suerte, claro. Mírame a mí. Que ni después de muerta puedo descansar.

Quiero que me apaguen. Que le den al interruptor

y me desconecten la cabeza. Cuánto me duele por aquí, por la frente y por las sienes. Va a estouparme el cerebelo.

—Pues avisa antes, para estar preparada. No vaya a ser que salga disparada de tu cabeza como un cohete y me esnafre contra el techo.

—¡Cala dunha santa vez!

—No me sale de dentro.

—Si no te callas por las buenas, voy a hacerte callar yo por las malas.

—Ay, ¿sí? ¿Y qué vas a hacer, rebanarte el pescuezo? No soy una cosa de poner y quitar. Como las chaquetas, los pantalones, las blusas los jerséis las medias las bragas las pantuflas patucos zapatillas zapatos de diario zapatos de fiesta zapatos de boda zapatos de claqué zapatos de charol zapatos de lluvia...

No pienso seguir aturando esto ni un minuto más. Me levanto de la cama decidida a ir a la cocina a ponerle solución. Cuánto me duele la cabeza, de verdad que no puedo más. Mi madre no se da por vencida. Mientras bajo las escaleras, aprovecha para soltar de todo por esa boca negra que tiene:

—Eres una mentirosa y una pobre miserable que tiene un nieto agoniado de todas las mierdas que le cuentas y una hija divorciada que va a acabar como tú, porque hay cosas que se llevan en las células y se transmiten de madre a hija, y la locura es una de ellas, y el mal agüero, otra, y mal rayo te parta. Mereces todo lo que te está pasando.

—Estás siendo una mala bicha. Yo solo quería que Julia tuviera una vida en condiciones. Por eso la alejé de todo este veneno que nos rodeaba, ¿o qué te piensas? Tuve que sacarla adelante yo sola. Sin marido. ¿Tú sabes lo que es eso?

—Fue mejor que tu marido se marchara, Animaliña.

—Eso bien lo sé yo.

Igual piensa que me voy a ablandar ahora solo porque me dice una frase decente, luego de toda la mierda que me lleva soltado. Pues de eso nada. Conozco sus trucos y sé que cuando tiene el día atravesado no para hasta desesperarme. Quiere hacerme llorar y que pierda los nervios. No sería la primera vez. En la cocina cojo un paño y lo meto debajo del grifo hasta emparlo bien. Después lo escurro y voy enroscándolo alrededor de sí mismo haciendo un círculo. Lo pongo en la cabeza. Luego coloco encima una olla de las de cocer la verdura. Saco el martillo del bolsillo del delantal y empiezo a golpes contra la pota.

—¡Habla ahora! —le grito a mi madre, subiendo mi voz por encima de los golpes—. ¡Habla, cucurucho, que no te escucho!

¡Bim, bam, bum! El martillo chocando contra el metal hace un escándalo que nin Dios. Estoy montando un follón que ni los fuegos de la procesión del Cristo de la Victoria. ¡Bim, bam, bum! Mira que caladiña está ahora. Parece un morto. Esto es una advertencia. A la próxima voy a hablar con el cura de los exorcismos para que me la extirpe de dentro. ¡Bim, bam, bum! Le doy hostias como mundos y consigo que se calle.

—¡Mamá! —grita Julia, que acaba de entrar en la cocina como una centella.

Supongo que dice *mamá*, porque con este ruido no se le entiende nada. Pero sí que le leo los labios. Yo sigo con mi cometido: ¡Bim, bam, bum! Julia me grita, pero no me detengo. Yo solo quiero silencio. Necesito paz. Ya sé que lo dije antes, pero es que es una realidad y necesito que se comprenda. Necesito paz, necesito paz, necesito paz. Entra Sebas en la cocina. Parece asustado. ¡Bim, bam, bum! Julia me arranca el martillo de la mano. Los dos, madre e hijo, me miran con pena. Tengo ganas de llorar al verlos así, con la expresión desencajada.

—¡Estás loca! —me acusa mi madre.

Mi hija, no. Mi hija no dice nada con la boca, pero me dice todo con los ojos y a veces el silencio es lo que más duele. Siento las lágrimas resbalando por mis mejillas, como cuando era una niña y el profesor me ponía orejas de burra. O como cuando vivía con el Argentino y todo era una tragedia tras otra. No había manera de detener tantas calamidades. Tal vez mi madre lleve razón y esto sea una condena porque tengo dentro el mal agüero. Como Claudia. Cuánto la echo de menos. ¿Por qué tú nunca me hablas, Claudia? Pero nadie contesta.

Julia

Esta tarde llega Pablo de Madrid. Me pone muy tensa el hecho de volver a verlo. Ninguno de los dos ha sacado el tema de tener una conversación. Vendrá a casa, recogerá a Sebas y pasarán juntos el fin de semana. En realidad, siendo franca conmigo misma, no hay nada de que hablar. Cuando tenía que darme una explicación, no lo hizo. Todo lo que me pudiese decir a estas alturas llegaría demasiado tarde, y no sé para qué servirían los reproches ahora que todo está roto. En las últimas semanas han pasado tantas cosas que es como si la separación hubiese sucedido hace años. Estoy mejor. Ya no lloro por todo, pero es que tengo la cabeza tan ocupada que por fin he conseguido romper aquella espiral en la que estaba atrapada. En el fondo, me ha venido bien empezar a descubrir cosas que no sabía sobre mi padre, aunque sean dolorosas. Quiero conocer la verdad.

He quedado con el antiguo comisario y con el subinspector Fuentes en una cafetería que suele tener mucho movimiento. Está frente a la comisaría. El subinspector me dejó caer que era una charla informal. He venido dando un paseo desde la redacción. Caminar me ayuda a poner las ideas en orden y, sobre todo, a tranquilizarme. Cuando abro la puerta del local, el olor a frito me da de lleno en el rostro. No me resulta desagradable, siempre me ha gustado esa mezcla del olor a churros, tortilla y café con el alboroto de las conversaciones cruzadas. Todo eso es el corazón de las cafeterías: puertas que se abren, gente que entra y sale, alguien que se impacienta y golpea el mostrador con una moneda, un vaso que cae y se rompe. Los dos hombres me esperan en una especie de pequeño reservado que hay al fondo del local. Pido un café en la barra antes de reunirme con ellos. Melchor se levanta y me estrecha la mano. Tiene el pelo todo blanco y se ve que está cómodo hablando con el subinspector.

—Tenía ganas de conocerla, Julia. Estoy al tanto de su trayectoria como periodista.

No sé si lo dice en serio o si es el típico comentario para quedar bien, pero agradezco su amabilidad.

—Le he explicado a Melchor todo lo que me contó sobre su padre —interviene el subinspector, centrando la conversación—. También lo he puesto al tanto del incidente en su casa con los noventa y siete millones.

—Su madre no se anda con tonterías —comenta el comisario—. Le plantó fuego a todo, debe de ser de armas tomar.

—Si no llego a rescatar el fajo de billetes que saqué del baúl para llevar a la comisaría, no habría ninguna prueba de la existencia de ese dinero. Mi madre es una mujer de carácter y bastante impulsiva. Eso sumado a algún tipo de problema mental.

—¿Qué enfermedad padece? —me pregunta el subinspector.

—No lo sé. Le diagnosticaron esquizofrenia hace muchos años, después de estar rebotando de médico en médico. La medicación le hacía más mal que bien y acabó abandonándola. Con el tiempo supimos que no tenía esquizofrenia. Intenté muchas veces que empezara de nuevo el proceso para conseguir un diagnóstico, pero resultó imposible.

—Entiendo que ella no quiere —apunta el subinspector.

—Se cierra en banda. Hace unas semanas le dio un ictus. Uno de los médicos que la trató adelantó una cita que tenía con el geriatra porque vio indicios claros de enfermedad mental. Pero, a estas alturas, me temo que ya se le está juntando el problema que arrastra con otros asociados a la edad.

—¿Desde cuándo recuerda conductas extrañas en su madre? —me pregunta el comisario.

Intento hacer memoria. La verdad es que nunca me había hecho esa pregunta, que ahora mismo parece tan obvia.

—Desde siempre, supongo. Pero es que mi padre desapareció cuando yo era una niña. De adolescente lo que pensaba era que mi madre tenía una depresión.

—Y seguramente así era —apunta Melchor—. Eso sin olvidar que estuvo casada con la mano derecha de un narcotraficante. La vida no se lo ha puesto fácil.

—Nada fácil. Los negocios de mi padre tuvieron que afectarla a la fuerza. Fuera o no una depresión, se acentuó cuando yo me marché a estudiar a Madrid. Cada vez que volvía de visita la notaba más ida, más irascible, más hermética. Tuvo alguna crisis fuerte. En una ocasión recibí una llamada de una amiga suya de toda la vida. Me avisó de que se había tirado encima de un coche.

—¿Intento de suicidio? —pregunta el subinspector.

—Va a sonarles raro, pero no estoy segura. Estuvo ingresada cinco días en la planta de psiquiatría y no lograron sacarle una sola palabra. No llegó a admitir que se había tirado a propósito encima del coche, pero tanto el conductor como un par de personas que presenciaron lo que sucedió aseguraron que sí. A una hermana suya le pasó algo parecido hace años. Murió atropellada y nunca se llegó a saber si había sido accidental o un suicidio. He llegado a pensar que mi madre trató de replicar esa conducta.

—Con ese perfil, interrogar a su madre parece complicado —apunta el subinspector.

—Pueden intentarlo, pero ya les advierto de que yo llevo interrogándola toda la vida, y de forma bastante intensa en los últimos meses, y apenas he logrado sacar nada en claro. Todo lo que sé es que mi padre desapareció en el año mil novecientos ochenta y siete, que tenía negocios con Rincón, alias Lucifer, y que dejó en casa cien millones de pesetas. Cada vez veo más improbable la versión de que rehiciese su vida en Argentina. A mi padre lo mataron por ese dinero que quemó mi madre.

—Parece muy segura de lo que dice, para las pocas pruebas que tiene —deja caer el comisario.

No me lo dice de malas maneras, pero me pongo alerta. Tal vez intuya que sé más de lo que cuento. Mi intención era evitar la conversación que he tenido con la señora Lola y su hijo en el Bar Seco. No me gustaría meterlos en esto, pero no sé si lo lograré.

—No hay que ser muy lista, es sumar dos más dos. Ese dinero ha tenido que salir de algún sitio. Mi madre dijo que mi padre guardaba una bolsa con otros cien millones en su coche. Que dejó la mitad en casa y luego se marchó. Aparece con todo ese dinero y luego se va misteriosamente. La única explicación con cierta lógica que se me ocurre es que lo hubiese robado.

—En eso no se equivoca —confirma el comisario—. Sabemos que su padre traicionó a Rincón. Esa línea de investigación la seguimos en su día.

—¿Y usted qué piensa de su desaparición? —le pregunto.

—Los colombianos eran expertos en hacer desaparecer cadáveres. Hace unos diez años, durante unas excavaciones en el monte, salió a la luz el cuerpo de un hombre que llevaba enterrado más de una década. Fueron condenados por asesinato dos tipos que trabajaban para Rincón, pero no se logró demostrar la implicación directa de él. Hay otras cinco personas que en esa época tenían negocios con Lucifer a las que parece que se las haya tragado la tierra. Sus familiares denunciaron las desapariciones. Nunca conseguimos encontrarlas, y puedo asegurarle que pusimos muchos medios y también mucho empeño. Yo me lo tomé como algo personal.

Bebe un sorbo de café, como si necesitase una pausa, y luego sigue con su relato:

—No sucedió lo mismo con Carlos Gil, el dueño del Bar Seco. Estuvimos tres días sin tener noticias. Al cuarto, un hombre encontró su cadáver en el monte, y le aseguro que no fue una experiencia agradable. Su cuerpo era el de alguien que había sido torturado. Voy a ahorrarle los detalles. Ese era el *modus operandi* que tenían con los traidores. Esos cadáveres eran una advertencia para el resto de los colaboradores y una manera de ganarse el respeto de otros narcos.

—¿Quiere decir que el cadáver de mi padre tendría que haber aparecido?

—Siguiendo la lógica de su manera de proceder, sí. Les gusta exhibir sus crímenes. Pero tenga en cuenta que esa gente era irracional. Y lo sigue siendo. Lucifer es sospechoso de un homicidio dentro de la prisión. Él es el que tiene las respuestas.

—¿Cree que sería una buena idea ir a hacerle una visita? —pregunto, sin pensarlo demasiado.

—No, no lo es —contesta rápidamente el subinspector, que lleva un buen rato en silencio, escuchando a Melchor—. Me parece hasta ridículo verbalizarlo: es un hombre peligroso, con contactos fuera de la cárcel. Hay sospechas de que sigue dirigiendo descargas desde allí. No es recomendable acercarse a él, y menos aún hacerle preguntas incómodas.

—Además, no es de los que dan información a cambio de nada —añade el comisario—. Su visita no sería gratuita.

—Depende del ego que tenga ese hombre —contesto yo—. Hay gente que mataría porque le dedicasen una entrevista. ¿No podríamos intentarlo por ahí? Venderle que tiene la oportunidad de hablar delante de una cámara con total libertad. Una de las secciones de más éxito de mi periódico es la de entrevistas. Algunas pasan de las cien mil visualizaciones. La nómina de entrevistados es para tener en cuenta, han accedido a ponerse delante de las cámaras personas muy importantes de este país, desde políticos a jueces o empresarios. Piénsenlo. Tal vez podamos conseguir alguna información que me lleve a esclarecer qué pasó con mi padre.

Los dos hombres guardan silencio.

—Por supuesto, yo no revelaría mi identidad —continúo—. Acudiría en calidad de periodista. Ustedes pueden ayudarme a elaborar un guion con las preguntas adecuadas. Tendría que consultarlo con mi jefe, pero estoy segura de que le parecería una buena idea. Esa entrevista es una bomba. Los periódicos se pelearían por tener un material así.

—Creo que no ha comprendido quién es Rincón —dice el comisario—. El apodo de Lucifer no es porque sí. Les ha plantado fuego a casas, coches, personas.

—Sé con quién estamos tratando y conozco las barbaridades que ha hecho ese hombre, pero yo llevo treinta y cinco años preguntándome qué ha sido de mi padre y no quiero seguir especulando. Necesito saber qué le pasó. Si hay una pequeña oportunidad de conseguir una respuesta, no pienso desaprovecharla. Además, no se trata de tener un enfrentamiento con Rincón. No lo voy a atacar ni nada que se le parezca, no estoy tan loca. Sería una charla distendida, en tono amable. ¿Que intentaría llevarlo por donde me interesa? Correcto. Cosa distinta es que lo consiga.

—Habría que hablar con el director de la prisión —apunta el subinspector, mirando a los ojos al comisario.

—No solo eso. Son muchos los hilos que hay que mover: el periódico, la prisión, la propia comisaría. Y Rincón tiene que aceptar. Pero la cuestión no es esa. La cuestión es: ¿tiene sentido esa entrevista? ¿Va a servirnos para sacar algo?

—Eso no lo sabremos hasta que lo llevemos a cabo —intervengo yo—. Piénsenlo, nunca se ha dado una oportunidad como esta. ¿Por qué delitos está cumpliendo condena?

—Delito contra la salud pública por posesión y tráfico de drogas y por blanqueo de capitales —contesta Melchor—. Todavía le quedan por cumplir siete años. Eso sin tener en cuenta la causa que hay abierta por el presunto homicidio cometido en prisión. Si prospera, puede caerle otro lote.

—¿Pero cuántos años tiene ese hombre? —pregunto.

—Setenta y cinco. Pero la edad no es un problema para los señores de la droga. Hay algunos de casi noventa que siguen en activo. No conocen otra manera de vivir. Tan pronto salen de prisión, vuelven a reincidir, bien moviendo droga o bien intentando limpiar el dinero que ganaron de manera ilegal durante décadas. Funcionan como clanes, tienen estructuras familiares muy asentadas. Transmiten el oficio de generación en generación.

—Y ustedes se pasan la vida detrás de ellos —comento.

—Más o menos, así es —contesta Melchor—. Cuando llevas mucho tiempo estrechando el cerco a su alrededor es inevitable tomarlo como algo personal. Acabas conociéndolos a un nivel muy profundo. Escuché tantas conversaciones telefónicas, algunas de ellas muy íntimas, que llegó un momento en el que tenía la sensación de que formaban parte de mi vida. Y, de todo, lo que más me impresionó no fueron los crímenes ni los riesgos que asumían con su actividad. Lo que más me impresionó fue saber que no estaban vacíos por dentro.

El subinspector y yo guardamos silencio, esperando a que continúe. Yo no entiendo adónde quiere llegar.

—Quieren a sus familias. Algunos tenían auténtica adoración por sus mujeres y sus hijos. Me costó mucho asumir esto. Supongo que porque es más sencillo meter en prisión a alguien absolutamente deshumanizado. Lo que hacen es despreciable, no tienen contemplaciones a la hora de torturar o matar. Pero aman, odian y sufren. Como cualquiera de nosotros.

El comisario termina el café y se queda unos segundos con la mirada perdida en el interior de la taza, como si buscase algo allí dentro. Imagino que durante los años como comisario tuvo que ver de todo. Eso pasa factura. Es imposible salir ileso.

—Valoraremos su propuesta de ir a prisión a grabar esa entrevista —dice el subinspector—. Y también es probable que interroguemos a su madre. Aun teniendo en cuenta que no está demasiado dispuesta a colaborar.

—Eso es una manera suave de decirlo —le contesto—. Gracias por todo. Sé lo difícil que va a ser localizar a mi padre. Pero, por lo menos, me quedaré tranquila sabiendo que hice todo lo que estaba en mi mano.

—Disculpe que le haga esta pregunta tan personal —apunta Melchor—. No tiene que contestar si no quiere. Es una curiosidad que me ha venido a la cabeza durante esta conversación. ¿Ha pensado usted en lo que haría en el caso de que estuviera vivo? ¿Qué le diría?

Me estremezco. Lo cierto es que no. No me he hecho esa pregunta en ningún momento. Supongo que tengo tan interiorizado que está muerto que no he necesitado ir más allá. En ese momento me formulo en silencio otra pregunta: ¿de verdad quiero que esté vivo?

—No tengo la menor idea —le digo al comisario.

Me he obsesionado tanto con encontrarlo que ni siquiera me he parado a pensar en algo tan básico como eso. Durante un segundo cruza por mi mente la posibilidad de que quizás no sea tan buena idea encontrarlo, pero bloqueo ese pensamiento. Soy una persona obstinada. Cuando se me mete algo en la cabeza, no puedo parar hasta llegar al final. Les deseo un buen día y me levanto de la silla. Cuando doy tres pasos, Melchor pronuncia mi nombre. Yo me doy media vuelta y lo miro a los ojos.

—Es usted una valiente.

Como no sé qué contestarle, me limito a esbozar una sonrisa. Él me la devuelve, y parece sincero.

Luz

Morro por un pito. Me quedé sin tabaco y ya ni colillas encuentro para aprovechar. Busqué cigarrillos por todas partes, porque tengo varios achantes donde voy guardando munición para los casos de necesidad como este. Pero no encontré ninguno: ni en la funda de la almohada, ni dentro de unas medias que tengo llenas de carreras y que uso para guardar cosas, ni tampoco dentro del bote del detergente. Estoy a cero. Veo las plantas de mi jardín y me entran todavía más ganas de fumar. Hay tantas hierbas que ya casi no se ven. Y encima se están secando. Eso me pone enferma. Mi hija dice que les entró una peste, pero yo sé que es cosa del vecino. Está quemándomelas con gasolina. Julia está metida en su cuarto dándole a las teclas del ordenador, téquele-téquele-téquele, y Sebas está aquí, en el jardín, latricando con sus amigos de cosas que yo no entiendo. Antes puse la oreja y no conseguí saber de quién hablaban. Dicen nombres muy raros, deben ser de esos muñecos que ven en la televisión. Yo creo que está un poco nervioso porque esta tarde viene su padre a recogerlo. Julia le preparó una maleta con ropa. A mí me parece bien que se vaya con él un par de días, porque sé que tiene muchas ganas de verlo y no está bien crecer sin padre, como le pasó a mi hija. Luego se quedan traumatizados de la cabeza. Que me lo digan a mí, que lo he vivido con Julia. Me parece bien que se vaya, pero voy a echarlo de menos. Esta casa sin él es una nevera.

—¡Nenos! —llamo por ellos porque acabo de tener una idea que nin diola.

—¡Ni se te ocurra proponerle eso al chico, mala bicha! —me advierte mi madre.

—¿Quién te mandó tocar aquí la gaita? —le espeto yo—. Estabas más guapa callada.

Desde la última discusión que tuvimos no le paso una. Es como una de esas personas que se meten en los pisos que están vacíos y no hay manera de echarlas ni con agua caliente. Solo que el piso es mi cabeza. ¿Cómo se llaman? Ocupantas. Eso es mi madre, una ocupanta.

Sebas y sus amigos vienen corriendo a junta de mí. Guerrero está cada vez más grande, como siga ganando peso va a estoupar. Menuda mole.

—Hola, abuela de Sebas. ¿Podemos ver tu martillo? —me pregunta él, todo curriño. Me cae muy bien, las cosas como son.

—Ver sí, pero tocar no —lo pongo sobre aviso, sacando mi arma del bolsillo de la bata—. Estás más flaco, ¿verdad?

—Qué va, peso casi tanto como Thanos.

—¿Y ese quién es?

—Uno de tus enemigos, abuela —me dice Sebas.

—No les haga caso —interviene la niña, que es la que tiene más sentido de los tres—. Estos alucinan.

—No alucinamos nada —protesta Guerrero—. Thanos es todavía más peligroso que el Carnicero. Tiene un guante poderosísimo donde va colocando las gemas del infinito.

—Un guante también tengo yo para agarrar las ollas que meto en el horno.

—Pero el de Thanos es un guantelete destructivo.

—Anda, ¡como mi martillo!

No contestan, se quedan los tres callados, mirando unos para los otros.

—Ya que os gusta hablar de enemigos, tengo uno que me cae bastante mal aquí pegado —les digo, señalando la casa del vecino y bajando un chisco la voz, por si hay alguien poniendo la oreja.

—¿Por qué os lleváis mal? —quiere saber Sebas.

—Porque es imbécil profundo de nacimiento.

—Como Diego Puga —opina Noa.

—La imbecilidad profunda no tiene cura —les explico—. No es peligroso, este es de los que pierden la fuerza toda por la boca. Pero él tiene algo que yo necesito y no tengo forma de conseguir.

—¿El qué? —pregunta Guerrero.

—Un paquete de tabaco. —Guardo silencio un momento antes de continuar con mi plan—. ¿Veis esa caseta verde? Ahí hace sus cosas de carpintero el gilipollas ese mientras fuma como una chimenea. Achanta cartones enteros de tabaco, que lo juné varias veces. ¡Lo que daría yo por un paquete! Que mala me pongo sin poder fumar. No imagináis la necesidad que tengo.

—Mamá dice que no puedes fumar, que te hace daño —me recuerda Sebas.

—También dice que tú no puedes comer chocolate y bien que te lo doy yo a escondidas. Y no cualquier chocolate, chocolate suizo que venden en el ultramarinos ese tan caro que hay en la plaza de las Palmeras.

—Hay que ser ruin para hacerle chantaje de ese calibre al niño —me espeta la difunta dentro de mi cabeza.

Yo paso de ella.

—Tengo tanta necesidad de fumar un pitillo como

tú de comer un trozo de tarta cuando llevas cuatro días a base de bróculi y acelgas —continúo, clavando la mirada en Guerrero.

—Pero nosotros no podemos ir al estanco —me contesta la mole—. A los niños no nos venden tabaco, es un delito. Está prohibido.

—Pero tenéis buenas piernas para saltar ese muro —les sugiero, señalando con el martillo la tapia que separa mi casa de la del imbécil profundo—. Yo de niña tenía que hacer de todo para sobrevivir: entraba en las fincas de los vecinos y me subía a los árboles para apañar fruta. Era eso o pasar un hambre que ni Cristo. Llevé muchos palos en la espalda y eso me curtió.

—Pero no podemos hacer eso, si mamá se entera me mata —murmura Sebas—. Además, no sabemos dónde guarda el tabaco el vecino.

—La caseta es pequeña, no puede ser tan difícil encontrarlo —insisto—. Yo pensaba que erais más echados para adelante.

—Como aventura parece emocionante —reconoce la niña—. Pero si nos pillan, podemos meternos en un problema gordísimo.

—Aquí no va a haber ningún problema, que estoy yo para defenderos y dar la cara. Sois mis salvadores, estoy en deuda con vosotros para toda la vida. Además, los niños de ahora estáis un poco agilipollados. Parece que os tienen metidos en botes de algodón. Yo, de niña, cuando me mandaban a por vino, bebía un cuarto de la botella de camino a casa y luego rellenaba la garrafa con agua. Fumaba puros con una mujer que pescaba fanecas y, de vez en cuando, también le dábamos al aguardiente. Agarrábamos cada cebollón por las mañanas que luego llegaba a casa haciendo eses.

—¿Con cuántos años empezaste a fumar? —me pregunta Sebas.

—Con ocho o nueve, no me acuerdo bien. Llevo toda la vida, para tu madre es muy fácil decir que el tabaco me hace mal. Pues tan mal no me hará cuando estoy a punto de cumplir ochenta años.

Los tres miran para mí con cara de pánfilos.

—A ver, ¿qué? ¿Va a ser para hoy? No es tan difícil. Trepáis por el muro y, zas, ya estáis en la finca del papahostias. Entráis en la caseta, cogéis un paquete y, en un santiamén, estáis de vuelta con el tabaco y hacéis feliz a esta pobre vieja que se muere por un pito.

—¿Y si nos descubre? —dice Sebas.

—No os puede descubrir porque no está en casa —miento yo, como una profesional del embuste que soy—. Lo vi salir hace un ratito, así que tenéis vía libre. Si lo veo cerca, silbo para avisaros. Veña, ¡lume!

Los niños no tienen escapatoria, se lo puse difícil de carallo.

—Porque eres una malparida —me echa en cara la difunta.

—Culpa tuya, que fuiste quien me trajo a este mundo —replico yo.

Los niños suben por el muro para arriba que da gusto verlos. Ojalá tuviera yo esas piernas y esa agilidad. Con la caída en el monte empeoré bastante. Ay, ¡qué rico me va a saber ese cigarrillo! ¡Qué gana tengo de él!

—Así te ahogues —me desea la ruin de mi madre.

Yo la ignoro, como cuando voy a misa y el cura echa la homilía y lee las cartas esas de los Corintios que no hay Dios que descifre. Los niños corren por la finca del vecino en dirección a la caseta. Hay que reconocer que son bien mandados. Unos santiños. Cierro los ojos y dejo que el sol me acaricie el rostro. Qué bien se está aquí. Qué tarde tan agradable quedó. Este jardín es gloria bendita, aunque necesite meterle mano con urgencia. Dentro de nada es primavera, tengo que ir pensando en arrancar todo eso que está seco y plantar flores de temporada. Petunias, jacintos, lirios, geranios, pensamientos... Le pediré a Julia que vaya al vivero y me traiga un poco de todo. Me gusta mucho cuando los jardines explotan en la primavera y todo son colores bonitos debajo de los rayos de sol. Al cabo de unos minutos, unos berridos me joden este momento tan bueno. Es el papahostias del vecino. Me acerco al muro para ver qué cona pasa. Vaya cristo les está montando a mi nieto y sus amigos. Los cogió en las patatas. Los obliga a salir por el portal, en lugar de regresar por el muro. Viene detrás de ellos como un guarda civil. Izquierda, derecha, izquierda, derecha, izquierda, derecha. Agarro el martillo y aprieto fuerte. Como se pase de listo, me oye. Le arreo una hostia que lo dejo seco. Julia sale de casa, alarmada. No me extraña, con el escándalo que está montando el imbécil profundo. Se va a enterar todo el barrio. Pero lo malo no es que salga Julia. Lo malo es que acaba de aparcar delante del portal de mi casa mi yerno que ya no es mi yerno pero a mí no me sale llamarlo de otra manera.

—¿Pero tú sabes la que se va a montar ahora? —me pregunta mi madre—. La de San Quintín.

—Por lo menos pasamos la tarde entretenidas.

—Pues también es verdad.

Pongo cara de no tener ni idea de lo que está sucediendo.

—Mamá, ¿qué pasa? —pregunta Julia—. ¿Qué berridos son esos?

—No sé qué le dio al vecino.

Nos acercamos al portal. El papahostias está echándole un señor responso al padre de Sebas.

—Su hijo y sus amigos entraron en mi propiedad a robar tabaco —le está diciendo—. Que fume yo, que tengo mis años, pues es algo que ya no tiene remedio. Pero que unos niños de esta edad le den al cigarrito es para preocuparse. ¿Qué educación es esa que les dan?

Mi yerno no sabe muy bien qué decir. El pobre lleva semanas sin ver al niño y encuentra este pastel.

—Sebas, ¿es eso cierto? —pregunta Julia.

—Ay, ¡qué disgusto tan grande! —exclamo yo—. Tan noviños e xa metidos no vicio. Y de ahí pasan al marisco, que yo ya lo vi en otros chicos del barrio.

Sebas mira para mí pidiéndome socorro. Me parte el corazón no poder ayudarlo.

—Poder puedes —me dice mi madre.

—¿Tú estás loca o qué? Por nada del mundo reconocería yo delante de ese imbécil profundo que fue idea mía.

—Hace meses que sé que alguien entra en mi caseta a robar tabaco —canta el papahostias como un gorrión—. Lo que no imaginaba era que los ladrones fueran unos niños.

—Niños fumadores, ¡qué vergüenza! —añado yo, cubriéndome la cara con las manos como si estuviese a punto de echarme a llorar.

Los pobres se quedan mudos, no se atreven a decir ni pío. Y más me vale, porque como me delaten voy a tener que representar el papelón de mi vida. Julia se disculpa con el vecino y le promete que no va a volver a suceder. Pero sí que va a volver a suceder porque yo pienso seguir abasteciéndome. Es mi vicio y tengo derecho a seguir manteniéndolo. El que era mi yerno abraza a Sebas y le da un beso en la frente. Yo me marcho porque no estoy para dramas. Me siento de nuevo al sol, delante de mi jardín esmirriado, y veo desde lejos el final de la escena. Julia entra a coger la maleta del niño. Estoy pendiente, a ver si Sebas me viene a dar un beso o si por lo menos me dice adiós con la mano desde lejos antes de meterse en el coche de su padre, pero no lo hace. Ni una cosa ni la otra.

—Está enfadado contigo —me dice mi madre, como si inventara la pólvora. Es una espabilada de cojones.

—Eso ya lo sé yo, no me vengas de lista que te arreo un sopapo.

Entonces echo la mano al bolsillo del delantal y encuentro un cigarrillo. No sabía que estaba ahí, ¡qué alegría! Lo prendo y hago rosquillas de humo, como cuando era niña y aprendí estos trucos con la mujer aquella que pescaba fanecas en el pantalán. Aquello sí era vida y no la de ahora. Lo que hay que hacer para conseguir un cigarrillo.

Sebas

—Papá, yo no fumo.

Mi padre me ha dado un beso en la frente antes de entrar en el coche y un abrazo grande, y ahora estamos sentados en uno de nuestros sitios favoritos, que es el puerto. Ha traído cañas de pescar nuevas y una cesta para meter los pescados. Hay un barco grandísimo que se llama *Mafalda IV* y todo huele a algas. Me encanta ir a pescar con él, tanto como pescar con Guerrero y Noa, aunque es un poco distinto. Hoy me gusta más estar con papá, porque llevo bastante tiempo sin verlo y lo echaba tanto de menos que me dolía por dentro.

—Entonces, si no fumas, ¿por qué habéis entrado a escondidas en casa de ese hombre? ¿Fuma alguno de tus amigos?

No me hace las preguntas enfadado. Parece contento de estar conmigo. Yo también lo estoy, pero triste al mismo tiempo por todo lo que ha pasado. En el coche lloré mucho. No quería, pero se me escapaban las lágrimas, no podía controlarlas. A veces me pasa.

—Los niños no fumamos. Está prohibido. No como antes, que sí fumaban. Fue la abuela Luz, que nos dijo que necesitaba el tabaco tanto como Guerrero necesita pastel cuando lleva muchos días comiendo acelgas por la dieta contra la obesidad. Mi amigo Guerrero está librando una batalla contra la gordura, esto ya te lo conté algún día.

—¿La abuela Luz fuma?

—Mogollón, y esconde las colillas en las macetas. También planta su medicación en la huerta, porque piensa que va a nacer un seto con aspirinas y pastillas para la tensión. Así ya no tiene que ir a la farmacia. No le gustan las farmacéuticas. Dice que son ruines y *pendancas*, que no sé lo que significa porque ella no me lo quiso decir y esa palabra no está en el diccionario. Nos pidió que saltáramos el muro y cogiéramos el tabaco del vecino en la caseta donde hace sus cosas de carpintero.

No estoy muy seguro de si hago bien acusando a la abuela. Pero si no digo la verdad y la protejo, mamá y papá van a pensar que soy un niño fumador, y eso no está nada bien. Además, las palabras me salen solas. Como las lágrimas en el coche de papá.

—Tú sabes que está mal entrar en casa de los demás sin permiso, ¿verdad?

—Claro que lo sé, tengo diez años. Pero la abuela necesitaba fumar y dijo que no pasaba nada y que está en deuda con nosotros porque la rescatamos en el monte. Ahora tiene dos deudas. La deuda del día del Carnicero y la deuda del tabaco, que vale doble porque nos dijo una cosa que no era verdad.

—¿A qué te refieres?

—Prometió que nos defendería si nos pillaban entrando en casa del vecino, y no era verdad. Cuando apareció el vecino se hizo la sorprendida, como si no supiese nada.

—Entiendo —contesta papá, bastante serio—. ¿Estás enfadado con la abuela?

—Sí. Siempre dice mentiras. Pero luego no se acuerda. Entonces ya no sé si puedo estar enfadado o no.

Papá saca una lata llena de lombrices. Las compramos en un puesto que se llama El bicho donde venden cosas para pescar. A mí de pequeño me gustaba ir a la playa a buscar lombrices para luego usarlas de cebo. Son fáciles de coger, hay que buscar en la orilla del mar unos montículos en los que hay espaguetis de arena. Ahí debajo viven las lombrices. Tienes que llevar una pala y hacer un agujero justo donde están los espaguetis. Una vez, yendo a por cebo, levanté una piedra y debajo había una serpiente negra. Me llevé semejante susto que solté el pedrusco y creo que la aplasté. Luego papá me explicó que aquello no era una serpiente, que en todo caso sería una anguila, y yo me disgusté por haberla matado de esa manera.

—Toma, dale de comer a tu anzuelo —me dice papá, pasándome uno de los bichos.

Hay que esperar a que la lombriz abra la boca y, entonces, le metes el anzuelo. Luego vas empujando el bicho con los dedos índice y pulgar hasta que todo el anzuelo queda cubierto por ella. Al principio, cuando era pequeño, me daba asco y pena, porque pensaba que les dolía. Pero no les duele nada.

—La abuela Luz siempre ha sido especial —me dice papá. Aunque eso ya lo sé—. Cuando yo la conocí guardaba en el cuarto de baño un tarro de cristal con piedras de la vesícula de su marido.

—¿Qué es una vesícula?

—Un órgano que está aquí —me explica, señalando un lateral de su estómago.

—¿Y ahí nacen piedras?

—Sí, y en los riñones también. Pasa a veces. Pero

nadie las conserva. Imagina que te quitan las amígdalas. ¿Cómo se las pedirías al doctor? «Disculpe, doctor —continúa papá, poniendo una voz divertida—, ¿puede ponerme las amígdalas para llevar?»

—¡Como si fuese pizza en un restaurante!

—Exacto. Igual que si fuese pizza.

Papá me ayuda a lanzar la caña. Me encanta cómo silba la tanza cuando va por el aire, camino del mar. Luego hay que dar un tirón hacia arriba, recoger carrete y esperar. A veces unos pocos minutos y otras veces muchos minutos. Depende del hambre que tengan los peces.

—¿Qué es eso del día del Carnicero que me contaste antes? —quiere saber papá.

—Eso fue cuando nos escapamos de casa de Noa y encontramos a la abuela en el monte y vino el helicóptero a rescatarla. Fue a casa del Carnicero a amenazarlo con su martillo. Mamá no me hizo caso. Yo le dije que la abuela había ido a visitar a ese hombre porque son enemigos, pero nada. Así que pensé un plan para ir a buscarla con mis amigos, porque tenía miedo de que el Carnicero la matase. Es muy peligroso. Menos mal que la abuela tiene el martillo. Nunca se separa de él, ni siquiera cuando duerme. Lo mete debajo de la almohada, por si alguien la ataca en medio de la noche. Por el día lo mete en el bolsillo de sus batas y de sus delantales. Ha tenido que reforzarlos para que no revienten las costuras.

—¿Pero qué pasa con ese martillo para tenerle tanto apego, es de oro o qué?

A eso sí que no puedo contestar, porque si le digo que la abuela es Thor no me va a creer.

—¿Tú sabes quién es Thor? —le pregunto.

—Pues claro, el Dios del trueno. Hijo de Odín.

Buah, flipo. No sabía que papá tuviese esta información.

—De pequeño me gustaba mucho leer sus historias —me cuenta, mientras empieza a recoger carrete a toda velocidad.

—¿Han picado? —le pregunto supernervioso.

—¡Han picado! —contesta él, sacando una faneca grandísima del agua.

La agarra con la mano y le saca el anzuelo de la boca. Mide una cuarta. La mete en el cesto y vuelve a ponerle el cebo al anzuelo. A ver si yo también consigo pescar pronto.

—A la abuela le pasa con el martillo lo mismo que a Thor —le cuento a papá—. No puede vivir sin él.

—¿Pero quién es el Carnicero, Sebas? ¿Y por qué dices que quiere matar a la abuela?

Vale, papá sabe cosas de Thor pero no tantas. Si fuese especialista, no preguntaría quién es el Carnicero.

—Es un señor malo. Tiene las piernas y los brazos muy largos y un bulto en la garganta. Nos persiguió por el monte con una hoz y tuvimos que escapar de él a toda velocidad para que no nos rebanase el cuello.

Papá me mira con cara de estar preocupado, pero no dice nada.

—La abuela Luz se enfadó mucho y fue a vengarse de lo que nos hizo. Lo amenazó con el martillo. ¿Entre hoz y martillo, tú qué crees que tiene más posibilidades de ganar?

—Depende. Si tu abuela lleva la hoz, gana hoz. Si tu abuela lleva el martillo, gana martillo.

Yo pienso lo mismo. No tiene rival.

—¿Mamá te deja ir solo al monte, Sebas?

—No voy solo, voy con mis amigos Noa y Guerrero.

—¿Y no os acompaña ningún adulto?

—No, pero no pasa nada. En el monte estamos genial.

—Ya veo. Lo peor que os puede pasar es que os persiga un loco con una hoz y que tengáis que echar a correr.

Ahora sí parece enfadado, pero no conmigo.

—¿Qué más cosas haces solo? —me pregunta papá.

—Juego a la videoconsola, leo los libros que me deja Guerrero, veo una serie de dibujos y hago los deberes.

—Y también entráis a robar en casa del vecino —añade.

—Eso solo lo hicimos hoy.

—Pero el hombre dijo que le ha faltado tabaco varias veces.

—Yo creo que fue la abuela, aunque no sé cómo haría para escalar el muro. Pero si le meó en los gladiolos hasta secárselos significa que ya escaló antes ese muro. Tiene experiencia.

Papá me mira con cara de estar flipando bastante.

—Sí, en lugar de hacer pis en el baño hace pis en las flores del vecino, y resulta que ahora, como venganza, es él quien está secando el jardín de nuestra casa. Estos días la abuela está triste porque las plantas están medio muertas. Mamá dice que les ha entrado una peste, pero la abuela piensa que es una venganza del vecino, que se las está quemando con gasolina porque ella le robó la de su tractor para plantarles fuego a los billetes. Primero el jardín parecía una selva. Se llenó de hierbas que lo cubrieron todo hasta tragarse el resto de las plantas. La abuela lo fue abandonando y daba pena verlo. Parecía el jardín de una peli de miedo. Ahora más, porque es una selva marrón. Vamos a regalarle un jardín nuevo por su cumpleaños para darle una sorpresa. Ha sido idea mía.

—Sebas, no entiendo ni una palabra de lo que me estás contando. ¿Qué gasolina y qué billetes?

—A ver, el otro día mis amigos y yo volvíamos de la escuela porque era miércoles, que es el día que tenemos música por la tarde. Me esperaron mientras yo hablaba con la orientadora y, cuando íbamos de camino a casa, empezamos a oler a quemado. Al principio pensamos que sería algún vecino, pero resulta que era la abuela. Había hecho una hoguera con la gasolina que le robó al vecino del tractor chupando por un tubo como si fuese una pajita de las de beber batidos y refrescos. La echó por encima de un baúl que tenía con muchos billetes de los que había antes de los euros y ardió todo. Entonces llegó mamá con la policía y nos mandó entrar para dentro de casa. Pensamos que se iban a llevar a la abuela con unas esposas, pero no pasó nada.

—¿Desde cuándo vas a esa orientadora? ¿Y por qué no me contaste nada de eso?

—Solo he ido una vez, pero tengo que volver.

—Sebas, ¿tú estás bien aquí, con mamá y con la abuela? Porque todas estas cosas que me estás contando me dejan un poco preocupado. Sobre todo porque hablamos a diario y no me habías contado casi nada de todo esto.

—Estoy bien, sí. Solo me molesta un poco que mamá y la abuela griten. Discuten mucho y quiero que paren.

—Vale, voy a preguntártelo de otra manera. ¿Por qué quiso hablar contigo la orientadora? Imagino que hablasteis de cosas privadas que no me tienes por qué contar. Pero así, en general, para que yo me haga una idea. ¿Qué quería saber de ti?

—Quería saber cosas de Diego Puga.

—De ese niño sí me has hablado. Es el que se mete contigo.

—Hace cosas peores que meterse conmigo. Es terrorista. Me manchó de chocolate la carta que me escribiste y ya no se puede leer nada. —Mientras le cuento esto, empieza a dolerme la garganta.

Papá me abraza y me acaricia el pelo, y entonces me entran más ganas de llorar.

—¿Quieres que hable yo con los padres de ese terrorista?

—El jefe de estudios lo llamó a su despacho y estuvo allí más de treinta minutos. La orientadora dijo que no se puede consentir y que van a frenarlo ya. Lo dijo así: «No está bien que te agreda y que te humille y vamos a frenarlo ya».

—Sebas, de ahora en adelante quiero que me cuentes todo, ¿vale? —me dice mirándome a los ojos—. Aunque yo no viva aquí eres mi hijo y necesito saber que estás bien. Y si no estás bien, también quiero saberlo. Sé que hemos pasado varias semanas sin vernos, pero eso no va a volver a suceder. Voy a arreglar la casa de los abuelos. Ahí pasaba los veranos cuando era niño.

Papá está muy serio y a mí me duele un poco la cabeza. Prefiero hablar de cosas divertidas y no de cosas que me ponen nervioso por dentro. Con Guerrero y Noa nunca me pasa esto. Solo con los mayores. Con los mayores y con Diego Puga.

—¡Papá! —grito de repente, al sentir un tirón en mi anzuelo.

—Tranquilo, deja que el pez agarre bien y luego da un tirón y recoge carrete todo lo rápido que puedas.

Le hago caso, recojo carrete a toda velocidad, pero cuando el anzuelo sale del mar está vacío. No hay ni pescado ni cebo.

—¡Se lo han merendado! —digo.

—No pasa nada, hijo. Ponle otro, que hay muchos peces por pescar y no tenemos prisa.

A los pocos minutos papá pesca otra vez y alucino con lo que saca del mar. ¡Es una aguja! Tiene la boca larga como una espina y las escamas plateadas y azules. Papá me pide que la sostenga en la mano y me saca una foto genial con su móvil.

—¿Se la mandamos a mamá? —me pregunta.

Claro que tenemos que mandársela a mamá. Va a gustarle mucho verme posando con la aguja, haciendo cosas bonitas como cuando era pequeño y nadie gritaba en casa. Creo que por eso me gustan tanto los pescados. Porque son silenciosos como las lombrices, que aunque algo les duela, nadie lo sabe.

Julia

Detesto las discusiones, sean con quien sean. Sobre todo porque siempre acabo diciendo algo de lo que después me arrepiento, y convivo mal con el hecho de hacerles daño a otras personas. Detesto las discusiones y resulta que, en los últimos tiempos, esa parece la manera natural en la que nos comunicamos mi madre y yo: a gritos. No era muy consciente de la medida en la que esto afectaba a mi hijo hasta que fui a hablar con la orientadora del colegio y puso ese tema sobre la mesa. Me explicó una serie de cosas que ha percibido en el comportamiento de Sebas y creo que tenemos varios problemas. Usó la palabra *especial* para referirse a él, y eso no me gustó nada. Soy su madre, me sobra esa definición. También dijo que estaba pasando un momento delicado. Nos mudamos de ciudad, estamos a más de 500 kilómetros de su padre, ha cambiado de colegio, de casa, de amigos y, por si todo eso no fuese suficiente, convivimos con una mujer que, por momentos, no rige. Si Sebas le parece especial, me gustaría ver cómo reaccionaría pasando cuarenta y ocho horas con mi madre. Le reventaría el especialómetro. Me preguntó varias cosas sobre Pablo, entre ellas si antes de separarnos discutíamos delante del niño con frecuencia. Quise evitar que pareciese que me ponía a la defensiva, pero en una situación así es difícil no sentirse acorralada. No me parece oportuno que una desconocida se entrometa así. Cosa distinta sería que yo decidiese ir a una psicóloga. Pero es que nadie me dio a escoger. Recibí una llamada y fui, que es lo que me corresponde hacer como madre. Llegué allí y empezó a bombardearme con preguntas que cada vez eran más íntimas, hasta que me vi obligada a ponerle freno. Y luego está lo que sucedió cuando Pablo llegó para recoger a Sebas. No pudo ser más inoportuno. Cuando escuché los gritos del vecino desde mi cuarto, pensé que estaba peleándose con mi madre, no sería la primera vez. Se llevan a matar. Sebas nunca había hecho algo así. ¿Meterse en una casa ajena para robar tabaco? ¿Desde cuándo? Tengo que reconocer que en un primer momento creí al vecino. Parecía evidente: los niños habían entrado en su casa y él traía el paquete en la mano como prueba de lo que había sucedido. Pero la reacción de mi madre fue tan sobreactuada que enseguida sospeché que aquello tenía que ser cosa suya. Pese a todo, conseguí mantenerme fría y no la descubrí delante del vecino. Conociéndola, lo habría tomado como una traición. Me limité a pedir disculpas y prometí que no volvería a suceder algo así. En cuanto Sebas se marchó con Pablo, me enfrenté a ella. No puedo consentir que utilice a mi hijo de esta manera. Es la segunda vez que él cruza una línea roja y, en ambas ocasiones, mi madre ha sido la causa. Como cuando le dio el ictus y Sebas actuó por su cuenta, saliendo a buscarla por el monte sin permiso. Y ahora otra vez.

—¡De ninguna manera! Yo no le mandé a tu hijo a entrar en casa del vecino y robar, ¿cómo te atreves a acusarme de eso? —me dijo, bastante alterada—. Las madres de hoy en día tratáis a los niños como si fueran de cristal, y luego os lleváis las sorpresas que os lleváis. Los niños fuman, eso es así de toda la vida, ¿o qué te piensas? Sois unas ridículas.

—Igual no eres la más indicada para juzgar la manera de educar de nadie —le contesté yo.

—Yo tuve que criarte sola, sin ayuda, y mira cómo me lo pagas. ¡Fuiste a la universidad gracias a mi esfuerzo!

—Fui a la universidad gracias al dinero de la droga que tenías escondido en el desván, aunque toda la vida me vendieses que habías pagado mis estudios a base de trabajo. Y si entiendes por criarme ocultarme la verdad sobre mi padre y estar ausente durante toda mi adolescencia, tenemos un problema.

—¿Cuándo estuve yo ausente?

—La pregunta sería cuándo estuviste presente. Jamás pude contarte un problema, ni acudir a ti. Yo necesitaba a una madre y tú no estabas a la altura.

En una discusión así no es fácil calibrar las palabras. Si lo pienso ahora, creo que no me sirvió de nada hablarle en esos términos, pero en caliente no es fácil controlarse. Sé que tengo dentro demasiado rencor y eso no es sano. Pero hubo momentos todavía peores:

—Yo no tengo la culpa de que tu matrimonio se fuera para el carallo, así que deja de pagar conmigo tus fracasos —me dijo—. Llegaste aquí y todo fue mandar, ordenar, dirigir. ¡Eres una sargenta! Conmigo y con tu hijo, no me extraña que tu marido se buscara a otra. Cuánto mejor estaba sola, antes de que volvieras a esta casa.

Esa dolió bastante. Básicamente porque, en estos momentos de su vida, mi madre depende de mí para todo. Me necesita para ir al médico, al supermercado, a la farmacia. Me necesita para asearse, para comprarse ropa, para tomar las pastillas que le corresponden, para vestirse. Me necesita hasta la náusea, por mucho que le pese. Y jamás muestra agradecimiento. Al contrario: nos hace la vida imposible.

Todo esto tuvo consecuencias. El fin de semana estuvo marcado por el silencio. No hice ningún intento por acercarme a ella. Al revés: mantuve toda la distancia que se puede mantener conviviendo en la misma casa. Después de eso llegó la conversación con Pablo. Intenté hacerle entender que Sebas está bien y que no hay ningún problema, pero no me cree. El domingo, cuando trajo al niño después de pasar el fin de semana juntos, me pidió explicaciones de varias cosas e insinuó que no le parece apropiado el ambiente en el que se está criando nuestro hijo:

—Estuvo llorando, Julia. Tu madre le pidió que entrase a robar tabaco en casa del vecino. ¿A ti te parece normal?

—Pues claro que no me parece normal. Ya he tenido una charla con ella.

—¿Y puedes asegurarme que no volverá a pasar?

—Sebas no va a volver a hacer algo así.

—Sebas fue por su propia cuenta a buscar a tu madre al monte cuando desapareció —repuso él—. ¿Qué pensabas, que no me lo iba a contar? No es la primera vez que se mete en problemas por su culpa.

—No hables como si estuviera ocultándote cosas porque esa no es mi intención.

—Ah, ¿no? Entonces explícame por qué no me dijiste ni palabra de su reunión con la orientadora del colegio, ni tampoco de la visita de la policía por ese asunto de dinero que todavía no sé bien de qué va.

—Lo del dinero también fue una sorpresa para mí. Tiene que ver con mi padre. Estoy intentando descubrir qué pasó con él —le expliqué.

—¿Treinta y cinco años después? Pues esto sí que es una sorpresa. Contéstame una cosa, ¿qué vas a hacer si lo encuentras? ¿Meterlo a vivir con vosotros en plan familia feliz?

—Estás siendo muy injusto.

—Igual la injusta eres tú, Julia. Todo lo que haces afecta a Sebas, y tú no pareces ser consciente de ello.

Antes de marcharse, pronunció la frase definitiva:

—Voy a valorar la posibilidad de mudarme aquí quince días al mes y compaginar teletrabajo con trabajo presencial en Madrid.

—¿Y qué quieres decirme con eso?

—Que vayas pensando si estás dispuesta a compartir la custodia de Sebas. Prefiero hacer las cosas de mutuo acuerdo.

Yo no quiero vivir sin Sebas quince días cada mes. Si ya es difícil pasar sin él un fin de semana, ¿cómo puedo acostumbrarme a esto que me propone Pablo? Hago las cosas lo mejor que sé. Tirar del hilo de la desaparición de mi padre fue lo que me ayudó a salir de esa espiral tan patética de lágrimas y autocompasión en la que estaba metida. Era eso o las ganas de tirarme por la ventana. Nadie debería dejarse arrastrar por la infelicidad, pero es que a veces no ves salida y el negro atrae al negro como un imán. Una vez que estás rodeada de bruma, con esa manta gris subida hasta el cuello, es muy difícil ver luz. Como una infección que gana terreno hasta hacerse con el control de cada célula. Y claro que Sebas es el centro de mi vida, ¿cómo no va a serlo? Pero soy mujer además de madre, y eso crea unos conflictos que nadie te enseña a gestionar. No puedo cuestionarme a mí misma cada vez que tomo una decisión. Si hago eso, no vivo. Para Pablo, que ha empezado una vida con otra persona, es muy fácil llegar aquí, después de semanas sin aparecer, y poner todo patas arriba cuestionándome como madre.

Va a reventarme la cabeza. Tomo una pastilla con el desayuno. Llevo despierta dos horas. Son las siete de la mañana. Si ya empiezo así el día, no quiero ni pensar cómo estaré cuando caiga la noche. Despierto a Sebas y, mientras se viste, preparo su desayuno y la merienda que se lleva al colegio. Me despido de él con un beso.

—No te olvides de que hoy es miércoles y tengo música —me recuerda—. Me toca comer en el cole.

—¿Y cuándo me he olvidado yo de eso? —le pregunto, haciéndome la ofendida.

—Nunca, pero es por si acaso.

Le revuelvo el pelo. Él protesta y yo me río.

—Te quiero —le digo.

Él me da un abrazo y eso es lo que quiero recibir todas las mañanas, y no quince días al mes.

—No hagas ruido, ¿vale? Que ya sabes cómo se pone la abuela si se despierta antes de tiempo.

—Prometo ser silencioso como una lombriz.

Xoana llega hacia las nueve. A esa hora, normalmente mi madre aún está en la cama. Me pongo una chaqueta y salgo de casa. La mañana está fría, hay lágrimas de rocío por todas partes. Entonces es cuando veo la pintada. Recorre mi coche de delante atrás. Son letras mayúsculas, retorcidas y rojas: «VAS A ARDER, PUTA». No necesito pensarlo dos veces. Ni siquiera me pregunto a mí misma quién lo habrá hecho, porque la evidencia es clamorosa. El problema no es el coche, que sí lo es pero tiene solución. En el fondo tan solo se trata de una pintada que me puede avergonzar más o menos delante de los vecinos. El problema es que alguien ha saltado el muro de la casa y ha hecho eso en plena noche. Las palabras de Pablo me revientan la cabeza, no me dejan respirar: «Sebas estuvo llorando, Julia». «¿Treinta y cinco años después?» «Dime una cosa, ¿qué vas a hacer si lo encuentras? ¿Meterlo a vivir con vosotros en plan familia feliz?» «No es la primera vez que se mete en problemas por su culpa.» «Igual la injusta eres tú.»

Entro en el coche y arranco sin perder un segundo. Cuanto antes salga de casa y aleje el coche del alcance de la mirada de mi hijo, mejor. Marco el número de la oficina y aviso de que voy a llegar tarde porque antes tengo que pasar por la comisaría. Todavía es de noche. Eso me ahorra el trago de ir paseando en el interior de un coche rotulado con una amenaza. «Vas a arder, puta.» Qué barato les sale a los hombres llamarnos putas a las mujeres. Qué facilidad tienen para ponernos esa etiqueta. Desde niñas. A todas nos han llamado *puta* alguna vez. Y no existe el equivalente para ellos, eso nos hace vulnerables. Pero aquí el insulto es lo de menos. Entraron en casa de madrugada mientras dormíamos. Me falta el aire. Bajo la ventana y saco la cabeza unos segundos para que el frío me ayude a centrarme.

Entro en la comisaría con la completa seguridad de que el subinspector me va a decir que ya me lo había advertido. Creo que por eso me adelanto cuando sale de su despacho. Ni siquiera le doy los buenos días. Le pido que me acompañe a la calle y, tan pronto ponemos un pie fuera, le digo:

—No quiero sermones, por favor. Ahora lo que necesito son soluciones.

El subinspector observa la pintada en silencio, con una sombra sobre su frente.

—De acuerdo, acompáñeme al despacho —murmura.

De camino, le pide a un policía que fotografíe el coche.

—Puede interponer una denuncia —me informa, muy serio—. Haríamos algunas preguntas a los vecinos, por si alguien ha visto a los autores, cosa que me parece poco probable. Y aunque así fuese, esto lo hicieron en plena noche, va a ser muy difícil, por no decir imposible, conseguir una descripción fiable. Eso, por un lado. Por otro, aunque consiguiésemos encontrar a los autores de la pintada, nunca delatarían a Rincón.

—¿Qué me quiere decir con esto, además de que denunciar es una pérdida de tiempo?

—Lo que han hecho esta noche es un aviso.

—A mí me suena más bien a amenaza.

—Por supuesto, es una amenaza —rectifica él—. Lo que trato de decirle es que el director de la prisión de Teixeiro habló con Rincón para trasladarle la propuesta de su entrevista. Esta es su reacción. Está diciéndole que no meta las narices donde no debe, que se mantenga alejada.

—¿Pero cómo sabe ese hombre dónde vivo?

El subinspector no contesta. Se limita a mirarme, y yo enseguida me doy cuenta de lo absurda que ha sido mi pregunta.

—Le recomiendo que no vaya más allá. Sé que para usted no es fácil, que quiere encontrar a su padre, pero lo mejor es que se olvide de Rincón.

Por un lado, me da escalofríos pensar que entraron en casa en medio de la noche. Pero por otro me digo a mí misma: ¿vas a rendirte por una pintada cutre? Si esto llega a los oídos de Pablo voy a tener otro problema añadido. Eso sí que me preocupa. Ahora mismo tengo tantos frentes abiertos que me cuesta pensar con claridad.

—Lo que puedo hacer es poner una patrulla en la puerta de su casa un par de días —continúa el subinspector—. No creo que la cosa llegue a más, estoy seguro de que solo quisieron hacerle una advertencia y que la intención era asustarla. Pero sería por su propia tranquilidad. Y también por la mía —añade, bajando un poco la voz.

—¿Qué pasa si decido continuar adelante?

—¿Continuar adelante? ¿Y cómo lo va a hacer? —pregunta, sin disimular su enfado—. Julia, lo más probable es que su padre lleve treinta y cinco años en el fondo del mar, con unos pesos amarrados en los tobillos, o enterrado en un monte. Y si no es así, si realmente se marchó a otro país, no va a conseguir localizarlo. Si desapareció por voluntad propia, fue su elección. Comprendo que no es fácil vivir sin saber la verdad. Pero, en ocasiones, la verdad es la peor opción. Y tengo la espina de que este es uno de esos casos.

—No me deja ninguna alternativa.

—¡Es que no la tiene! Lleve el coche a un taller, pida que se lo pinten y déjenos el resto a nosotros.

—Y dígame, ¿qué van a hacer? Da igual, no es necesario que conteste —continúo—. He entendido el mensaje. Hay cosas que es mejor no desenterrar.

—Por su propio bien, Julia.

Le tiendo la mano al subinspector para despedirme, pero esta vez no le doy las gracias. Tengo la sensación de que es la última vez que nos vamos a ver. Cuando vuelvo a la calle ya ha empezado a amanecer. «Vas a arder, puta.» Cada vez que leo esas palabras, en el interior de mi cabeza resuena una voz masculina, muy grave, que me desestabiliza. Cojo el móvil del bolso y le saco varias fotografías al coche. Luego arranco, en dirección al taller. Tan pronto me incorporo a mi carril, un conductor empieza a pitarme y a gritarme como un energúmeno. No lo he visto, casi se me lleva por delante. Entonces, en un semáforo, apoyo la cabeza en el volante y rompo a llorar.

Luz

Hoy cumplo ochenta años. Me pregunto cuánto tiempo me queda. Cuántos años más hasta acabar bajo tierra, condenada a ser solo una voz martillando dentro de la cabeza de Julia, como me pasa a mí con la de mi madre. Supongo que eso es algo que se transmite de madres a hijas. Como es jueves, van a venir Aurora y Preciosa a jugar al parchís y a beber Sansón. Encargué una tarta en la pastelería. Una de las de toda la vida, con crema, chocolate y bizcocho. De las que saben a lo que tienen que saber. Tuve que adelantarme porque Julia ya estaba embalada, quería preparar una de esas mexericadas que hace ella y que son incomestibles. Tarta de dátiles, a quien se le cuente... Una tarta que no lleva azúcar no puede llamarse tarta. Es un timo, como cuando empezaron a vender la leche en cartones y jamás volvió a saber a leche de verdad. Es evidente que le echan agua, por eso no sabe a nada. De niña yo la tomaba tan pronto salía de la teta de la vaca. Luego empezaron con esas trapalladas de que no era higiénico y que transmitía enfermedades y se acabó el cuento.

—¿No me felicitas? —le pregunto a mi madre, un pelín molesta.

Pero no contesta. Está callada como una perra. Todos los días dando por saco y hoy, precisamente hoy que cumplo ochenta, no dice ni pío. Esta mañana pienso quedarme en la cama hasta que me salga de dentro. Enseguida va a venir la Xoana esa a roerme las entrañas. No es mala, pero quiere gobernarme. Todas las mujeres que me rodean quieren gobernarme. Lo de Julia ya es un extremo, que hasta me habló de ir para un asilo. Yo hice como que no la entendía, pero vaya si entiendo. Ya estuvo moviendo contactos para meterme en uno. Allá atrás llegó una carta certificada a mi nombre. Cuando la cartera me preguntó si yo era Luz Divina Rodríguez le dije que en esta casa no vivía nadie con ese nombre y que ya podía marcharse por donde había venido. ¿Piensan que soy imbécil o qué? No pienso aceptar ninguna solicitud para entrar en uno de esos cementerios de viejos. Julia quiere sacarme del medio para quedarse con mi casa y con mis cuartos. Por eso los quemé. Si no son para mí, no son para nadie. ¡Lume!

—Luz, ¿está despierta? —me pregunta Xoana, desde el otro lado de la puerta.

—Salgo ahora mismo, filliña —le miento descaradamente.

Esta va de culo si piensa que me voy a levantar. De aquí no me saca ni la Guarda Civil.

—Voy preparándole el desayuno —me informa ella—. Si necesita que la ayude a vestirse, avíseme.

—Gracias, cariño.

Vai ao carallo. Déjame en paz. Que tengo ochenta años, no me da la gana de levantarme. Qué manía con eso de que a las nueve y media tengo que estar vestida. ¿Por qué razón? Ni que tuviese que ir al trabajo a picar.

Ayer, Julia y Sebas me dijeron que me iban a dar una sorpresa. No sé qué puede ser. Estuve rebuscando en el armario de mi hija y en su bolso y no encontré nada especial. Estoy intrigadísima. Sebas parecía entusiasmado, tiene que ser algo importante. No se cumplen ochenta años todos los días. Entra el sol por los agujeros de la persiana. Qué bien se está aquí, debajo del edredón. Levanto la almohada para comprobar que mi martillo sigue en su sitio. Necesito manosearlo de vez en cuando para quedar tranquila. Cuántas aventuras pasamos juntos. Y no todas buenas, pero no quiero pensar ahora en esas cosas malas que me pican el cerebro como si fueran cuervos. Me entra frío por dentro cuando me acuerdo de todo aquello, y no quiero. Por favor, no quiero pensar. Déjame en paz, Argentino. Márchate de dentro de mi cabeza.

—¿Pero tú no estabas tan contenta de cumplir años? —me pregunta mi madre.

Es una experta en atacar en momentos de debilidad. Como me muestre frágil, aparece.

—Si vienes para felicitarme eres bienvenida. Si vienes para fastidiar ya puedes marcharte por donde viniste.

—Qué sensible te pones. No será la cosa para tanto.

De pronto escucho mucho ruido fuera. Un ruido que no identifico. Es una máquina y también hay voces. Me cuesta un mundo levantarme de la cama, como si pesara doscientos kilos. Cada vez me da más trabajo moverme. Es algo que no comprendes hasta que te sucede. Me pongo la bata y subo la persiana para ver quién vino a joderme la mañana y me quedo paralizada. Hay un hombre y una mujer desbrozando mi jardín. Están levantando todo con una máquina.

—Ahora sí que la armamos —dice mi madre.

Abro la ventana y empiezo a gritarles:

—¿Qué hacéis ahí? ¿A quién le habéis pedido permiso para tocar mi jardín?

Pero no me contestan, así que insisto:

—¡No toquéis mis flores! ¡Eeeeeh!

Ni se inmutan. La máquina de desbrozar hace un ruido que nin Dios y no me escuchan. Están cortando todas las plantas que me secó el cabrón del vecino. El corazón me pega tan fuerte en la caja del pecho que parece que me va a reventar. No puedo llevarme estos sustos, va a pasarme otra vez como el día del Carnicero.

—¡Fuera de ahí, imbéciles! —grito hasta que me duele la garganta, pero no sirve de nada.

La que sí me escucha es Xoana, que entra en mi cuarto con cara de pánico.

—Luz, ¿qué pasa? ¿Está usted bien?

—¿Qué hacen esos cabrones en mi jardín? ¡Diles que paren, que no toquen nada sin mi permiso!

—Tranquila, es una sorpresa de su hija y de su nieto. Contrataron los servicios de un vivero buenísimo. Van a arreglarle todo el jardín. Traen unas plantas y setos preciosos para replantar. ¡Hasta una camelia!

—Ni camelia ni hostias. Diles que paren ya si no quieren que empiece a sopapo limpio con ellos.

—Pero, Luz...

—¡Que paren!

—Luz, tiene que calmarse. La ayudo a vestirse y bajamos a desayunar. Si quiere hablar con los operarios y que le expliquen lo que van a hacer con el jardín, lo hacemos. Pero con educación y con tranquilidad.

—Ay la madre que me parió.

—Eh, que yo esta vez no hice nada, a mí no me menciones —protesta mi madre.

—Lo que me faltaba es que la gobernanta esta venga a mi propia casa a darme clases de educación.

Eso se me escapa en voz alta, pero es que no tengo tiempo para más patrañas. Me pongo las zapatillas, cojo el martillo y salgo por la puerta. Xoana intenta detenerme.

—¿No será mejor que primero se vista?

—¿Quieres dejarme en paz de una santa vez? ¿Qué parte no entendiste? Si no paras tú a la chusma esa que está metiendo los fociños en mi jardín, tendré que hacerlo yo. ¡Sal del medio!

Bajo por las escaleras todo lo rápido que puedo. Siento el sudor resbalando por mi espalda. No me dan las piernas para más, qué cruz. Xoana viene detrás de mí y no se calla ni pa Dios. Yo, a mi edad, no estoy para llevarme estos sufocos. Qué disgusto tan grande. Que no toquen mi jardín. Por favor, que no lo toquen. Son unos desalmados. Xoana me agarra por un brazo y no sé si es para ayudarme a bajar las escaleras, como hace de costumbre, o si es para detenerme, así que le arreo un soplamocos. Tampoco fue a propósito, solo quería zafarme de ella, pero no controlé bien la fuerza. Salgo por la puerta con el martillo en alto.

—Aún te vas a caer —me advierte mi madre.

—¡Paren inmediatamente! —les grito—. Saquen las manos de mi jardín, me cago en todos los santos.

La operaria avisa a su compañero y, por fin, desconectan la máquina de desbrozar. Está todo hecho un cristo. Arrancaron mis begonias, los rosales, las hortensias, la hierbaluisa, el romero... Quitaron casi todo lo que estaba seco. Tienen una camioneta con unas plantas y setos estupendos que imagino son para replantar, pero no tengo tiempo para pararme con eso.

—Buenos días, señora —me dice la operaria, intentando ser amable. No digo por dónde me paso yo su amabilidad—. Vamos a dejarle el jardín precioso, ya verá. Tenía todas las plantas quemadas, les entró una peste.

—¿Qué dice de una peste? Las secó el papahostias

del vecino. ¿Qué van a hacer con esa pala? —les pregunto.

—Vamos a levantar todo el terreno, echarle abono y prepararlo bien para plantar lo que traemos en la camioneta. Pero antes hay que arrancar todo lo que está seco y quitar las hierbas. Va a quedarle un jardín maravilloso.

—Salgan de ahí ahora mismo —les advierto.

—Señora, tenemos mucho que hacer y poco tiempo, así que haga el favor —me suelta el hombre de la máquina de desbrozar, que hasta entonces no había abierto la boca.

Entonces vuelve a poner la máquina infernal en marcha y arrasa con todo. Corta las plantas por la base del tallo y saltan los trozos por el aire.

—¡Pare! ¡Le digo que pare! —le ordeno, pero ni puñetero caso.

No soporto tanto ruido. Se me mete por dentro de los oídos y es como si me desmigajara el cerebro.

—Reviéntalos —sugiere mi madre.

Ya empezamos. Me tapo los oídos para no escucharla, pero su voz es de dentro para fuera, no de fuera para dentro, así que no hay manera de hacerla callar.

—Reviéntalos —insiste.

Si tuviese una cacerola a mano la ponía sobre la cabeza y tocaba el bombo, como aquel día en la cocina. ¡Bim, bam, bum! Esa vez sí que paró, no le quedó más remedio.

—¿A qué esperas? —Mi madre no va a parar nunca.

No puedo más. Entro en el jardín en zapatillas y aprieto el mango del martillo hasta que me duele la mano. El primer trío de golpes que le atizo a la máquina es certero. ¡Bim, bam, bum!

—Señora, ¿qué hace? ¿Está mal de la cabeza o qué? —me recrimina el hombre.

Apaga la máquina y la apoya en el suelo. Es mi ocasión, le arreo más fuerte. ¡Bim, bam, bum! El operario me quita el martillo de la mano y empiezo a gritarle en su cara. Mi arma es intocable. No tiene derecho a quitármela. En ese momento entra Julia en la finca. Sale corriendo de un coche que no es el suyo, está desencajada. Seguro que la llamó Xoana.

—¡Mamá! —grita con la voz rota, como si estuviese a punto de llorar.

—Esta señora está fuera de sí —le dice el hombre.

—La que armaste —me espeta mi madre—. De esta te meten en el cementerio de viejos de cabeza.

—¡Es unha filla de puta! —le contesto, sin cortarme un pelo.

Julia me abraza y yo no paro de reclamar mi martillo y de llamarle filla de puta a mi madre porque no puedo soportar lo que me acaba de decir. Yo no quiero irme a un asilo. ¡Filla de puta, filla de puta, filla de puta!

—Cementerio de viejos —me contesta ella, para hacerme daño.

Rompo a llorar y escucho cómo Xoana dice que va a llamar a una ambulancia, y entonces sé que mi madre tiene razón y que me van a llevar para dentro del asilo porque es imposible vivir con alguien como yo sin acabar loca perdida. Que no me separen de Sebas, que sin él yo no sabría qué hacer. Preferiría coger el martillo y abrirme la cabeza antes de volver a estar sola, sin ese niño que es la luz de mi corazón. Ahora siento de nuevo ese frío interior que me recuerda las cosas malas que están enterradas y nunca jamás deben salir para fuera.

Julia

Sebas se marchó muy contento a pasar el segundo fin de semana con su padre. Él no lo dice, pero creo que necesita desconectar del ambiente que hay en esta casa y eso me hace sentir responsable. El día del cumpleaños de mi madre fue terrible. Lo único que me consoló fue que Sebas estuviese en la escuela cuando pasó todo. Con lo ilusionado que estaba con la idea del jardín nuevo. Los dos estábamos convencidos de que era una sorpresa fantástica. Cuando me llamó Xoana por teléfono para contarme lo que estaba sucediendo, llamé a un taxi y salí disparada de la redacción. Mi coche todavía sigue en el taller. Encontré a mi madre completamente ida. Tuve que pedirles a los trabajadores del vivero que se marchasen, y a ella prometerle que no iban a volver nunca más. Que no se preocupase, que nadie iba a tocar su jardín. Fue la única manera de tranquilizarla. Empiezo a preocuparme de verdad, cada vez son más frecuentes este tipo de reacciones. Como el día que Sebas y yo la encontramos en la cocina dándose golpes con el martillo con una olla en la cabeza. Tengo miedo de que se haga daño. Es como si necesitase lastimarse a sí misma, como si de vez en cuando sintiese el impulso de castigarse por algo. Xoana me recomendó que inicie los trámites para valorar su grado de dependencia, pero estas cosas son muy lentas. Cada uno de los pasos supone meses de espera. Pueden pasar años hasta que le concedan una plaza en un centro, si es que eso llega a suceder. Además tengo la certeza de que, llegado el momento, va a sufrir mucho. Ella no es una persona que se adapte fácilmente a los lugares nuevos, y no tiene mano con los desconocidos. Le faltan habilidades sociales. Hay veces que no puedo evitar pensar que arrancarla de su casa sería una crueldad, pero, en realidad, es una cuestión de supervivencia. No sé cómo gestionar sus crisis ni sus salidas de tono. Tiene algunos momentos de lucidez pasmosa, en los que me pregunto si no estaré exagerando. Pero luego sucede un episodio como el de su cumpleaños y desfallezco. Sé que va a llegar un día en el que se va a perder para siempre en ese mundo raro e inalcanzable que solo existe dentro de su cabeza y que no va a regresar nunca. Me quedan muy pocas oportunidades para hablar con ella de mi padre, o, por lo menos, para hacerlo de una manera educada y sin la presencia de Sebas. Por eso esperé a que el niño fuese a pasar el fin de semana con Pablo para contarle lo de la pintada en mi coche. No quise montar una escena delante de él, la orientadora me dejó claro que le estaban afectando las discusiones que tenían lugar en el ámbito familiar. Esas fueron las palabras que utilizó. Dijo que el niño necesitaba tranquilidad, cariño y sentirse seguro en casa. En realidad, si lo pienso fríamente, todas las personas necesitamos eso mismo. Y mi hijo tiene derecho a ser feliz.

Llevo toda la tarde intentando aparentar tranquilidad. Simulando que es un día más. En el fondo, he hecho eso toda mi vida. Jugar una y otra vez a que no pasa nada. Escondo la mierda debajo de la alfombra con una facilidad asombrosa. Luego la aplasto para que quede completamente lisa y que parezca que todo está bien. Pero no. Como cada día, me senté junto a mi madre para ver ese programa donde siempre acaba discutiendo con una de las presentadoras. Luego ayudé a Sebas con tareas del colegio y preparé su bolsa para el fin de semana. Terminé un artículo, hice la cena y continué fingiendo. Se me ha caído la noche encima y todavía no he dado el paso, porque es imposible calibrar la reacción de mi madre. Pero ya no tiene ningún sentido seguir postergando este momento. Necesito deshacer este nudo que se me ha atravesado en la boca del estómago. Porque la mierda acaba abriéndose paso a través de las grietas y saliendo fuera. Desbordándose.

—Mamá, quiero enseñarte algo —le digo, por fin, cogiendo mi móvil.

Estamos en el sofá, una al lado de la otra. Me siento como si estuviera a punto de hacer estallar una bomba. Busco en la galería del teléfono las fotos de mi coche antes de pasar por el taller y se las muestro. Ella las observa con cara de espanto:

—¿Este es tu coche? ¡Te llaman puta! ¿Quién hizo eso?

—Lucifer —le contesto sin titubear.

Ella me mira con la boca abierta.

—Eso es imposible. Lucifer estaba en la cárcel... —murmura con la boca pastosa. Arrastra las palabras, como si le costara pronunciarlas.

—Y continúa allí. No fue él directamente, mandó a alguien para hacer el trabajo en su nombre.

—Pero si no te conoce de nada. ¿Por qué querría él hacer algo así?

—Porque fui a hablar con la policía. Les pedí que abriesen una investigación por la desaparición de papá y me ofrecí a ir a la prisión para entrevistarlo.

—¡Tú estás loca! —me dice—. ¿Perdiste la cabeza o qué?

—En realidad, no —le contesto, con toda la calma—. Más bien estoy cansada de que te niegues a hablar de papá. Cansada de que me mientas una y otra vez y de que me ocultes lo que sabes. Así que decidí obrar por mi cuenta en lugar de quedarme de brazos cruzados viendo la vida pasar.

—Pues sí que te salió bien la cosa. Mira qué bonito te pusieron el coche. Te estuvo bien, por lista.

Tengo el desarrollo de la conversación tan pensado, tan claro lo que le quiero decir, que no me dejo impresionar por sus comentarios ni por su retranca:

—Entraron aquí por la noche, mientras dormíamos —continúo, dispuesta a hacerla tomar conciencia de lo que ha sucedido—. Hicieron la pintada y se marcharon sin que nos diésemos cuenta de nada.

—¿Pero qué me estás diciendo? ¿Cómo que entraron aquí? ¿En mi casa?

—Sí, encontré el coche así la semana pasada, un día por la mañana, justo antes de irme a la redacción.

—Y me lo sueltas así, tan tranquila. ¡Eres una inconsciente! ¿Tú sabes quién es Lucifer? ¿Sabes las barrabasadas que hizo ese condenado? —Mi madre empieza a alterarse—. Con el niño aquí durmiendo. Ay, Dios santo, no quiero ni pensar en lo que nos puede hacer esa gente —dicho esto, hace tres veces la señal de la cruz.

—Solo quiero saber qué pasó con mi padre, y estoy segura de que Lucifer tiene información. Igual que tú.

—Siempre con lo mismo, eres insoportable. Estoy harta de oírte, toda la puñetera vida insistiendo y queriendo saber cosas que no son de tu incumbencia.

—En eso te equivocas. Sí que son de mi incumbencia, mamá. Es mi padre.

—¡Era! —me grita ella—. Tu padre se largó para el otro mundo, ¿qué parte de eso no quieres entender?

—Ay, no sé. Como cada vez das una versión distinta, yo ya no tengo claro cuándo dices la verdad y cuándo mientes.

—A ver si entiendes esto: tu padre era un cabrón. ¿Te gusta así? ¿Te queda claro el cuento?

—Llevas décadas protegiéndolo, no se entiende a qué viene esto ahora.

—¿Protegiéndolo yo? Tú estás tararí de la cabeza. Si hay alguien a quien yo protegí fue a ti, ¡a nadie más! Puse por delante tu vida a la mía.

No tengo ni idea de lo que me está hablando ni sé distinguir si se trata de uno de sus desvaríos habituales o si lo que está diciendo tiene para ella alguna lógica.

—Cuando mi padre se marchó, también me quedé sin madre —le digo—. En realidad, fue como si os perdiese a los dos. Tú te paseabas por esta casa como si hubieses perdido el norte. No podía acudir a ti porque simplemente no estabas. Para mí fue horrible. Y ni siquiera sé si eres consciente de todo eso.

—Eres una desagradecida, Julia. Una desagradecida y una malcriada. ¿Tú sabes todo lo que tuve que hacer por ti?

De repente, se calla. Respira de manera agitada y rompe a llorar, pero yo no me siento en absoluto responsable. Por alguna razón no me da pena. He sufrido tanto que creo que ahora soy insensible a todo lo relacionado con este tema.

—¡Yo solo quería que tú estuvieras bien! —repite mi madre—. Que tuvieras una vida normal, como todas esas niñas que estrenaban medias de ganchillo por la palma y paseaban sus muñecas en carritos las mañanas de domingo. Con trenzas en el pelo y zapatos de charol. Quería borrar nuestros nombres de esa lista negra en la que están todos los delincuentes y sus familias.

—Pues que sepas que pienso seguir adelante —continúo, forzando un poco más la situación—. No me voy a echar atrás por una pintada. Visitaré la prisión para reunirme con Lucifer, tal y como tenía pensado.

Mi madre está desencajada:

—¡No puedes ir a hablar con ese hombre! —Parece desesperada.

—Ya tengo cita para este mismo lunes a primera hora de la mañana —miento.

Entonces, apoya los codos en las piernas y se tapa la cara con las manos. El silencio es una goma elástica al límite, a punto de romperse.

—Mamá —le digo después de un momento. Ella no contesta y yo insisto—. Mamá, escucha.

En ese instante se descubre la cara, me mira con sus ojos líquidos y habla como si estuviese en un lugar alejado.

—Vuelvo ahora. Dame un momento.

—¿Estás bien?

—Perfectamente —contesta.

Se levanta del sofá y sale del salón cojeando. Desde la caída en el monte camina fatal. Doy por sentado que va al cuarto de baño. Casi agradezco tener un respiro. Enfrentarse a ella implica luchar también contra mí misma, y hay momentos en que resulta agotador. Tengo que ser fría, si me dejo llevar por las emociones no aguanto ni medio asalto. Con los años, he aprendido a no tomarme demasiado en serio las cosas que me dice. Le quito importancia a todo: a su retranca, a sus salidas de tono, a sus mentiras. Es la única manera de no acabar loca. Tardé años en atreverme a cuestionarla. Creo que por eso mi adolescencia estuvo tan llena de sufrimiento. Yo creía que estaba enferma, que tenía una depresión, y no quería hacerle todavía más daño. Aceptaba las explicaciones que me daba sobre mi padre, aunque estuviesen llenas de contradicciones. Hasta que llegó un punto en el que se hizo evidente que mentía y yo ya no estaba dispuesta a tragar más. Por eso estamos donde estamos.

Lleva diez minutos en el cuarto de baño. Está tardando mucho. Espero unos minutos más antes de empezar a preocuparme.

—Mamá, ¿va todo bien? —le pregunto desde el salón.

Pero no responde. Me levanto del sofá y voy a buscarla. La puerta del cuarto de baño está abierta y dentro no hay nadie.

—¿Mamá? —digo, elevando el tono de voz.

Entonces escucho ruido de cosas que caen en el piso de arriba, o golpes, no estoy muy segura. Vuelvo a llamarla, pero es inútil. Siento una especie de vacío en el estómago. ¿Por qué no la acompañé cuando dijo que iba al cuarto de baño? Subo las escaleras corriendo. Me viene a la cabeza la escena del día que la encontré en la cocina golpeando la olla y pensé que iba a acabar ingresada en la planta de psiquiatría del hospital. Temo que hoy vaya a suceder algo parecido.

—Mamá, ¿dónde estás?

Otra vez el ruido. Viene del desván, ahora estoy segura. Con las dificultades que tiene para moverse, ¿qué le ha dado ahora para subir ella sola por esas escaleras tan empinadas y tan estrechas? La encuentro removiendo entre un montón de herramientas viejas. Respiro aliviada al comprobar que está bien.

—Vaya susto me acabas de dar —le recrimino—. ¿Qué haces aquí arriba tú sola?

Ella hace como si no me escuchase. No sé qué está buscando, pero parece ansiosa. Aparta una caja y saca un rastrillo, una escopeta vieja de balines, un tocadiscos. Va sacando cosas de un sitio y tirándolas a otro. Es increíble que una mujer de su edad tenga tanta energía. Es una mula. Cambio de estrategia, a ver si así consigo que me preste atención:

—Si me dices lo que buscas, puedo ayudarte, mamá.

Nada. Aparta una caja llena de vinilos, una máquina de sulfatar, un saco. El día que tengamos que vaciar este desván vamos a sudar tinta. Parece una posesa. Arroja por los aires un transistor rojo. Era de mi padre, lo usaba para escuchar los partidos los domingos. Lo estampa contra una pared y las tripas quedan esparcidas por el suelo.

—Mamá, eso sí que no —le digo, agarrándola por un brazo—. Por favor, dime lo que buscas.

Ella me mira a los ojos con tanta intensidad que por un momento siento como si pudiese leerme el pensamiento. Está sudando. Tiene el pelo todo empapado y respira de manera agitada. Aún le va a dar algo.

—Dame un minuto —me pide.

Aparta un par de cajas y saca una bolsa negra que está llena de polvo. A saber cuántos años lleva ahí sepultada, debajo de todas esas cosas inútiles. La abre y saca de dentro dos palas. Me tiende una y dice:

—Tenemos que cavar.

La noche es una criatura tendenciosa. Guarda secretos y tiene miles de ojos que observan para luego juzgarte.

Vas directa al purgatorio y ni siquiera sabes rezar porque siempre has renegado de todo. Odiabas a las niñas que cantaban en el coro de la iglesia. Parecían pajarillos dando un concierto desde el tendido eléctrico, y tú solo deseabas que se muriesen carbonizadas de una subida de tensión. Detestabas a las que tocaban la flauta porque a ti te daba asco poner la boca en la saliva de las otras y no sabías dar una sola nota. Aborrecías a las que pedían para los pobres y participaban en aquella tómbola ridícula donde sorteaban cosas de segunda o de tercera mano. Iban vestidas de blanco y se acercaban a la gente con una lata: «Unas monedas para los necesitados», repetían. Ojalá pasase un camión de estiércol y volcase para profanar su ropa impoluta. Como aquella hormigonera que le seccionó las piernas a la única niña de la escuela que te hacía caso. Le pusieron piernas ortopédicas y desapareció. Te quedaste tan sola que la única postura que comprendías era la de odiar a las otras. La realidad es que no tenías una sola amiga porque eras la hija del narcotraficante. Por eso no podías saltar a la cuerda con las otras niñas, ni compartir con ellas los dulces que todas traían de sus casas, ni participar en las conversaciones del patio de la escuela. Tan solo existía un lugar donde las demás estaban obligadas a integrarte en el grupo: la iglesia. Pero las sotanas de los curas tenían los bajos sucios y el catecismo eran unas fotocopias llenas de frases que no querías aprender porque entrar en aquel juego significaba aceptar que el pecado existe. El día que tuviste que confesarte por primera vez estabas aterrorizada. ¿Qué pasa si te preguntan por papá? ¿Qué pasa si el cura quiere saber cosas demasiado íntimas? En aquel momento no entendías apenas nada, y ahora empiezas a comprenderlo todo. Pese a que sea tarde.

Amarás a Dios sobre todas las cosas. Introduzco la pala en la tierra como si entrase en la carne. Pero no hay sangre. Tan solo sudor que resbala por mi frente y las ganas de reventarlo todo. Mi madre está sentada en una silla, mirándome, aferrada a su martillo. No la dejo cavar, no le he pedido explicaciones, no la he cuestionado. Simplemente me he limitado a obedecer. Pese a todo, puedo decir que la quiero. Más que a Dios y menos que a mi hijo. De hecho, no comprendí lo que significaba la palabra *amar* hasta que nació Sebas. ¿Cómo se puede amar un espejismo?

No pronunciarás el nombre de Dios en vano. A veces digo *Dios*. Cuando estoy cansada, cuando pierdo la paciencia, cuando necesito respirar. Cuando no comprendo la vida, como ahora.

—Dios —digo en voz alta, secando la frente con la manga del jersey.

—Descansa un minuto, filliña —sugiere mi madre.

No parece ella. Es como si le cambiase la voz de repente. Es una autómata. Una máquina, una desconocida, una vieja, una enferma mental. Clavo la pala en la tierra con tantas ganas que siento que estoy llegando a las entrañas. Sé que mi vida va a cambiar radicalmente a partir de hoy y tengo el nervio tan atravesado en el estómago que vomitaría todo en este agujero que estoy haciendo. Una, dos, tres veces. Primero la cena, luego las mentiras que he tragado una a una, después cada error que he cometido a lo largo de mi vida, hasta llenar el agujero de putrefacción. Si saco toda la ponzoña fuera quedaré limpia como una virgen. Y aprenderé a rezar, por fin.

Santificarás las fiestas. La única fiesta que venero es la Navidad. Si araño un poco y arranco la piel de los años ochenta puedo agarrar aquel 6 de enero, cuando apareció debajo del abeto con bolas de colores la Nancy del Espacio. Plateada como una estrella y con los ojos de kriptonita. Yo quería que esa Nancy fuese Nancy Román, la madre del Hubble. Y ser yo ella, para poder observar el universo a través de mi propio telescopio espacial, porque cualquier mundo era preferible a este, un mundo de heroína, barbaridades y padres que se marchan para no volver jamás. El abandono es un animal cruel que entierra tu rostro en el trauma. Si entras ahí te pierdes, porque nadie te explica cuál es el camino de regreso.

Honrarás a tu padre y a tu madre. ¿Por qué razón? Mi padre es un espectro y mi madre, un cordero. Mira cómo está, aterida de frío y de miedo. Con los ojos congelados. Tiene estalactitas en las puntas de los dedos y en la nariz. Se aferra a su martillo como si fuese su Dios, y yo no entiendo esa fijación con un objeto tan absurdo.

—Ya falta menos —murmura, dándome ánimos desde su planeta extraño.

Así, encogida debajo de la toquilla de lana que lleva sobre los hombros, deja de ser una mula. Ahora parece vulnerable. Parece un bebé de oveja al que acaban de rapar. Con toda la piel rosada expuesta y nada que la proteja, merece misericordia. Cada vez cavo más profundo. El agujero ya me llega hasta la mitad del gemelo. No es suficiente. Cavo más profundo, más profundo, más profundo. Me duelen los brazos y las tripas. Me encojo en un gesto de dolor y tomo aire unos segundos. Entonces es cuando ella se abre por primera vez en su vida y empieza a hablar de verdad:

—Tú no lo recuerdas y casi mejor que sea así. Durante muchos años temí que los recuerdos te hicieran en la cabeza lo mismo que a mí. No soportaría que tú también tuvieras un agujero en el seso.

Se remonta a 1978, o quizás 1979.

—Tu padre era violento. La primera vez que me zoscó fue antes de nacer tú. Me cruzó la cara por culpa de unas sardinas. Olvidé echarles sal. Después de aquello no pude volver a comer sardinas jamás.

Cavo más profundo. Cavo con saña porque no sé cómo luchar contra este monstruo que no tiene cuerpo ni cara. Tan solo es un recuerdo de arena. Tal vez un espejismo, porque todo está distorsionado.

—Respetó la época en la que estaba preñada de ti —continúa ella—. Fueron los únicos meses donde no me puso la mano encima. Tan pronto naciste, todo se esfareló. Yo no tenía a quién acudir. Mi madre estaba enferma, no podía contarle nada. Estaba sola, con un bebé al que criar y con un marido que me odiaba. ¿Qué podía hacer? Dímelo, hija. Dime qué podía hacer yo para parar aquello.

No matarás. Nunca, bajo ningún concepto. Siempre detesté a los cazadores, porque para ellos matar es una forma de placer que no comprendo. En la escuela había un niño que mataba gatos. Los cazaba, los metía en una bolsa y los torturaba. A veces lanzaba el saco contra las paredes. El gato gritaba y él no se detenía. Era feliz escuchando cómo se quebraban los huesos y las articulaciones de aquella criatura indefensa. De mayor, fue condenado por maltratar a su mujer. Paro un momento de cavar para formular una pregunta:

—¿Por qué nunca me contaste nada, mamá?

—¿Qué querías que te dijera? ¿Que tenías un padre maltratador? Eso no es proteger a una hija. Proteger a una hija es tragar con todo y seguir adelante. Quise evitarte ese sufrimiento. Pero no parabas de preguntar por él. Cada vez que lo nombrabas a mí se me clavaba una espina. Y no sabes cómo dolía.

—Hace muchos años que me tendrías que haber contado todo esto —le recrimino.

—Ya lo sé —confiesa ella—. Pero no supe cómo.

No cometerás actos impuros. En realidad, cometemos actos impuros desde la infancia. Impuros al ojo del catolicismo, claro. Es pecado hacer, es pecado pensar, es pecado todo lo que tenga que ver con el deseo. Me pregunto si mi madre deseó a mi padre en algún momento o si todo fueron trámites: hacerse jóvenes, casarse, tener una hija...

—Mamá, ¿tú alguna vez quisiste a papá? —le pregunto.

—Yo de aquella ya tenía una edad. O encontraba un mozo o ya ningún hombre me iba a querer. En aquella época, después de los veinticinco eras vieja para casarte. Nadie quería a una mujer entrada en años. Los hombres quieren jóvenes, no señoras. Las solteras estaban muy mal vistas. Ya no te digo las separadas, como tú. Eso era peor que la peste.

O sea, que nunca lo quiso. Una, dos, tres paladas más. Ya falta poco. El agujero alcanza mis rodillas. Estoy a punto de llegar al meollo. Una calambrazo me atraviesa la barriga. Es el nervio.

No robarás. Como hizo mi padre con el dinero del baúl. Dinero doblemente podrido: porque venía de la heroína y porque fue robado. Y estuvo todo el tiempo en mi casa. Ese dinero estaba contaminado. Tenía cáncer.

—Cuando cumplí cuarenta años me rompió una costilla de una patada —me cuenta mi madre—. Me puse un vestido precioso, de flores azules. Era sábado y había fiesta. No recuerdo bien lo que pasó. Creo que fue un amigo suyo, que me susurró algo al oído. Cuando llegamos a casa dijo que iba a matarme. Y casi lo hace.

—¿Y nadie sabía nada de esto?

—Cuando me zoscaba en la cara y me dejaba marcas no salía de casa hasta que se me pasaban. Tu abuela lo sabe ahora. Se lo conté todo después de muerta. Cuando la cosa ya no tenía solución.

No dirás falso testimonio ni mentirás.

—Llevas toda la vida mintiéndome. —Me siento injusta diciéndole esto, con todo lo que me está revelando, pero no puedo contener las palabras. Están vivas. No quiero seguir vomitando bilis. Tal vez esta sea la última vez.

—Pues ahora vas a escuchar la verdad. Aquella noche te agarró por el pelo porque no quisiste darle un beso de buenas noches —prosigue ella, reviviendo la escena con cada palabra que pronuncia—. Y no me extraña, estaba borracho perdido. Te arrastró desde el cuarto de baño hasta el salón. Quería hacerte daño. ¿No te acuerdas?

—Muy vagamente. Tengo alguna imagen suelta, como si fuese un sueño.

—Era la primera vez que se atrevía contigo. Gritabas desconsolada, pidiéndole que parara. Pero no paraba. Él nunca paraba. Te arrancó la blusa, parecía el demonio. Llamabas por mí, pidiéndome ayuda. Tuve que plantarle cara. Me meaba de miedo, pero saqué fuerzas para decirle que como se atreviese a ponerte una mano encima iba directa al cuartel de la Guarda Civil esa misma noche. Te juro que pensaba hacerlo.

—¿Y qué pasó?

—Que te dejó en paz. Yo hablaba en serio y él lo sabía. Tenía demasiada información sobre sus negocios, podía traerle problemas muy serios. Tú corriste para tu cuarto como alma que lleva el diablo y él se metió en la cocina y bebió hasta caer redondo en el sofá. Fui junto a ti a consolarte y luego te pedí que cerraras la puerta de tu cuarto por dentro. El martillo estaba encima de la mesa del salón. Lo había dejado él allí después de clavar unas puntas. No tuve mucho que pensar. Tenía la certeza de que aquella vez sería la primera de muchas. Yo misma lo sufría en mis carnes. Así que agarré el martillo y se lo esnafré en el cráneo. Le di hasta que se lo deshice. El cerebro, el cerebelo, el bulbo raquídeo. Todo repartido en anaquiños por el salón.

Vomito dentro del agujero. Mi madre hace el amago de levantarse de la silla, pero le hago un gesto con la mano para que se quede donde está.

—Échalo todo para fuera, hija —me dice—. ¿Sabes? Aquella fue la primera vez que me habló mi madre dentro de la cabeza. Cuando vi el martillo, la escuché como si estuviera allí, delante de mí, diciéndome: «Venga, ¿a qué esperas? Reviéntale la cabeza a ese malnacido. Ese hijo de puta os acabará matando a las dos. Tienes que adelantarte». Me pareció lo más inteligente y lo más práctico. Era la manera de salvarnos. La única manera de salvarnos.

No consentirás pensamientos ni deseos impuros.

—Hay hombres que violan a sus hijas. Tenía tanto miedo de que cumplieras años y que hiciese contigo lo mismo que me hacía a mí. Toda aquella violencia. No podía permitirlo, ¿entiendes?

Sigo cavando. Cavo hasta que ya no hay más tierra que sacar. He llegado al meollo.

—¿Tú sabes lo que pesa un hombre muerto? Y eso que él era poquita cosa, no era de esos hombres corpulentos. Pues nada, no podía con él. Quería sacarlo del salón, pero no había forma de moverlo. Fue desesperante. No recuerdo cuánto tiempo estuve intentando tirar de él. Lo agarré de las piernas, de los brazos... No se movía ni pa Dios. Hasta que se me ocurrió envolverlo en la alfombra del salón, como si fuese una filloa. Luego lo até con una cuerda y lo arrastré hasta el jardín. Pesaba un quintal, el muy castrón, pero de esa forma sí conseguí quitarlo fuera de casa. Cavé el agujero y lo chimpé dentro. Luego lo enterré. Tardé tres horas en terminar. Y todavía me faltaba limpiar. Había sangre por todas partes: en el suelo, en el sofá, en las paredes. Fregué con lejía hasta que no quedó ningún rastro. Tan solo aquel fedor a muerte y a desinfectante.

Ahora entiendo por qué el sofá está lleno de manchas como si tuviese lepra. Aparecieron un día, como por arte de magia, y ahí se quedaron para siempre.

Mamá se ha transformado en estos últimos minutos. Ya no es un cordero a la intemperie. Ahora es una leona abrazando a su hija pequeña. Protegiéndola de todo mal.

No codiciarás los bienes ajenos. ¿Y transmutarse en otra persona? ¿Está eso permitido? Me gustaría ser hija de otro padre y de otros recuerdos. Saco el móvil, activo la linterna y apunto. Ahí está la alfombra, en el fondo del agujero. Y el esqueleto de los pies saliendo de la tierra. Eso es lo que queda del Argentino. Huesos y restos de sangre en una alfombra vieja. Mi madre asoma la cabeza y contempla la escena.

—Tú eres polvo y al polvo tienes que volver. Génesis 3:19.

—Nunca has sido religiosa —le recuerdo.

—Algo hay que tener a lo que aferrarse —contesta, abrazando su martillo. Parece indefensa. Otra vez un cordero.

El desenlace se retuerce como una víbora. Toda la vida pidiéndole explicaciones, preguntándole hasta la extenuación por el paradero de mi padre. ¿Y ahora qué? Si llamo al subinspector, acaba detenida. ¿Voy a hacerle eso? ¿Soy capaz de delatarla sabiendo todo lo que sé? Y si me callo, tengo que soportar un cargo de conciencia para el que no sé si estoy preparada. Mi padre es un esqueleto en el fondo del jardín.

—Dame eso, anda —le susurro, cogiendo el martillo—. ¿Lo enterramos con papá? ¿Qué te parece?

Mi madre suelta el martillo y lo dejamos caer al fondo. Quiero pensar que para ella ese gesto es una especie de liberación, pero es imposible estar segura. Entonces la abrazo. En medio de la noche, con el cadáver expuesto al frío, la abrazo como no la he abrazado jamás. Tal vez aquella noche, cuando vino a consolarme a mi cuarto. Cuando quiso evitar el desastre y asumió un papel que no le correspondía.

—Déjame en paz, cabrona —dice ella. Pero no habla conmigo, habla con mi abuela—. No voy a permitir que me estropees también este momento. Marcha de aquí. ¡Vete!

—Tranquila, mamá. Estoy contigo.

Llora hasta vaciarse, y yo no me muevo ni un milímetro hasta que termina. Ahora soy yo la leona. La palabra se hará carne. Amén.

Sebas

Papá me ha regalado una bici y ahora llego antes a todos los sitios. Me gusta descender por las cuestas a toda velocidad, sin tocar el freno. A veces imagino que soy un cóndor o Iron Man estrenando traje. Detrás de mí siempre van Guerrero y Noa. En esos momentos sé dos cosas: que nada nos va a separar nunca y que somos un poco inmortales.

Expulsaron a Diego Puga cinco días. Le pegó a Guille, el niño al que siempre llama marica. De vez en cuando le pedimos a Guille que venga con nosotros durante el recreo a buscar nidos de pájaro. Casi siempre dice que no, pero cuando dice que sí lo pasamos bastante bien. Sabe mucho de insectos. Creo que quiere ser biólogo, y un biólogo nunca viene mal en un grupo. Pero necesita estar solo muchas veces. La orientadora me ha explicado que eso se le irá pasando poco a poco. Que cada vez nos dirá que sí con más frecuencia y que acabará viniendo siempre con nosotros. En lugar de tres, seremos cuatro. Y todo el mundo sabe que cuatro cerebros son más fuertes que tres cerebros. El problema es que no puedo contarle que la abuela es Thor, porque la abuela ya no es Thor. Guille se ha perdido toda esa aventura y no le encuentro mucho sentido a contársela ahora que pasó todo.

El domingo llegué a casa, después de pasar dos días y medio con papá, y la abuela no tenía el martillo. Le pregunté dónde estaba y contestó mamá por ella. Dijo: «La abuela Luz perdió el martillo peleando contra un fantasma del pasado».

—¿Y quién ganó la pelea? —le pregunté yo.

—Ganamos nosotras —contestó mamá.

A veces es un poco enigmática. Yo quiero comprenderlo todo, pero no es posible. Siempre hay huecos. Como las ranuras que tiene el chocolate entre onza y onza. Cuando se fue a preparar la cena, la abuela me agarró de un brazo y me dijo en bajito unas palabras que me dejaron alucinado:

—Tu madre y yo hicimos las paces. Ya no voy a hacer maldades nunca más.

—¿Qué es una maldad?

—Robarle tabaco al vecino y mearle los gladiolos.

—¿Pero habéis hecho las paces para siempre?

—Palabra de Animaliña.

Eso me puso bastante contento. Llevan varios días sin gritar. La abuela sigue haciendo cosas raras, eso no ha cambiado. Me ha prohibido entrar en el jardín. Plantó tomates y dijo que cuando nazcan no se van a poder comer. Que son tomates contaminados.

—Y si están contaminados, ¿para qué los plantaste? —quise saber yo.

—Porque me saíu da cona.

Los dos empezamos a reírnos superalto. Ella primero y después yo. Me gusta mucho cuando dice esas cosas que están prohibidas. Si mamá la escucha, se pone a cinco mil revoluciones. Otra cosa que no ha cambiado es que la abuela sigue fumando. Pero ya no se esconde. Ahora mamá le compra el tabaco en el estanco. Eso está mal, pero al mismo tiempo está bien.

Mejor así que cuando lo robaba. ¡Ah! Y ya no planta las colillas. Tiene un cenicero que es un caparazón de vieira.

Ayer vi llorar a mamá. Se le escapó una lágrima mientras le contaba las cosas geniales que hice con papá el fin de semana:

—Comimos hamburguesas, fuimos a pescar y vimos una peli en el cine. Te echamos de menos.

En ese momento fue cuando se le escapó la lágrima, pero solo fue una, nada más. Tardaría décadas en llenar una botella de un litro si solo suelta una lágrima cada vez. Me pregunto si las lágrimas se evaporan. Alguien debería escribir un libro con todas esas respuestas.

A mamá le han pintado el coche en el taller y ahora brilla un montón y parece nuevo. Me contó que unos vándalos le hicieron una pintada por culpa de un artículo, pero que no va a volver a suceder porque ha abandonado ese trabajo. Dentro de diecisiete días llega el verano y termina el cole. Eso significa que voy a tener muchas horas para estar con Guerrero y Noa. Si alguien me preguntase a cuál de los dos quiero más, contestaría que igual pero distinto. Como sucede con mamá y la abuela. Y con papá, que está lejos pero cada vez más cerca. Y si alguien me preguntase dónde me gustaría pasar las vacaciones, contestaría que en Asgard. Porque yo sé que el martillo de la abuela tiene que estar allí. Y aunque finge no echarlo de menos, es su arma. Lo necesita para sentirse segura. Como yo a mamá y papá. Dentro de diecisiete días llega el verano y podré ser un cóndor o Iron Man con mi bici de lunes a domingo. Con Guerrero y Noa siempre detrás de mí. Me encanta ser un niño. Quiero quedarme aquí para siempre.

Agradecimientos

Pienso muchas veces en la soledad del acto de escribir. Supongo que por eso valoro tanto la presencia de las personas que me acompañan durante el proceso. Es como estar perdida en un bosque en medio de la noche, muerta de frío y, de repente, descubrir un montón de luciérnagas a tu alrededor y una manta en el suelo, junto al tronco de un árbol. Cuando estás escribiendo y las páginas empiezan a volverse confusas, esas personas aparecen, encienden una luz pequeña y cálida y te sirven una taza de café. Todas las escritoras y escritores tenemos luciérnagas. Sin ellas, estaríamos perdidos.

En este libro, como en todos los demás, mi familia ha sido luciérnaga o *vagalume*, que es la palabra gallega para nombrar ese insecto. En esta ocasión me han ayudado a construir muchas escenas que aparecen en esta historia y a recordar situaciones y personas que ya no están. Como a Gerardo, el Manoplas. Era mi padrino. Se murió cuando yo tenía doce años. El recuerdo más nítido que guardo de él es aquella Pascua en la que me regaló un libro titulado *Cuentos maravillosos del mundo entero*, de James Riordan. Lo leí tantas veces que se le acabaron cayendo las hojas. Me enamoré de la literatura siendo una niña. Ese volumen contribuyó intensamente a ese flechazo.

También ha sido luciérnaga mi amigo y escritor Diego Arboleda, que me agarró de la mano justo en el momento y en la manera que yo necesitaba. Desde aquí, todo mi agradecimiento para él.

Y, por último, la luciérnaga que ha brillado con más intensidad. Miguel, o H., que consiguió un rompehielos, se sentó conmigo y empezó a golpear a mi lado hasta hacer un agujero. Después me ayudó a trazar un círculo perfecto en la superficie helada. Me trajo una caña de pescar, le puso un cebo y se quedó allí observando, mientras yo iba cogiendo estrellas. Él las guardaba en el cesto de las capturas una a una, con una sonrisa. Estoy segura de que por eso se multiplicaron.

Las luciérnagas son como golpecitos de luz. Espero que haya conseguido hacerlas brillar como se merecen.

Madrid, 27 de septiembre de 2021